新潮文庫

雨の山吹

山本周五郎著

2903

目次

雨の山吹

暗がりの乙松《おとまつ》

一

居合腰になってすーと障子を明ける、そのまましばらく屋内のようすを聞きすましてから、そっと廊下へ忍び出た。とたんに、

〽きりぎりす
袖《そで》も袂《たもと》も濡《ぬ》れ縁に

隣りの部屋から、さびた良い声で唄いだすのが聞えてきた。

「――またか！」

野火《のび》の三次《さんじ》は舌打をして居竦《いすく》まった。

ここは伊豆の修善寺、佐原屋《さわらや》という湯治宿の二階だ。まだ駈け出しの小盗人《こぬすっと》野火の三次は、江戸の仕事に足がついて、どうやら体が危なくなってきたから、二三年旅をかけて腕を磨こうと、草鞋《わらじ》をはいて入って来たのがこの湯治場であった。――この宿へ着いて十日め、早くもみかけためどが二つ。その一つは三日まえにこの佐原屋の二階の離室《はなれ》へ泊りこんだ客の、ずしりと重い懐《ふところ》中である、旅へ出ての手始め、三次は気負ってこいつを狙《ねら》った。

ところがここに妙なことが起った、というのは。宿の寝鎮《ねしず》まるのを待って、三次が自分の部屋をぬけ出すとたんに、隣りの部屋で端唄《はうた》を唄いだす者がある——それがまた不思議に三次の胆《はら》へびんと響いて、どうにも足が竦んでしまうのだ。今夜もこれで二度目になる、

「畜生」

三次は口惜しそうに呟《つぶや》いた、「高の知れた端唄ぐれえが、なんでこんなに胆へ耐《こた》えるんだか、ぜんてえ訳が分らねえ……」

小首を捻《ひね》る耳へ、嘲《あざけ》るように唄は続いた。よく聞けば箱根から先には珍しい薗八節《そのはちぶし》である、何ともいえぬ渋い節回し、

〽……様を待つ夜の窓の笹

　露のけはいもあさましや

　　麻の葉染めの小掻巻《こかいまき》——

こっちが部屋をぬけだすのと同時に、符牒《ふちょう》を合わせたように唄いだす相手。こいつあ唯者《ただもの》でないぞと腕組みをした三次、

「まてよ。薗八節で文句はいつもきりぎりす、薗八節できりぎりす。どこかで聞いたことのある文句だぞ——」

しばらくじっと考えていたが。不意に、

「あっ、暗がりの乙松《おとまつ》だ」

と膝《ひざ》を叩《たた》いた、「あいつだ、どうして今まで気がつかなかったろう、江戸であれほど評判を聞いていたのに――そうか、こんな処《ところ》へふけ込んでいたのか」

暗がりの乙松といえば、天保三年八月お仕置になった鼠小僧次郎吉の二代目とまでいわれた大盗人である。鼠小僧が刑殺されて、ほっと息をぬいた諸侯や富豪の邸《やしき》を狙っては、眼にも止らぬ荒仕事をする有名な賊で、何十人という捕手に追われながら、いつも――蘭八節できりぎりすを良い声に唄い残して逃げるというのが、奇を好む江戸っ児にやんやと喝采《かっさい》されていた。それが三年ほど前からふっつり姿を見せなくなったと思うと、計らずもこんな処で三次の耳に止ったのである。

「それで分った」

三次は頷《うなず》いた、「乙松も離室《はなれ》を狙っているんだ、それでおれのぬけ出るたんびに邪魔をしやがるに違えねえ。こいつぁ面白えぞ――そう分りゃあこっちも意地だ、まだ駈け出しの三次が、みごと乙松を出抜いてみせようぜ」

にやりと冷笑した野火の三次は、まだ聞えている隣りの唄へ、まるで挑みかかるように顎《あご》をしゃくると、そのまま離室のほうへ、猫のように忍んで行った。

隣りの部屋の唄声がはたとやんだ。

「——馬鹿野郎」

低い含み声が聞える、「とうとうやりゃあがったか、まだ若そうなやつだったが……」

人の立つ気配がして、ぼーっと有明行燈《ありあけ》の灯がかき立てられた。そして低く、ぱちりぱちりと何か打つ音がし始める……程なく、離室のほうで突然どたんと凄《すさ》まじい物音、

「泥棒だ——!」

と絶叫するのが聞えた。

「泥棒だ、泥棒だあっ」

しんと寝鎮まった宿の内へ、びん! と響きわたる喚き、騒然とあちこちで客の起《お》き出《で》る気配のする廊下を、野火の三次——蒼《あお》くなって逃げて来た。

「しまった、しまった」

と夢中で自分の部屋へ入ろうとした。そのとたんに、隣りの部屋の障子が明いてすっと手が出る、素早く三次の腕を摑《つか》むと、

「若いの、こっちへ入んねえ」

云いさま、ぐいと引入れて後手に障子をぴたりと閉《さ》す、顎をしゃくって、

「そこへ坐れ」

と有明行燈の前の座蒲団《ざぶとん》を示した。

二

年は四十一か二であろう、浅黒い顔に眉《まゆ》の濃い、眼にちょっと凄《すご》みはあるが唇元《くちもと》の緊《しま》った品のある顔つき、宿の浴衣《ゆかた》に結城《ゆうき》の藍格子《あいごうし》の丹前を重ねて、夜具をはねた寝床の上へどっしりと坐ったところは、どうして立派な大所の旦那というかっこうである。枕《まくら》もとには寝酒の支度ができていて、その向うに将棋盤があった。どうやら今まで独り指しを娯《たのし》んでいたらしい。

「まあ一杯やんねえ」

男は落着いた手つきで盃《さかずき》をさした。

「へえ――」

「落着かなくちゃいけねえ、もうすぐ検《あらた》めに回って来るぜ。さあ」

「頂戴《ちょうだい》いたします」

三次は盃を額へもっていった。男は酒を注《つ》いでやりながら、じっと三次のようすを

見戍《みまも》っていたが、飲終《のみおわ》って返す盃を膳の上へ置くと、将棋盤を二人のあいだへ引寄せて、

「お前指せるか」

「へえ、ほんの真似《まね》だけで」

「検めの眼眩《めくら》ましだ、真似でいいからやんな、ちょうど寄せにかかるところで、こっちゃあこの角を切っていく手だ……おっ、来たぜ」

手を読む暇もなく三次は角道を止めた。

廊下をこっちへ、がやがやと人声が近づいて来る、部屋をひとつひとつ検めているらしい、男は手酌で一杯やると、

「うーむ、止めたか」

と仔細《しさい》らしく腕組みをした。そこへどかどかと跫音《あしおと》が近づいて来て、

「ええ御免くださいまし」

声をかけながら障子を明けた。宿の亭主をはじめ七八人の男たちが、向う鉢巻に尻端折《しりつぱしよ》り、六尺棒を持ってずらりと並んだ。

「おやおや、たいそうな出立《いでたち》だな」

男は振返って、「何かあったのかえ——?」

「お騒がせ申して相済みません、いま向うの離室《はなれ》へ泥棒が入りましたので、順繰りに見回っているところでございますが」

「そいつぁ物騒な、何か盗《と》られなすったか」

「いいえ、幸いとお客様が早く気付いたので、べつに盗まれた物はありませんが、どうやら外から入った賊ではないようすゆえ、念のために検めておりますので」

「そうかえ、こっちゃあまたさっきから将棋に夢中で何も知らなかった」

男は部屋を指さして、「かまわないからこの部屋も検めていっておくれ」

「とんでもない、梅田屋の旦那のお部屋まで検めるには及びません、ちょっとお耳に入れていただいたばかりで――へえ御免くださいまし」

「そうかい、それは御苦労だったな」

亭主は慇懃《いんぎん》に挨拶《あいさつ》をして立去った。

どうなることかと、腋《わき》の下へ冷汗をかいていた三次は、検めの人声が遠ざかり、やがて階下へ消えて行くと、いきなり座蒲団から滑り下りて両手をついた。

「ありがとう存じます、お蔭《かげ》で危ないところを助かりました、暗がりの親分――」

「何だと?」

男の眼がぎらりと光った。

「お怒りなすっちゃあ困ります」

三次は声をひそめて、「あっしが仕事をしようと、部屋をぬけ出すたびにお唄いなすった薗八節、しかも文句はきりぎりす……三年まえに江戸から足をお抜きなすった、暗がりの乙松親分が御自慢の唄、江戸八百八町、今でも知らねえ者あござんせん」

「そうかえ。薗八のきりぎりす、そんなに名が通っていたかえ、そいつぁ大笑いだ」

「あっしゃあまだ駈け出しで、野火の三次という者でござんすが、――改めて親分にお願えがござんす」

「何だかいってみねえ」

「こんなけちな青二才でお気にゃ召しますめえが、どうか子分にしてやっておくんなさい、お願え申します」

「ふっふ、いまの腕でか――？」

「今なあまったくどじを踏みやした、その代り今度は外れっこのねえ仕事をお眼にかけやす、それを手札代りにどうか」

「そりゃあこの土地か」

「へえ、つい街道向うでござんす」

相手はぎろりと三次を見たが、

「おらあ血を見るなあ御免だぜ」

「あっしも江戸育ちでさあ、けっしてそんなぶまなこたあ致しやせん」

「そうか、じゃあ何だ、とにかくお前の腕を見せてもらうとしよう、話ゃあそれからだ。——おっと三の字、断わっておくがおいらここじゃ梅田屋で通っているんだぜ」

「承知でござんす、梅田屋の旦那」

「ふっふっふ、まあ忘れねえように頼む」

暗がりの乙松、ではない梅田屋は、艶《つや》の良い顔を崩しながら愉快そうに笑う、三次は冷えた酒をぐっと呷《あお》った。

三

とっぷり暮れた空に夕月がかかっている。

風のない初夏の黄昏《たそがれ》すぎ、西伊豆の山々もすっかり黝《くろ》ずんで、遠く近く灯がまたたき始めている。修善寺の湯治場から南へ十丁あまり距《はな》れた、とある丘のふところで、さっきから身を寄せ合ったまましめやかに話し耽《ふけ》っている若い男女があった。

娘のほうは十六か七であろう、襤褸《つづれ》の野良着こそ着ているが、色の白い丸ぽちゃの愛くるしい顔だちで、星のように潤《うる》みをもった眼がじっと男の横顔をみつめている。

「聞くまではおらも知らなかっただ」

娘は呟くように云った。「ずっと前っから家の苦しいこたあ察していたが、まさかこんなことになろうとは……」

「お主の聞違えじゃあるまいの」

若者の声は慄《ふる》えている。

「聞違えすることかよ、茂吉さ。現に今日、父さんが二百両という金を持って帰っただ、あれが姉さの身代金だと云うだ」

「姉さんはどこへ行っただか」

「沼津の女衒《ぜげん》藤兵衛とやらいう人が連れて、江戸の新吉原とかへ売られたと聞いただよ、おらもうそれを聞いたら姉さが可哀そうで、可哀そうで飯も喉《のど》へ通んねえだ」

「とんだことになったのう」

「姉さは家のために身を売らしっただに、妹のおらが安閑としてこんな……」

「何を云うだ」

若者は労《いたわ》るように遮《さえぎ》った、「おぬしはまだやっと十七でねえか、どっちが身を売るとなりゃ、済まぬ言分だが姉さんの行くが順当だ、——こんな時おらにもっと甲斐性《かいしょう》さえありゃ、なんとかして切抜けるだに」

「茂吉さ、そんなこと云わねえでくろ、おらこそ茂吉さに済まねえと思ってるだ」

「何が済まねえことがあるだよ」

「お女郎の姉さなどもつようになったおらを嫁にもらったら、世間できっと何ぞかぞ云うに違えねえ、それを考えるとおら……」

「お稲さ」

茂吉は思わず娘の手を握った、「おぬし、いまからそんな心配してどうなるだ、たとえ世間が何と云おうと、家のために身を売った姉さんなら立派なものでねえか、おらあ大威張りでお主をもらってみせるだ」

「じゃあ嫌《きら》やしねえだの？」

「お稲さこそおらを忘れるでねえだぞ」

娘は身を顫《ふる》わせながら、とびつくように男の頸《くび》へ手を回した。むせるような女の肌の匂《にお》いに男は胸を戦《おのの》かせつつ、ひしひしとお稲を逞《たくま》しい両腕で抱緊めた。——若草の伸びる甘い唆《そそ》るような匂いが、昼のほど良く蒸れあがる土の香ともつれあって、若い二人を忘我の境へ置去るのだった。

この丘を北へ、だらだらと下ったところに、土蔵二戸前、別棟の厩《うまや》を一棟も持った大百姓らしいひと構えがある——修善寺から裏道伝いにやって来た野火の三次と梅田

屋の二人。三次は丘下の杉林の中に足をとめて、

「あの家でござんす」

と指さした。

「なんだえ、仕事というのは百姓家か」

「百姓は百姓でも上畑《かみはた》の嘉兵衛《かへえ》といって、この界隈《かいわい》じゃ名の知れた物持《ものもち》でござんす」

「お前ひどく精《くわ》しいの」

「めどをつけるからにゃ洗ってありまさあ、しかも今日はちょいとまとまった現金《なま》が入っているはず、親分などが御覧なすったら、ほんの悪戯《いたずら》仕事かも知れませんが、まあお目見得の手土産代り、どうか見てやっておくんなさい」

「まあやってみろ」

「へえ、ちょいと御免を蒙《こうむ》ります」

三次はすっと杉林を出て行った。

そこから百姓家の母屋《おもや》までは、歩数にしてほんの十二三歩だが、こっちはこんもり茂った杉林の暗がりで姿を見られる心配はない。三次は百合《ゆり》畑の脇《わき》から横庭へぬけて、すっと土間の中へ入って行った。

静かな宵だ、どこか近くに用水堀でもあるらしく、蛙《かわず》の声が澄んで聞える。梅田屋

は懐中から『夜の梅』という口中薬を取出して、ぷつりと前歯で噛割《かみわ》りながら、

「——良い宵だの」

と独言を云った。

待つほどもなく、家の中から影のようにぬけ出して来た三次は、音もさせずに素早く杉林の中へ戻る、——古薩摩《さつま》の胴巻包みをぽんと叩いて、

「親分、上首尾でござんした」

「空巣だな——」

「親爺《おやじ》ゃあ湯治場へ女房を迎えに行った留守、ちゃんと刻《とき》を計った仕事でござんす——どうかお納めなすって」

と梅田屋へ手渡をした。

「だいぶ重いの」

乙松はにやりと笑って、「まさか礫《こいし》じゃあるめえの」

「切餅《きりもち》が四つあるはずです」

「もらっておくぜ」

「最初からそのつもりでさあ——お！　帰って来たようすですぜ」

丘の向うから人の来るのが見える。

「逃げやしょう、親分」

「まあ待ちねえ」

梅田屋は静かに制した。

四

「ど、どうなさるんで」

「急ぐにゃ及ばねえ、まあ落着け」

梅田屋は胴巻を納めて、「盗人をする娯《たのし》みはなあ三次、仕事をした後味をじっくり噛締めるところにあるんだぜ」

「何だか、あっしにゃ合点がいかねえ」

「空巣をくすねてそのままずらかるなんざあ、田舎出来の小泥棒でもすることった。盗んだ後で家のやつらがどんな慌《あわ》てかたあするか、そいつをこう悠《ゆっ》くり眺めてる気持が分らなけりゃ、本当の商売人たあ云われねえ」

三次は気圧《けお》されて黙った。

「見ねえ、帰って来たのは娘だ……」

梅田屋は顎《あご》をしゃくった。

丘の斜面を娘が一人、家が気になるようすで小走りに下りて来る、やがて土間から入ったと思うと、間もなく部屋の障子へぽーっと行燈《あんどん》の灯がさしてきた。

「お前大名屋敷へ入ったことがあるか」

梅田屋が低い声で訊《き》いた。

「とんでもねえ、まだそんな……」

「ふっふ。まあ聞きねえ、何と云っても後味の良いなあ大名屋敷だ、ふだん偉そうに四角張ってる侍どもが、時化《しけ》を喰った鰯《いわし》みてえに眼の色を変えて、刀あ捻《ひね》くりながら駈回るざまあ——まったく堪まらねえ茶番だぜ」

「よっぽどおやんなすったでしょうね」

「それほどでもねえがの、盗人をするんなら大名か大所の金持だ、日頃のさばってる連中が蒼《あお》くなって騒ぐところを、こうじっと見ている気持ゃあ……おや」

梅田屋は向うを見た、「どうやら親たちが帰って来たようだぜ」

街道口のほうから、五十あまりになる百姓夫婦が帰って来た。ちょうどその時、娘は灯を入れた座敷の障子を明けひろげていたところで、

「お父つぁんおっ母さんお帰り」

と声をかけた。

「おお今帰ったぞ」

主人の嘉兵衛は縁先へ回って、「おっ母あが途中で足を痛めたでの、もっと早く帰るつもりがすっかり遅くなっただ」

「おっ母さん塩梅《あんべえ》はどうだね」

「ありがとうよ、ちっとべえ辛《つら》かったっけ、今あもう何ともねえだよ、どっこいしょ」

縁先へ腰かける母親を、娘は座敷へ援《たす》けあげ、父親へもともに座蒲団《ざぶとん》を取って出した。嘉兵衛はどっかり坐りながら、

「留守に誰も来なかったか」

「二本松の茂吉さが来ただよ、今日おっ母さんが湯治から帰ると聞いたで、見舞に鶏卵を持って来てくれただ」

「そうか、そりゃあ済まなかったの」

嘉兵衛の妻お秀は、蒼白《あおざ》めた顔でしげしげと家の中を見回していたが、やがて灯火から顔を外向《そむ》けてそっと袖口《そでぐち》を眼へ押当てた。

「どうしただお秀」

嘉兵衛がみつけて、「おめえ泣いているだな――」

「お父つぁん、おらあ済まねえだよ」

「何を云うだ、お秀」

「不幸続きのあげくがおらの長患《わずら》いで、とうとうお絹を泥の中へ沈めてしまった、それを思うとおらあ——自分の体の治ったのが恨めしいだ」

「馬鹿なことを云うもんでねえぞ」

嘉兵衛は労るように云った、「お絹が身を売ったなあおめえのためじゃあねえ、もとはといえばみんなおらの向うみずが祟《たた》ったことだ」

この付近で『上畑』といえば、田地山林の五六十町歩もある大百姓であった。前代の嘉兵衛までは代々名主を勤め、韮山《にらやま》代官の竿入《さおい》れ（年貢《ねんぐ》改め）にも与《あずか》ったほどの家柄だったが、いまの嘉兵衛が人の口車に乗って、葡萄の酒造りという新奇な仕事に手を出し、大掛りに葡萄の栽培を始めたのが不運のつき始め、失敗に次ぐ失敗を重ねた結果、十年あまりのあいだに田地山林は手放す、屋敷の地所まで売って今は、この家構えさえ年貢や借金の抵当《かた》に取られている始末になっていた。——しかもそのうち、大口の借金が今日に迫った返済で、のっぴきならぬ土壇場というありさまである。

「おめえが今さら泣くよりも、お絹のやつが自分から——おらを売ってくれろと云われた時にゃ、男のおらが……腸《はらわた》を掻挘《かきむし》られるような思いだっただ」

嘉兵衛は涙を押拭《おしぬぐ》って、「だがのうお秀、お絹に煮湯を呑《の》んでもらったお蔭《かげ》で、二百両という金が手に入っただ。これで——今夜来る野村屋の借金を返し、あとの残りで作るぐれえの田地は取返せるだ、これから親娘《おやこ》三人が精一ぺえ働いて、一日も早くお絹を請出そうしました、お稲と茂吉つぁんの祝言《しゅうげん》もあげる段取もつけるべえさ、何もかもこれから良くなるだぞ、分っただか、お秀よ」

嘉兵衛は悲しみの中にも、新しい希望を妻に与えようとして笑顔をみせた。

五

このありさまが手に取るように見える、せきあげる夫婦の声さえ痛いほど耳へ入ってくる杉林の中で、——三次は堪まらず、

「親分、もうたくさんだ」

と音をあげた、「もうたくさんだ親分、どうか逃げさしておくんなさい」

「弱音を吐くな」

梅田屋は三次の腕を摑《つか》んで、「芝居はこれから面白くなるんだ。見ろ、蛙の遠音に宵月、書割からして本註文《ほんちゅうもん》だ、まあ落着いてとっくり見物しねえ」

「だ、だってあっしゃあもう」

「うるせえ、いっぱし商売人になろうてえ者が、こんな愁嘆場に咽《む》せてどうするんだ、そんな度胸で暗がりの乙松の子分になれると思うのか」

「――へえ」

ぐいと摑みあげる梅田屋の腕力に、三次は詮方《せんかた》なく顔を振向けた。

二人が問答をしているあいだに、提燈《ちょうちん》を持った中年の男が一人、この家の縁先へ訪れていた。――これが今、嘉兵衛の話していた野村屋という借金取りであろう。

「今晩は、お約束で野村屋から参りました」

「おおこれは御苦労さんで」

嘉兵衛は急いで起上った、「さっきからお待ち申していました、いま出しますで、どうかそこへお掛けくだせえまし」

「お敷きなさって」

と妻の押しやる座蒲団へ、野村屋の手代は会釈《えしゃく》しながら腰を下ろした。――嘉兵衛は疲れた足取で仏間のほうへ去る、と間もなく……どしんというひどい物音がして、

「た、た、大変だっ」

と嘉兵衛の凄《すさ》まじい悲鳴が起った、「お稲、お稲、ちょっとここへ来う！」

「あい、どうしただか」

娘が厨《くりや》から転ぶように走って来た。

「汝《いし》ゃあ、こ、こけえ手をつけやしねえか」

「いんえ寄りもしねえだよ」

妻のお秀が不安に戦きながら乗出した。

「お父つぁん、どうしただね」

「金が、金が無えだ、ここへ納《しま》っといた金が無くなってるだ。この仏壇の抽出《ひきだし》へ入れて、上へ過去帳を載せて置いたことまでちゃんと覚えているだに――あ、そういえばここへ過去帳が落ちてるだぞ」

「げえっ！　それじゃあ……」

妻も娘も仰天して声を呑んだ。

嘉兵衛は狂気のように部屋の中を走り回った。もしや他《ほか》へ納い忘れはしなかったか、簞笥《たんす》の中は？　手文庫は？――しかしどこからも金は出てこなかった。上り框《がまち》へ来て、ふと気付く板敷に歴々《ありあり》と残る草履の足跡、

「泥棒だ、泥棒が入っただ」

嘉兵衛は嗄《しわが》れ声で娘のほうへ振返る、「お稲、おめえ家を明けやしなかったか」

「……でも、ほんのちょっくらだに」

「明けたか、家を明けただか、おめえ家を空っぽにしただか、お稲！」

「か、堪忍《かんにん》してくろ父さん、おら、おら、ほんのそこまで茂吉さを送って行っただけだに、ほんのちょっくら——」

「何がちょっくらだ、お稲、おめえ——姉さはじめおらやおっ母あを殺しちまっただぞ」

「お父つぁん」

お稲はわっとそこへ泣崩れた。

野村屋の手代は、このようすをさっきから見やっていたが、やがて一度消した提燈へ灯を入れて起上った。

「お取込みのようですが、約束の物は返していただけますかね」

「ああ野村屋さん……」

嘉兵衛はどかりと坐った、「今お聞きのとおりじゃ、娘を売って拵《こしら》えた二百両の金を、たった今の間に盗まれてしまいましただ、そちらへお返し申す金どころか、親娘三人——明日から生きる方途さえ失くしてしめえました」

「そりゃあどうも」

野村屋の手代は冷やかに云った、「とんだ御災難でございましたな。帰って主人にそう申し伝えますが、しかし——約束は約束ですからお返し願えないとすると、明日この屋敷は明け渡していただかなければなりません、どうかそのおつもりで、今夜のうちに荷物をまとめておいてください」

「そ、それじゃ……こんな災難の中で、この家屋敷を明けろとおっしゃるだか」

「阿漕《あこぎ》のようかは知れませんが、私どもでも商売でございますからな。貸した金が取れなければ抵当をいただくより致しかたがございません、どうかそのおつもりで」

そう云い棄てると、なおも云い縋《すが》ろうとする嘉兵衛の声を振切るようにして、野村屋の手代はさっさと街道口のほうへ立去ってしまった。

六

お秀は泣くことも忘れて、石のように身動きもしなかった。嘉兵衛は茫然と、宙を覓《みつ》めたまま肩で息をついている——娘のお稲だけは、投出された濡《ぬれ》雑巾のように、畳の上へうち伏して泣咽《なきむせ》んでいた。

「駄目だ、これで何もかもおしめえだ」

やがて引裂けるように嘉兵衛が云った、「これ……お秀、お稲も来う」

お秀は放心したように振向く、娘は泣きながら父のほうへすり寄った。

「もうどうにもしようがねえだ、二人とも覚悟をきめてくれ、お秀、死んでくれ」

「おらも、いっそそのほうがいいだ」

妻は呻《うめ》くように答えた。

「死ぬべえ、父つぁん、三人して死ぬべ、おらたちゃあ、こうなる運だっただ——ただ、可哀そうなあお絹だ、おらたちが死んだと聞いたら……」

「お秀——」

嘉兵衛は思わず妻の体を抱寄せた。堰《せき》を切ったように、夫婦は相擁して泣崩れた。始終のようすを、杉林の中からじっと見戍《みまも》っていた野火の三次は、次第に色も蒼白め、いつか全身をぶるぶると慄《ふる》わせていたが、もう我慢ができぬというふうにきっと振返った。

「——親分」

「なんだ」

「一生のお願えだ、いまの、いまの金をあっしに返しておくんなさい」

「なんだ金を返せ?」

三次は思切った口調で云いだした。

「おらあたった今夢から覚めたんだ。今までおらあ盗みをしてきた、半分は欲だ、半分は自棄《やけ》だ、また堅気のけちな米喰虫でつまらなく終るより、いっそ鼠小僧のような大盗人になって、わっと世間から騒がれて死にてえ……そんな見栄《みえ》も手伝っていた。だがおらあ、今夜という今夜こそ、自分の仕事がどんなに酷《むご》いものかってえことを知った。盗むこっちゃあどうせ酒か博奕《ばくち》に遣っちまう金が、あそこじゃ親娘三人を生かすか殺すかの楔《くさび》になっている。こんな、こんな酷え業たあ知らなかった」

三次の眼からぽろぽろと涙が落ちた。しかし乙松の梅田屋は眉《まゆ》も動かさない。

「どうかその金を返しておくんねえ」

三次は続けた、「親分も江戸じゃ鼠小僧の二代目とまで云われなすった義賊、まさかこんな金ゃあお取んなさるめえ、どうかその金を」

「馬鹿野郎、つまらねえことを云うな」

梅田屋はせせら笑った、「おいら義賊だ？　ふっふふふ、世迷言《よまいごと》もいい加減にしろ、世中《よのなか》にゃ泥棒はいるが、『義』の付く泥棒はいねえ、人様の物を盗んで鼻糞《はなくそ》ほどの施しをしたって何が義賊だ、泥棒をするやつぁしたくってするんだ、世間の毒虫、人界の芥屑《くず》、外道、畜生と相場あ定《きま》ってらあ。この乙松あな、吝《しみ》ったれた施しをして自分の悪事の尻拭《しりぬぐ》いをするような、けちな野郎たあ種が違うんだ」

「それじゃ、いまの金は、返してはおくんなさらねえのか？」

「当りめえよ、盗人が一度懐中へ入れた金だ、手前っちが逆立できりきり舞をしても返すこっちゃあねえ、面《つら》あ洗って出直してこい」

野火の三次がぎゅっと唇を嚙《か》む。

「どうしても、いけませんか」

「諄《くで》え！」

「——野郎！」

喚《わめ》いたと思うと、摑まれた腕をぱっと振放す、不意をくらって乙松の体が傾く、隙《すき》、三次は右手にぎらりと短刀《どす》を抜いた。

「抜きゃあがったな」

「腕づくでも！」

だ！　と跳びかかって来る、相手はとっさに体を捻って、三次の利腕《ききうで》を逆に、ぐいと引っ手繰《たく》って足を搦《から》む。

「くそっ！　むっ」

捨てばちの強引、三次は腰を落して、相手の体勢を利用、猛然と突っかけた。梅田屋の足が杉の根にかかる、斜面で足場が悪いから、仰《あお》のけさまにだあ！　と倒れた。折重なった二人、三次は左で相手の喉《のど》を絞めながら、短刀を逆手に胸を狙《ねら》って、た！

「ま、待て」

突下ろす肘《ひじ》を必死に支えた梅田屋、「待て、三次——金ゃあ返してやる」

「何だと？」

「金ゃあ返してやるよ、それ」

梅田屋は懐中から胴巻を摑み出すと、ぽんと向うへ抛《ほう》り投げた。三次は油断なくじりじりと腕を引いたが、相手に敵意のないのを見届けると、ひらりと跳退《とびの》いた。

「そう、出てくださりゃ、お手向いはせずに済んだのだ、それじゃあいただきますぜ」

喘《あえ》ぎながら胴巻を拾う、「これで人殺し兇状《きょうじょう》だきゃあ助かった、御免ねえ」

云い捨てざま、三次は杉林をとび出す、百合畑を駈けぬけて、いきなり母屋《おもや》の縁先へ現われた。——胴巻を、相擁して泣いている夫婦の前へ、ぽんと投出す、

「お二人さん」

と声をかけた。

七

突然声をかけられて、びっくり振返ると見馴れぬ若者が立っている――しかも、眼の前へ投出された胴巻、嘉兵衛は、

「――あっ！」

と仰天した。

「どうか勘弁しておくんなさい」

三次は縁先へ手をついた、「あっしゃあ野火の三次という盗人でござんす、こんな事情があるとも知らず、大事なお金を盗みましたが、いまあそこの杉林の中で仔細のお話を伺い、あっしゃあ生れて初めて眼が覚めました、ただ今限りぷっつり悪事から足を洗います、きっと真人間になりますからどうか勘弁しておくんなさい――中のお金にゃ鐚《びた》一文手はつけてござんせん、どうかお納めなすっておくんなさい」

嘉兵衛は聞く心もそぞろに、顫《ふる》えながら胴巻を解いて見たが、転げ出た金包みを見るなり、狂ったように躍上って、

「おお戻った、戻った、金が」

と歓喜の叫びをあげた、「二百両、手つかず戻った、お秀、お稲、金が戻った、金

が戻ったぞ、もうこれで……」

　わっと、燃上るような親娘の狂喜を、涙の滲《にじ》み出る眼で見やった三次は、――手早く懐中から財布を取出すと、

「それから、ここに三十両ばかりござんす、こりゃあ博奕で儲《もう》けた金、けっして御迷惑にはなりませんから、どうかお遣い捨てなすっておくんなさい」

「まあお前さん、そんなことを」

　慌《あわ》てて嘉兵衛が出て来るのを、三次は素早く二三間とび退いて、

「蔭《かげ》ながら、御繁昌を祈ります」

　と云うとそのまま踵《きびす》を返して百合畑の中へ。逃げ込んで来ると、梅田屋の乙松は――杉林のはずれに腕組みをして佇《たたず》んでいた。

「親分――じゃあねえ梅田屋さん」

　三次の眼は活々と輝いている、「あっしゃあ、生れて初めて、腹の底からさっぱり致しました。お前さんにも子分にしてくれと頼んだが、改めて今取消しだ」

「――ふふ、そうかえ」

「会わねえ昔と思っておくんなさい、これでお別れ申します」

「どこへ行くんだ」

　三次は答えずに歩きだした。

　梅田屋はその後姿を見送っていたが、――嘉兵衛親娘の歓喜する声を聞くと、につこり頷《うなず》いて杉林を出る、足早に三次の後を追いはじめた。丘の上の道は左へ曲って、修善寺へ通う裏街道へと続いている――中天へ昇った月がよく冴《さ》えて、道傍《みちばた》に咲いている雨降り牡丹《ぼたん》の花が、白く夢のように浮いて見えた。

「どこへ行くんだ、若いの」

「どこへ行くって?」

　三次が足を止めた、「どこへ行くもんか、これから三島の御番所へ自訴して出るんだ」

「一年や二年じゃ帰れねえぞ」

「五年が十年でもいい、おらあ立派に年貢《ねんぐ》を納めて綺麗《きれい》な体になってくるんだ、おらあこれから新規蒔直《まきなお》しに始める気だ、あばよ」

「未練はねえか」

「冗談じゃあねえ、おらあ嬉《うれ》しくって何だか足が地に着かねえくれえだ。お前にゃ来いとは云わねえが――まあ達者でいなせえ」

　振切るようにして三次が行こうとする、梅田屋はそのようすを覓めていたが、

「ちょっと、ちょっと待った」

と呼止めた。

「まだ何か文句があるのかい」

「餞別《せんべつ》を忘れていた」

梅田屋は紙入を取出して、そのまま三次の手へ渡す。

「若いの――」

と容《かたち》を改めて云った、「お前さんの改心は本物だ、そこまで腹が定ったら今さらお仕置を受けるまでもない、わずかばかりだがその金を持って京へお出《い》で、蛸薬師《たこやくし》下《さが》る所に桶屋《おけや》がある、武蔵屋《むさしや》政吉という家だ、そこを訪ねて行けばお前さんを立派な堅気にしてくれるだろう、牢屋《ろうや》で五年お勤めをする気で、みっしり桶屋を稼《かせ》ぐがいい、――分ったか」

言葉つきまでがらりと変った相手のようすを、訝《いぶか》しそうに見返った三次。

「その桶屋というのは何者ですえ？」

「武蔵屋政吉、素性を洗えば『暗がりの乙松』という人さ」

「げえっ……？」

三次は反《のけぞ》った、「そ、それじゃあ、お前さんは乙松親分じゃねえのですか」

「昨夜宿の亭主が云ったのを聞かなかったかえ、私は沼津の酒問屋で、梅田屋宗兵衛という若隠居さ」

男はそう云って、凄《すご》みのある顔に和やかな微笑を浮べた。

「それでもあの薗八節《そのはちぶし》は？」

「ああ、あれかえ」

梅田屋は笑いだした、「あれはね、今から三年前の秋、妙な機会《きつかけ》で暗がりの乙松と知合いになり、その時あれから教えてもらったのさ——乙松が京へ行ったのもその時のことで、今では職人の五六人も使って立派に暮しているそうだ。私のつまらぬ酒落《しやれ》っ気が、それでもあの人を堅気にしたと思うと、まんざら悪い道楽じゃあなさそうだね」

「といいなさるのは……」

「商売人と見りゃ近づいて盗んだ跡の愁嘆を見せるのが私の道楽さ、はははは」

梅田屋宗兵衛のことばは、温かく力強く三次の胸へ滲込《しみこ》んでいった。

「さあ行こう、京へのぼって手に職がついたらそう云ってよこすがいい、店を出すくらいの金は都合してあげよう」

「…………」

三次は無言のまま、万感あふれ出る眼で、じっと梅田屋宗兵衛の横顔を覓めた。
――遠音の蛙。

（「キング」昭和十一年九月号）

喧《けん》嘩《か》主《しゅ》従《じゅう》

強情同志

一

音でもなく、気配でもない、修練が感ずる極めて刹那《せつな》の予感である。

「――は！」

と思って体を転ずるのと、

ひゅっ！

と耳許《みみもと》をすれすれに矢の飛ぶのと同時であった。小平太は二歩あまり左へ跳躍して、

「誰だ！」

と振返る、――法昌寺の築地《ついじ》のはずれが籔《やぶ》になっていて、白桃がひともと、ひっそりと咲いている、その桃の木蔭《こかげ》から十九あまりの娘が、半弓を手にして現われた。

「失礼いたしました。お怪我はございませぬか、――」

「なんだ双葉か」

大番頭楳本《うめもと》主膳の娘双葉で、小平太とは従兄妹《いとこ》同志で、もう半年以来の許嫁《いいなずけ》である。

「弓など持出して何をする、小平太だからよいが、もし他人が怪我でもしたら言訳が立たぬぞ」

「他の人なら致しはしませぬ」

「――何故《なぜ》だ」

「風ひとつ無い春日、良いお心地そうに歩いていらっしゃるのを見て、こんな時に不意を狙《ねら》ったらどう遊ばすかと……ふと思いついた悪戯《いたずら》でござります」

静かに、唇に微笑さえ含んで云うのを見た小平太は、

「ふむ、――」

と腕組みをして、「また何か小言を云うつもりだな、そうだろう」

「お分りになりまするか」

「その眼は小言を云いそうな眼だ」

「小平太さま」

双葉は近寄って、「先日またお上《かみ》へ御意見を遊ばしたそうでござりますな」

「誰もせぬから拙者が申上げた」

「裸の御意見とか申して評判でござります」

因幡国《いなばのくに》鳥取城主、池田光政は名君として史上にも有名である。実際のところ、外様《とざま》大名が幕府から眼の敵にされていた元和《げんな》、寛永の時代に、幼少の十歳足らずで四十余万石を継ぎ、大した瑕瑾《きず》もなく池田家万代の基を固めたのだから、素《もと》より凡庸の人ではなかったに相違ない。しかし光政が「名君」と云われるに至った裏には、多くの「名臣」がいてこれを補佐し誘導したことも忘れてはならぬ。ここに語る青地小平太もその一人であるが、——この男は「名臣」のうちでも些《いささ》か毛色が変っていた。

なにしろ小平太の横紙破りは有名である。光政に諫言《かんげん》する場合でも遠慮がない。ある時光政が近臣に向って、

「余は何の苦労もなく四十余万石の大守となった者で、行状にも自《おの》ずから至らぬところがあるに違いない、そんな場合には遠慮なく直諫してくれるように」

と云ったところが、小平太が即座に、

「それは駄目でございます」

と答えた。「何故と申すに、殿は殊《こと》の外眼《ほか》が大きく、顔いちめんにあばたがおありなさるので実に恐ろしく見えまする、もし諫言を聞こうと思《おぼ》し召されるなれば、御簾《みす》の内にでもおわさぬ限り、殿の御顔を拝していては到底誰にも御諫言など申上げられ

ますまい」

平気で主君の顔の棚卸しをやった。近臣たちも驚いたが、さすがに光政も色を変え、席を蹴《け》って退座した、――あとで近習の者に、

「言葉に嘘《うそ》はないが、実に小平太ほど癪《しゃく》なやつはない、いつか眼に物見せてくれる」

と口惜しそうに云ったという。しかし――それからは勉《つと》めて簾《すだれ》の内から家臣の意見を聞くようになったのである。

こんな事は二度や三度ではなかった。そしてつい数日前のこと、――光政は勤倹の事を思い立って、自ら衣服を木綿布子に、袴《はかま》を小倉縞《じま》の質素なものに改めた。あまり粗服に過ぎるので、老臣たちは恐懼《きようく》しながらも、「それでは些か質素に過ぎるかと存じまするが、――」

と意見をしたが、

「いや、贅沢《ぜいたく》に『過ぎる』という事はあっても、質素に『過ぎる』という事はない、余が自ら戒むるためにするのだから捨置け」

と云ってきかなかった。なにしろ問題が質素ということだから、それ以上押して云うことも出来なかった。――するとある日、小平太が何を思ったか、肌襦袢《はだじゆばん》一枚に褌《ふんどし》一本という裸同様の姿で伺候《しこう》した。

二

異様な風態を見て、

「なんだその恰好《かっこう》は、――」

と光政が不興気に叱《しか》ると、

「御意《ぎょい》に召しませぬか?」

小平太は平然と云った。「四十余万石の主人たる殿が、木綿布子に小倉縞の袴を召されるとなれば、七百石の小平太如《ごと》きはこれが至当、足軽小者などは素裸になっても足りますまい、総じて人には分相応という事がござります」

「――!」

光政はぐっと詰って座を起《た》った。――これが双葉の云う「裸の意見」の由来である。

「――小平太さま」

双葉は静かに続けた。「貴方《あなた》さまの強情な御気質は皆さまが御存じでござります。けれど、――御意見には作法があるのではござりませぬか。裸にまでならずとも諫言は申上げられましょう、唯今《ただいま》わたくしが半弓で貴方をお試し致しましたが、丁度それは裸の御意見と同様、申せば奇道でござります、強情を押すのも程になさいませぬと、却《かえ》って事を危うくするのではございますまいか」

「もうよい、出過ぎるぞ——双葉」

小平太は癇癪《かんしゃく》筋を立てて遮《さえぎ》った。「まだ結婚もせぬうちから差出た事を云うな、それくらいの思案をもたぬ小平太ではない」

「お気に障《さわ》りましたら御勘弁下さいませ」

双葉は美しい唇許《くちもと》にそっと微笑を含みながら温和《おとな》しく小腰をかがめた。

「今度またこんな小言がましいことを云うと、承知せぬから、そのつもりでおれ」

「はい、お分り下されば差出たことは致しませぬ」

小平太はぷんぷんしながら、大股《おおまた》に立去って行ったが、二三十歩行ったと思うと、——不意に戻って来て、

「その……あれだ、——」

と口籠《くちごも》りながら、「そなたの、今の、その……云い分にも多少は尤《もっと》もなところがある。だが、——いやまあよい、有難う」

それだけ云うと、自分でもてれたか足早に城の方へ去って行った。その後姿を、うるみの濃い眸子《ひとみ》でじっと見送っていた双葉は、男の生一本な態度が堪まらなくいとし

くなって、

「ほほほ、まるで子供のようだこと」

とひとり呟《つぶや》くのであった。

しかし世の中は皮肉に出来ている。双葉が意見をしてから十日と経《た》たぬうちに、小平太の身の上に意外な転変をもたらす事件が起った。

ある日、光政は近臣を前にして大坂陣の武勇談を戦わせていたが、話がいつか力量のことに及んだ。光政は生来膂力《りょりょく》が強くて、伝うるところによると片手に碁盤を持って、蠟燭《ろうそく》の光を煽《あお》ぎ消したというほどだった。ふだんそんな事は決して口にせぬ光政だったが、武勇談に釣られたものか、

「後藤又兵衛という人物は二十人力あったと聞くが、もし本当なら一度手合せをしてみたかった、——余も二十人力とまではゆかぬが、十人や十五人の力はあるかと思う」

と云った。列座の者は黙って聞いていたが、小平太は無遠慮に、

「なるほど、殿には十五人力の御力があるかも知れませぬな、しかし後藤又兵衛は大坂方のみならず、関東にも聞えた勇将、ただ力があるだけではとても太刀打はなりますまい」

「――また小平太か」

光政は苦い顔をして、

「どうも貴様は余の申すことにけちばかりつけおる、――どうして太刀打が出来ん？」

「力にも色々とござって、中には馬鹿力などと申すものもあり……」

「黙れ、黙れ小平太」

光政は癇癪を起こした。「馬鹿力とは無礼であろう、それ程の口をきくからはそちにも覚悟があるに相違ない、余が馬鹿力であるかどうか試してみる、庭へ出ろ」

「それは迷惑仕《つかまつ》ります」

さすがに謝るかと思っているとさにあらず、「殿は小平太の御主君でござります。主君を相手にしてはとても充分に武術競べなど出来るものではございませぬ」

「云ったな、――それでは武術競べのあいだ主でなく家来でなく、唯の光政と小平太になろう、辞退許さんぞ」

「心得ました。しかし手前の武術は当今流行の竹刀《しない》踊りなどと違い、専《もっぱ》ら戦場向きの荒業でござれば、甲冑《かっちゅう》を着けて頂きとう存じます」

「望むところだ、支度せい」

強情同志がこう云い出しては止めようがない。どうなる事かと見るうちに、小平太は下僕に馬を飛ばさせて小具足を取寄せ、手早く身支度をして二間柄《にけんえ》の稽古槍《けいこやり》をとって立出《たちい》でる、——一方光政も大鎧《おおよろい》に兜《かぶと》をつけ、すっかり武装を備えたうえ、これも同じ稽古槍だが、特に筋金を入れたのを持って大庭へ下り立った。

いかに気風の荒い寛永時代とはいえ、主従が物具を着けて試合をするのは珍しい、家臣たちは無事にすめばいいがと、かたずをのんで見まもった。

「——参れ」

光政は重さ四貫目という自慢の稽古槍に、りゅうりゅうと素振りをくれて叫んだ。

「御免、——」

と小平太も足場を計って身構える、——よく晴れた空に鳶《とび》が一羽、のどかに春雲をかすめながら飛んでいた。

三

どっちから踏み出したか分らなかった。暫《しばら》く呼吸を計っていたと思うと、

「やあっ！」

「おっ」

諸声《もろごえ》に喚《わめ》いて槍を繰出す。はっ、と見るうちに跳びちがって、がらがらっ！　とから

み合う、刹那《せつな》、小平太が右へひらいて、

「えーいッ」

と一槍、見事に胴へ入れる。

「浅いぞ」

喚いて光政が、横から力まかせに槍でひっ払った。なにしろ稽古槍でも筋金入り四貫目の業物だ、まともにくらったら腕の一本ぐらい打ち折られてしまう。小平太は巧みにかわすや、

「えいっ、おーっ」

と踏込みざま、脇立のあたりへこれでもかとばかり第二槍をつけた。

「浅い、かすった」

と光政は強情に首を振る。

「ええ面倒な」

小平太は叫ぶなり、槍を投出して迫ると、光政が嫌って突出す槍をぐいとひっ掴《つか》み、手許へ手繰《たぐ》り込むと見るや、いきなり光政の腹帯をとって、

「やあーッ」

と一声、金剛力をふるって肩へひっ担《かつ》いだ。恐ろしい怪力である、見ている者も驚

いたが光政も呆《あき》れた。

「なにくそっ！」

ともがくのを、肩にかけたまま、大股に歩き出した小平太、泉水の側まで来ると、

「やっ！」

と云いざま、光政を池の中へ投込んでしまった。いや、見物の家臣たちが仰天したこと、慌《あわ》てて四五名駈けつけると、池の中へとび込んでようやく光政を助け出したが、——その時にはもう小平太の姿はそこには見えなかった。

「あの乱暴者め」

光政は口惜しそうに舌打ちをして、

「まさか池へ投込もうとは思わなかった」

「無礼も過ぎるかと存じます」

近臣の一人が恐懼して、「殿の御寵愛《ごちょうあい》に甘えて、近頃はちと増長気味でござります」

「今日の致し方など言語道断」

「きっとお沙汰を遊ばしませ」

半分は慰めに云うのを、

「いや捨置け、今日の勝負は主従の差別を抜きにする約束だ。余も槍を入れられた時、

浅いのかすったのと強情を張ったのが悪い、――それにしても癪な奴は小平太めだ」

光政はそう云って呻《うめ》いた。

幾ら約束とは云いながら、主君を池へ叩《たた》き込んだのだから、進退伺いぐらいは出すかと思うと、どうして、当人一向平気なもので、明くる日もけろりと登城した。そんな事があったかしらんという顔つきである。

光政は癪で癪で堪まらない。

「一度でもいい、どうかして参ったと云わせたいが、尋常の事ではいかん、――どうしてくれよう」

と考えていたが、やがて何か思いついたとみえて、

「小平太、庭を歩く、――供せい」

と云って起った。

小姓も伴《つ》れず小平太一人を供に、庭へ下りて、二ノ丸の方へ歩きだした。鳥取城は久松山に築かれ、千代川の流れや、栗谿《くりだに》の峡間を望む景勝の位置にある。光政は小馬場のあたりから鉄砲倉の方までぶらぶら歩き廻っていたが、丁度中曲輪《なかくるわ》の台地へ差しかかった時、

「あれは何だ、――」

と云って稲葉山の方へ振返った。

そこは五尺余り高く石で築上げた場所で、大手の配《くば》りを見るために用いられている。小平太はその台地の端の方を歩いていたが、光政に云われて何気なく振返った、その刹那である。

「――えい！」

と云って光政が、いきなり小平太を力任せに突飛ばした。――避けもどうも出来ぬ不意討ちである。

「あっ」

と云いながら小平太はどうと下へ転げ落ちた。

「どうだ、どうだ小平太」

光政は手を拍《う》って、「貴様、えらそうにしても、不意をつかれてはひとたまりもないでないか、戦場ではいちいち声をかけて斬りつけるとは限らんぞ、どうだ参ったか」

「――憚《はばか》りながらお眼が届きませんな」

小平太は起上って来ると、静かに着物をはたきながら云った。

「なるほど油断を仕りました、しかし手前はただ転げ落ちただけでござるが、殿は最《も》早《はや》お命がござりませんぞ」

「――なんだと？」

「お小袖《こそで》の右の袂《たもと》を御覧遊ばせ」

何を云うかと検《あらた》めてみると、いつどうしたか、小柄《こづか》がふた縫い縫いつけてあった。

「や！　どうしてこれを、――」

「武術とはかくの如きものでござる」

小平太の微笑を見ながら、光政は今こそ日頃の口惜しさも忘れて驚歎《きょうたん》の眼をみはった。

四

その夜のことである。――

小平太は楳本主膳から招かれて、夕飯をもてなされていた。膳部にはこの家に珍しく酒が出ていて、二三杯でとろりと酔った主人はひどく上機嫌だった。

「さあぐっと過されい」

「――もはや、充分頂戴《ちょうだい》致しました」

小平太も酒には弱い方である。

「そう云わずに重ねられい、今日はそこ許《もと》のお蔭《かげ》で主膳ことごとく面目をほどこした。心祝いだ。さあ双葉、――お酌をせぬか」

「もうなりませぬ、どうぞ」

小平太は盃《さかずき》を伏せて、

「唯今、拙者のために御面目を――と伺いましたが、それはどういう仔細《しさい》でござりましょうか」

「隠すな隠すな、小柄の早業じゃ」

「小柄の早業とは、何の事でござりまするか」

双葉が慎《つつ》ましくきいた。

「それはの、こうじゃ」

「ああ、どうぞ御内聞に」

うっかり双葉に聞かれるとまた小言の種だと思ったから、急いで打消しにかかったが、老人は酔いも手伝って膝《ひざ》を乗出しながら、

「今更羞《はに》かむ間柄でもあるまい、――殿にはかねがね小平太殿を一本参らせようと密《ひそ》かに企《たくら》んでおわしたのじゃ。そこで今日、お庭見廻りに伴れ出し、中曲輪の台地へ登った折、隙《すき》を狙《ねら》っていきなり小平太殿を突落された」

「――どう遊ばしました」

「普通の者なら足でも挫《くじ》くところであろう、どっこいこっちは藩中きっての達人じゃ。体は落ちたが、そのとっさの間に、小柄を抜いて殿のお袖へ縫い止めてあったのだ」

「まあ……」

「さすがに殿も舌を巻かれた。あれまで計って負けたのは残念だが、あれ程の武士を家来に持ったのは余の自慢じゃ――と、老臣列座の前で仰《おお》せられた。どうだ双葉、殿御自慢の男を良人《おっと》に持つその方、婿《むこ》にするわしの喜びは先《ま》ず鳥取城中随一であろうが……」

「それは真《まこと》でござりますか」

双葉はにこりともせずに振返った。――小平太は眼のやり場に困っている。

「――小平太さま」

双葉はきっと容《かたち》を改めて、「父上さまにも申上げまする、小平太さまとの許嫁《いいなずけ》縁組みは、今宵《こよい》限りお断わり申しまする」

「――ええ！」

「な、なにを、何を申すか」

意外な言葉に呆れる主膳には眼もくれず、双葉は小平太を鋭く見て、

「貴方さまはもう少し武道にお明るいかと存じましたに、いまのお話を伺って失礼ながらお心得の浅さに驚き入りました、とてもわたくし一生の良人としてお仕え申すことは出来ませぬ、これまでの御縁と思《おぼ》し召して頂きまする」

そう云うと、犯し難い威を見せながらすっと起《た》って次の間へ去ってしまった。

「なんという事を致すやら、これ双葉」

「あ――暫く」

後を追おうとする主膳を抑えて、小平太はぐいと坐り直した。

「双葉どの、唯今のお言葉、胆《きも》に銘じてござります」

「そこ許までがそんなことを」

「いや、何も仰せられまするな、お蔭で小平太発明仕りました、本来なれば割腹も仕るべきところ、所存もござれば一応お暇《いとま》を頂きまする――憚りながら御前へよろしゅう」

「待たれい、仔細少しも解《げ》せぬ」

「改めて申上げまするもお恥ずかしい次第、唯このままお別れ申す、さらば」

小平太は逃げるように座を立った。

主膳には何が何やら訳が分らない、明くる朝人をやってみると、小平太は昨夜のうちに家内の始末をして、いずれとも知れず退国したと云うことであった。――そこで直ぐに登城してこの旨《むね》を言上すると、光政も驚いて、

「強情者のことだ、何かまた臍《へそ》を曲げたに相違ない、早く人を遣《や》って呼び戻せ」

と命じた。

そこで騎馬を八方に飛ばして捜索させたが何方《いずかた》へどう立退《たちの》いたか見当もつかず、近国にまで訊《たず》ね合せてみたけれど、結局小平太の行衛《ゆくえ》を突止める事は出来なかった。

「惜しい奴じゃ」

光政は残念そうに、「あれ程の男、いずれどこかへ再仕官するであろうが、あの腕を認める明のある者がいたら千石は下るまい、――そちも良い婿を逃がして残念であろう」

「恐れ入りまする、娘が差出たことを申したばかりに、御用に立つべき人物を退身させ、お詫《わ》びの申しようもござりませぬ」

「そちの娘もひと癖あるからな、――しかし、小平太め、いつかは余の許へ戻って来るように思われるがのう」

光政の眼には、喧嘩《けんか》相手を失った淋しさが水のように滲《にじ》み出ていた。

立帰る春

一

それから七年経《た》った。

寛永九年、光政は鳥取から備前の国へ転封《てんぽう》された。岡山城は光政の父利隆が家康から賜わったもので、光政の代になって鳥取へ移されたのを、再び備前へ還封されたのだから、云ってみれば父祖の地へ戻った訳である。

国替え万端終って間もない一日、まだ朝霧も消えやらぬ早朝の、岡山城大手門のあたりに、一人の尾羽うち枯らした浪人者がうろうろと歩き廻っていた、——鬢髪《びんぱつ》も伸び、髭《ひげ》も生《お》い、形《なり》はというと垢染《あかじ》みて継ぎはぎの当った布子に、よれよれになって縞目《しまめ》も見えぬ袴《はかま》、大小だけは立派だが、素足にすりきれた草履ばきというみじめな姿である。それが城門の前をいつまでも往《い》ったり来たりしているのだ。

「——妙な奴ではないか」

「うん、さっきからしきりに御城内を覗《のぞ》いているようだ」

「取札《とりただ》してみよう」

城門を守る番士がみつけて出て来た。

「待たれい御浪士」

浪人は呼止められてぎょっとしたらしく、急いでそこを立去ろうとした。その様子が余計に番士の疑いを増させた。

「待てと云うに、待たぬか、――」

「いや、拙者は」

「怪しい奴、逃げると射殺すぞ！」

番所から一人が、鉄砲を持って走り出て来た。浪人は逃げられず、小腰をかがめながら哀願するように云った。

「お眼に止って恐れ入ります、通りすがりに御城を拝見仕《つかまつ》り、結構善美のお縄張りゆえつい、……立去りかねておりました次第、決してうろんの者ではござらぬ、どうかお見逃し下されたい」

「通りすがりと申すが、もはや一刻近くも城内をうかがう様子、このままではお帰し申す訳に参らぬ、一応番所まで来られい」

「そう仰せられず枉《ま》げて」

「ならん、参れと申すに！」

威猛高《いたけだか》に叫ぶ側から、一人が鉄砲の筒口を向けて脅《おど》している、――浪人はさっと顔色を変えて向直った。

「これほどお詫びを申しても許さぬと云われるか、鉄砲などに恐れて云うことをきくと思うと些《いささ》か違うぞ」

「こいつ、――狼藉《ろうぜき》する気か」

「射《う》ってみい」

浪人は胸を叩《たた》いた。「貴様らの射つへろへろ弾丸《だま》が、この胸板にさわりでもしたら慰みだ、射て、射たぬか」

「おのれ、雑言するか」

番士の指が引金にかかった時、

「待て待て！」

と声をかけて、一人の老武士が馬を乗りつけて来た。「大手御門の前で何事だ！」

「は、これは御老職……」

番士はうわずった調子で慌《あわ》てながら、「この浪人者め、一刻ほど前よりこのあたりをうろつき、御城内の様子をうかがっておりまするゆえ」

「――や、や！」

馬上の老武士は浪人の顔をひと眼見るなり驚きの声をあげた。

「そこ許は青地氏ではないか」

「え――？」

と振向く浪士。ああ正に、姿こそ落魄《らくはく》したれ、それは七年以前、自ら退身し去った、あの青地小平太その人であった。

「おお貴方《あなた》は楳本《うめもと》殿――」

「これは意外な」

楳本主膳は馬からとび下りて、「番士衆、こちらは青地小平太殿と申して、故《ゆえ》あって七年前退身した家中の仁だ、拙者が預かるゆえ構いなしに行かれい」

と云って振返り、「折良く拙者が早出仕で何より、さ、――ともかくも城中へ」

「いやそれは成りませぬ」

「成る成らぬの話ではない、あれ以来殿には一日としてそこ許の噂《うわさ》をされぬ日は無いくらいじゃ、御挨拶《あいさつ》だけでも申上げねば相済まぬ、先《ま》ず、先ず参られい」

と達《た》って小平太を促し、城内へ伴うと遠侍に待たせておき、時刻はずれを押してお目通りを願った。

「――なに小平太が来た」

光政は果して驚き喜んだ。

「して、仕官している様子か、それとも」

「いまだ浪人のもようでございます」

「会おう、会おう、すぐに庭へまわせ」

主膳は蒼惶《そうこう》と立った。

二

特に思《おぼ》し召しで、お数寄屋の庭前《にわさき》へ導かれた小平太が、沓脱石《くつぬぎ》の脇《わき》に控えていると、

――間もなく、近習を従えて足音もあわただしく光政が出て来た。

「――小平太か」

つかつかと縁先まで進む。

「はっ」

と平伏する小平太の姿を見て、光政の面は痛々しげに曇った。

小平太ほどの武士、眼のある者なら千石以下では抱えまいと思っていたのに、見れば落魄しきった有様、これがあの小平太かと思うと、可哀さと不服とが胸へつきあげ

て来て、

「小平太、その姿はどうした」

と思わず大声に叫んだ。「暇も乞《こ》わず退国して七年、そんなに落魄《おちぶ》れながら——何故帰って来なかったのだ、余の心を察しもせんで、強情にも程があるぞ、何故……何故もっと早く戻って来なかった、愚か者め」

「——殿……」

「小平太の愚か者め」

叱《しか》りつけながら、光政の双眼からは溢《あふ》れるように涙がしたたり落ちる。

「——殿……」

と小平太も声を忍んで泣き伏した。もはやなんの言葉がいろう、二人の涙が何もかも説明しているのだ、——光政はやがて涙を拭《ぬぐ》って、

「さあ上れ、小言は後で云う、久しぶりの対面じゃ、盃をとらそう」

「は、しかし未《いま》だ帰参もかなわぬ身の上にて」

「云うな云うな、すべては追っての事、その方まだ余の健勝を祝しておらんぞ」

「……これは」

「それ見ろ慌て者め、支度は出来ておる、先ず余の健勝を祝って盃を挙げい、参れ」

衣服の塵《ちり》を払って小平太は席へ上った。

そこには既に小酒宴の支度が出来ていた、光政は上機嫌に盃をとって自ら口を附《つ》けたうえ小平太に与えながら、

「よう戻った、待っておったぞ」

「殿にもお変り遊ばさず、御武運めでたくいらせられまして祝着《しゅうちゃく》に存じまする、――実は岡山へ御移封と承り、蔭ながら御祝着を申上げようと存じまして――」

「祝いに来たと云うか、では……帰参を願いに参ったのではないのだな」

「――は」

「その方、あれから仕官をしたか？」

「恐れながら、小平太の主君と仰ぐは殿おひと方のみ、もとより二君に仕える所存はございませぬ」

「ではこのまま帰参せい」

光政はおしつけるように、「その方のために千石取ってあるぞ、帰参するだろうな」

「…………」

小平太は言葉もなく平伏したが、「有難き御意、御礼の言葉もございませぬが、この度は旧領へ御移封のお祝いを申上げるために参り、はからずも御眼を汚《けが》し奉《たてまつ》った小

平太、——些か存ずるところもございますれば——」

「相変らずの強情者め、厭《いや》だと申すか」

「御意に逆《そむ》き恐れ入りまするが」

「ふうむ」

光政は皮肉に、「察するところ、長の浪々で身体《からだ》を弱らし、とても千石の勤めはかなわぬと云うのであろう、どうだ」

「冗談ではございませぬ」

小平太はぐいと面をあげた。

「たとえ百年牢窮《ろうきゆう》致せばとて青地小平太、衰亡して御奉公のならぬような、そんな木偶《でく》な体は持ち合せませぬ」

「では今でも余と試合う元気があるか」

「御意とあれば何時《なんどき》たりとも、——」

七年ぶりに会いながらもうこれである。

「よいよい、それが空元気かどうか試してみれば分ることだ、まあ重ねい」

「頂戴仕る」

酒だけは浪々中に進んだらしい、注《つ》がれるままにぐいぐいと呷《あお》った。近習の者たち

は、小平太の呑《の》み振りを見ながら――また変にもつれて来るのではないかとはらはらしている。やがて小平太は、

「――御免、……」

と拝揖《はいゆう》して立った。後架へ行くのであろう、広縁へ出て右へ四五間、――丁度下が泉水にかかるところまでさしかかった、とたんに、

「小平太隙《すき》だぞ」

と叫びざま後ろから光政がだっと突いた。酔っていたか、それとも油断か、小平太は広縁から鞠《まり》のように転げて、ざぶーんと飛沫《しぶき》をあげながら泉水へ落込んだ。

「わっ、やった」

「小平太がやられた、わはははは」

「わはははは」

侍《はべ》らしていた若侍たちは、濡《ぬ》れ鼠になって起上る小平太の姿を見ると、思わず膝《ひざ》を叩いてどっと哄笑《こうしょう》した。

三

光政は黙って見ていたが、小平太が静かに泉水から上って来ると、

「――小平太」

と呼びかけ、微笑しながら、

「あっぱれ武士の心得、会得したな」

「は、――」

見上げる小平太、ひたと両方の眼が合ったとたんに、二人とも腹をゆすって、

「わはははははは」

「はっはははは」

と笑いだした。笑いながら光政は小平太の手をとって上へひきあげる、――なんだか様子が変なので、若侍たちは怪訝《けげん》な顔をしていたが、棋本主膳は腹立たしそうに、

「どうした小平太、高言の舌も乾かぬうちに今の有様はなんだ、さてはその方、――殿御意の如《ごと》く永の浪人にて武芸の手並も鈍ったな」

「待て待て主膳」

光政は笑いながら制し、「さあ小平太、構わぬから座へつけ、いや濡れても構わぬ、千石の武士の濡れ跡じゃ。遠慮は無用」

と元の座へ直ると、

「児二郎」

と小姓に振返り、「奥へ参って用意の物をこれへ持てと申せ」

と云った。それから一座を見廻して、

「いま小平太を泉水へ突落した時、その方たちは声を合わせて笑ったな、――恐らく小平太の油断を笑止と思ったのであろう、どうじゃ」

「御意の如く……」

と主膳が乗出すのを、

「まあ主膳は待て」

光政は再び抑えて、「先年の試みには、小平太は突落されながら余の袖《そで》へ小柄《こづか》を刺止めた、しかるに今日は一手も動かさず落込んでいる、その方たちは小平太の腕が鈍ったと思って笑ったのであろう、――」

光政の顔がいつか厳粛にひき緊《しま》ってきた、列座の人々は思わず衿《えり》を正した。

「先年、小平太が余の袖へ小柄を縫い止めた折、実は余もその妙術に驚きもし感じもした、だから小平太が出奔したと聞いた時には、惜しい奴、なんのために退身したかと不審に思ったのだ、――しかし、余には直ぐ小平太の真意が分った。分ったればこそなおさらに惜しく、その方たちも知る如く今日まで小平太の帰参を待っていたのだ、……主膳、合点がいったか」

「は、——とんと何やら……」

「皆の者はどうじゃ」

「は……」

なんだか禅問答でも聞いているようで、誰にも納得がゆかぬらしい、光政は苦笑して、

「小平太、先年退国した理由を申せ」

「は、——しかし」

「余の申しつけじゃ、云え」

小平太は膝へ手をおき、

「御意に反《そむ》くは恐れ入りまする、——先年退国仕りましたは、私の致し方が不忠不逞《ふてい》にて、臣下の道を踏みはずした事に気付いた故でござります」

「その仔細《しさい》を申せ」

「およそ臣下たる者は、元より身命をお上に捧《ささ》げましたもの、例えば、——抜討ちに首を召されましょうとも、黙ってお受け致すべきが本分でござりまする。一命を捧げたる君側に侍して、万分の一たりとも己の身を護《まも》る心がありとすれば、即《すなわ》ち逆意ありと云われても申し開きは立ちませぬ」

主膳が思わずうーむと呻《うめ》き声をあげた、小平太は慚愧《ざんき》に耐えぬものの如く、

「かかる分明の道理をも弁《わきま》えず、君の御衣裳《いしょう》に小柄を縫うなどは、些かの武芸に慢じて臣下の道を忘れたる不忠者、——本来なれば切腹も仕るべきところ、退国しましたるは時節を待って、御馬前に死所あらばと存じたからでござりました」

「うむ、うむ——」

光政は頷《うなず》き頷いて、「どうだ、主膳はじめ皆の者も、いま小平太の申した所、相分ったであろうな」

「は、——」

初めて知る小平太の真意、——一座の驚嘆は勿論《もちろん》、主膳は全身冷汗をかいて平伏した。

「これ、用意の物、来たか」

光政が呼ぶと、

「はあ」

と答えて、襖《ふすま》の向うから一人の女が、衣服を捧げて座へ入って来た。光政は、

「小平太」

と呼びかけた、「そちの衣類を濡らした、余の垢《あか》附きを取らすぞ」

「は、忝《かたじけ》のう……」

と見上げた小平太、――衣服を捧げた女をひと眼見るなり、

「あ、そなたは双葉」

「………」

かつての許嫁《いいなずけ》双葉である。なつかしさと、羞《は》ずかしさに上気した顔をあげて、熱く熱くじっとみつめる双眸《そうぼう》、七年のあいだ相見ぬ心と心が一時に燃え上って、二人の頬にさっと紅を咲かせた。

「わははは」

光政が身を反らして笑いだした。

「見ろ主膳、強情者の小平太が赧《あか》くなりおったぞ、わはははは、わはははは」

「こ、これは、殿……」

狼狽《ろうばい》して益々《ますます》赧くなる小平太。

「云うな云うな、そちの顔には朱筆で『嬉《うれ》しい』と書いてあるぞ。垢附きと共に改めて光政からその方へ与える、七年のあいだそちのために操《みさお》を立てて来た双葉じゃ、粗略にすると余が黙ってはおらんぞ、――唯今から千石を以《もつ》て帰参を申付ける、辞退は許さん、分ったか」

「は、は、――」

小平太は泣いていた。双葉の肩も嗚咽《おえつ》に顫《ふる》えていた。

光政は盃をとって、

「小平太も双葉も近う、この小酒宴をそのまま、そちたち二人の祝言にしてやる、――主膳、その方祝儀を謡《うた》え」

小姓が銚子《ちょうし》を執った。明るく晴れあがった数寄屋の庭前へ、主膳の謡う錆《さ》びた声が、静かに響きはじめた。


（「婦人倶楽部」昭和十三年三月号）

彩《に》虹《じ》

一

「……ひと夜も逢《あ》わぬものならば、二重《ふたえ》の帯をなぜ解いた、それがゆかりの竜田山、顔の紅葉で知れたとや……」

さびのあるというのだろう、しめやかにおちついた佳《よ》い声である。窓框《まどかまち》に腰を掛けて、柱に頭をもたせて、うっとりと夜空を眺めていた伊兵衛は、思わず、

「たいそうなものだな」

と呟《つぶや》いた。彼の足許《あしもと》へ身を寄せるようにして、色紙で貼交《はりま》ぜの手筐《てばこ》のような物を作っていたさえは、

「なにがでございます」

と眼をあげた。そういう表情をするとふしぎにしおのある美しい眼だ。

「あの唄さ、たいそうな声じゃないか」

「ほんとうに佳いお声でございますわ、脇田さまでございますか」

「そうだろう」

伊兵衛はしずかにうなずいた。

「小さいじぶんから、なにをやっても人の上に出る男だったが、あんな俗曲にもそれが出るんだな、さすがの蜂谷が音をひそめているじゃないか」

「お顔が見えるようでございますね」

さえはそう云ってくくと笑った。

「……それにしても今夜は皆さまずいぶん温和《おとな》しくていらっしゃいますのね、蜂谷さまだけでなく村野さまも石岡さまもまるでしんとしていらっしゃるではございませんか」

「脇田の帰国を祝う催しだから遠慮しているのだろう」

伊兵衛はそう云いながら、その宴会のありさまがそのまま鳥羽藩の近い将来を暗示するものかも知れないということを考えた。……脇田宗之助は、つい数日まえ江戸から来た。彼の父は宗左衛門といって、六年まえに死ぬまで鳥羽藩稲垣家の国家老であった。宗之助はその一人息子で、幼い頃からずばぬけた俊敏の才をもっていた。十六歳のとき藩主対馬守照央《つしまのかみてるなか》に従って江戸へゆき、専《もっぱ》ら法制の勉学をやっていたが、こんど、二十五歳で国家老に就任するために帰国したのである。今宵《こよい》はその帰国を迎えるために、旧友たち十人の者が集って祝宴を催した。みんな二十五六の青年たちだし身分も老職格の者ばかりで、そのうち五人は顧問官というべき年寄役か、やがてその役を襲うべき位置にある者だった。……樫村伊兵衛は筆頭年寄で、宗之助とは最も親しい旧友であり、この祝宴の主人役であったが、宗之助のために酒をしいられ、やや悪酔をしたかたちで少し息を入れに立って来たのだった。

「なにか匂《にお》っている」

伊兵衛はふと中庭のほうへ振返った。

「……なんの花だろう」

「梅でございましょう」

さえはそう云いながら立って来た。

「……ああ、丁字《ちょうじ》でございますね」

窓へ寄って見ると、早春の暖かい夜気が面をなで、噎《む》せるほど丁字の花の香が匂って来た。植込の茂み越しに、奥座敷の灯が明あかと見え、なにか賑《にぎ》やかに笑いあう声が聞える。この季節のならいで、薄雲のかかった空に十六夜《いざよい》のおぼろ月があった。

「ごめんあそばせ」

さえは自分の頭から櫛《くし》をぬき取ると、叮嚀《ていねい》に紙で拭《ふ》いてから、伊兵衛の鬢《びん》の毛をそっと撫《な》でつけた。

「……二十日のお祝いにはまたお屋敷へおよばれにあがります、昨日わざわざ奥さまからお招きを頂きました」

「二十日になにかあるのか」

「まあ、お忘れでございますか」

さえは可笑《おか》しそうに首を傾《かし》げた。

「……貴方《あなた》さまのお誕生日ではございませんか、去年もおよばれ申しましたわ、母といっしょに」

そう云っていたとき、廊下の向うに遽《あわただ》しい跫音《あしおと》が起こり、

「そちらは家の者の部屋ですから」

と、女中の制止する声にかぶせて、

「どけどけ、向うから姿を見かけたのだ」

という宗之助の高声が聞えた。さえは急いで櫛を自分の髪に差し、とり散らした物を片付けようとしたが、それより早く、廊下を踏み鳴らして宗之助がやって来た。

……明けてある障子の前へ来て立った彼は、酔のために少し蒼《あお》みを帯びた端正な顔で、伊兵衛を見、さえを見た。上背のあるりっぱな体軀《たいく》と、眉《まゆ》の濃い、一文字なりの唇《くち》つきの眼立つぬきんでた風貌《ふうぼう》である。伊兵衛からさえに移した彼の眼は、一瞬きらきらと烈《はげ》しく光った。

「ほう」

と、彼は唇をつぼにし、無遠慮にさえを見詰めたまま歎賞《たんしょう》の声をあげた。

「……美しいな」

「中座をして済まなかった」

伊兵衛はそう云いながら立っていった。

「……なんとも堪まらなかったものだから」

「そんなことは構わないが、もういいのか」

おちついたようだと聞いて宗之助は微笑したが、急に身をひらいて、

「では庭へ出よう」

と云った。伊兵衛は相手の眼を見た、宗之助は袴《はかま》の紐《ひも》を解き、くるくると裸になった。

「久方ぶりで一揉《も》みやろう」

「どうするのだ」

「相撲だよ」

宗之助は挑むような眼でこちらを見た。

「酒では勝ったが力ではまだ負けるかも知れない、あの頃はどうしても勝てなかった

からな、さあ来い」

「酔っていてはけがをする、それはこんどに預かろうじゃないか」

「おれは裸になっているんだ、恥をかかせるのか」

二

このとつぜんの挑戦は単純なものではない、伊兵衛の神経はそれを感じた。そして袴の紐へ手をかけるのを見て、さえが止めにはいろうとしたが、伊兵衛は、「止めるな」と眼で知らせ、手早く裸になって出ていった。

宗之助は色の白い、しかし逞《たくま》しく肥えたみごとな体だし、伊兵衛も痩《や》せ形ではあるが、筋肉の発達した浅黒い膚《はだ》で、どちらも若さの満ち溢《あふ》れた「ちから盛り」という感じである。……伊兵衛は相手を射ぬくように見て、

「いい体だな」

と呟き、大きく跳んで庭へ下りた。……中庭のひとところが芝生になっている、二人はそこへいってがっしと組み合った、さえは縁側の柱へ凭《よりかか》り、息を詰めながら見ていた。勝負はながくはかからなかった、肉体と肉体の相撲《あいう》つ快い音が二三度し、両者の位置がぐるりと変ったとき、宗之助は巧みに足を払って、伊兵衛を大きく投げ倒し

た。しかし投げ倒した刹那《せつな》、なにを思ったか、いきなり相手の上に馬乗りになり、

「怪しいぞ伊兵衛」

と歯をくいしめたような声で云った。

「わざと負けたな、本気ではあるまい」

「ばかなことを云うな」

「いや不審だ、いまの足は軽すぎた、きさまおれを盲目《めくら》にする気か」

「よせ脇田、人が見ているぞ」

「云え、本気か嘘《うそ》か」

宗之助は両手を伊兵衛の喉《のど》へかけた。

「……刀にかけて返答しろ」

「まいった、おれの負だよ」

宗之助は、

「たしかだな」

と叫んだが、それと同時に破顔しながら立った。つい一瞬まえまでの執拗《しつよう》な、昂《たかぶ》った表情は拭《ふ》き去ったように消え、まるで人が変りでもしたようなおちつきと威厳をとり戻していた。……縁の柱に倚《よ》って、この有様を屏息《へいそく》しながら見ていたさえは、その

とき崩れるようにそこへ膝《ひざ》をついてしまった。

その夜の出来事を、家へ帰ってから、伊兵衛はいろいろな角度から考えてみた。宗之助は少年時代から負けず嫌いだった、頭脳的にも肉体的にも常に孤《ひと》りぬきんでなくては承知しなかった。そして事実それだけの才分に恵まれていたが、伊兵衛だけにはそういう意識をもたず、いつも互いに鞭撻《べんたつ》し合うという風で、――おれたちが家督したら鳥羽藩に活きた政治をおこなおうぞ、などと云いあいしたものであった。

――だが今度の彼は違う。伊兵衛は、あらゆる方面から考えてそう思った。酒のしい方も尋常ではなかったし、相撲のときの勝負に対するくどさも昔の彼には無かったものだ。――彼はこの伊兵衛を凌《しの》ごうとしている、とつぜん相撲を挑んだ動機はさえにあったかも知れない、さえと自分とが二人きりでいるのを見て、若い血がなにかせずにいられなくなったのかも知れない、しかしあんなに勝ち負けに対する拘《こだわ》り方は他に理由がある、そしてその真の理由はわからないが、おれを凌ごうとしている点だけはたしかだ。繰返し考えた結果、伊兵衛の摑《つか》み得たものはそれだけでしかなかった。

翌日まだ早く、九時まえという時刻に宗之助が訪ねて来た。あがると先に母の部屋へはいり、活潑《かっぱつ》な声で暫《しばら》く話していたが、やがて、

「ああ庭の梅がずいぶん大きくなりましたね」

と、云いながら伊兵衛の居間へやって来た。

「たのみがあるんだ」

彼は座につくとすぐそう云いだした。

「……明日から御政治向きの記録類を調べたい、御納戸《なんど》、金穀、作事、港、各奉行所の記録方へ資料を揃《そろ》えるよう、五老職の名で通達して貰《もら》いたいんだ」

「それは御墨付が無くてはできないだろう」

「そんなことはない、五年寄役には随時に記簿検察の職権がある筈《はず》だ」

「だがそれは事のあった場合に限る」

「事はあるよ」

宗之助は笑いもせずにそう云った。

「……国家老交替という大きな事が迫っている、理由はそれで充分だ、たのむ」

「謀《はか》るだけは謀ってみよう」

「いやいけない、是非とも必要なんだ、それも明日からということを断わっておく」

押付けるというのではない、自分の意志は必ず行われるという確信のある態度だった。そして伊兵衛が返辞をするのを待とうともせず、急に破顔しながら第二のたのみだと語を継いだ。

「……昨夜の佳麗はあの料亭のむすめだというが、其許《そこもと》はよほど親しくしているのか」

話題がとつぜん変ったので伊兵衛は返答に困った。

「そんなこともないが」

「だって家族の部屋で、二人差向いになっているくらいじゃないか」

「あの家へは小さい時からよく父に伴《つ》れられて食事をしにいった、それで普通よりは気安くしているというのだろうかな」

「あの女を嫁に欲しいんだ」

あっさりと宗之助は云った。

「いいむすめだ、あのしっとりとした美しさは類がない、縹緻《きりょう》も良いがあの縹緻は心ざまの良さが裏付けになっている、おれはいきなり楽器を思った、弾き手の腕しだいでどんな微妙な音をも出す名器、そんな感じだ、なんとしてでも嫁に欲しいんだが、其許から話してみてくれないか」

三

「しかしそれは、両方の身分がゆるさないだろう」

「なにそういう点は自分で処理する、其許はただ相手へおれの意志を伝えてくれればいいんだ」

「信じ兼ねるなあ」

伊兵衛は首を振った。

「……なにしろこっちは国家老になる体だし、向うは料亭のむすめだからな、少し違いすぎるよ」

「ばかを云え、江戸では芸者を妻にする者だって珍しくはないんだ、もし本人に来る気持があれば正式に人を立てるから、頼むぞ」

これで要談は済んだと云って、宗之助はさっさと立って帰っていった。……伊兵衛はそのあとで香をたき、もう、さかりを過ぎた庭の梅を見ながら、登城の刻の来るまでじっと考えこんでいた。昨夜の宴の酒から始まって、なにか決定的なものが動きだしている、それは単に「伊兵衛を凌ごう」とする程度のものではない、昨夜に続いて各奉行所の記簿検察、さえに対する求婚、こうして矢継ぎ早に、先手先手とのしかかってくる宗之助の態度には、たしかになにかを決定的にしようとする意志がある。

――宗之助と自分との、かつて最も親しかった関係が、今や新しい方向へ転換しようとしている、この転換がどんな意味をもつかまだわからない、しかし見はぐらない要心は欠かせないぞ。

伊兵衛は肚《はら》をきめるという感じでそう思い、やがて登城するために立った。……彼は肚をきめたのである、その日すぐ年寄役人を集めて相談し、現国老である大槻《おおつき》又左衛門の加判を得て、各奉行所へ「記簿検閲」の旨《むね》を通告した。下城するとき脇田家へ寄ってその由《よし》を伝えると、宗之助は、

「では明日、金穀方から始めよう」

と云い、帰ろうとする伊兵衛の背中へ、

「桃園のことも忘れないでくれ」

と、投げつけるように云った。

伊兵衛は振返って相手の眼を見、しずかにうなずいて門を出た。

その月二十日は伊兵衛の誕生日で、毎年ごく親しい者ばかり招いて、ささやかに祝うのが例になっている。その日も数人の客を招いて昼餐《ちゆうさん》を餐したが、それが終ってから、母親のほうの席へ呼ばれて来ていたさえと会った。父が亡《な》くなってから、いちど伊兵衛が母を桃園へ食事をしに案内した。それ以来ときどき母は、親しい夫人たちと食事にゆき、桃園の家族とも口をきくようになった。

「さえというむすめはよいこですね」

そんなことを云い云いしたが、去年あたりからは時おり自宅へ呼んだりするようにさえなったのである。

「ここでいいでしょう」

伊兵衛がさえを呼びにゆくと、母はちょっと気遣わしそうな眼つきでそう云った。

「……話ならここでなさいな」

「いや少しこみいった事ですから」

伊兵衛はそう答えてさえを自分の居間へ伴れていった。……着ている物も化粧もかくべつ常と変ってはいないのだが、明るく冴《さ》え冴《ざ》えとした顔つきや、楽しそうな起《た》ち居のようすが、毎《つね》とは際立《きわだ》って美しくみえる、伊兵衛はちょっと眩《まぶ》しそうな表情で、暫くさえの姿を見まもっていた。

「どうあそばしましたの、そんなにしげしげとごらんなすって」

「毎《いつ》もとは人違いがしているようだから」

「珍しいことを仰《おっ》しゃいますこと」

さえは頭を傾《かし》げながらじっと伊兵衛を見た。

「……そう申せば貴方さまも常とはごようすが違うようにみえますわ」

「そうかも知れない、おれにはその理由があるんだから、そしてぶっつけに云ってしまうが、さえを嫁に欲しいという者があって、おれからさえに意向を訊《き》いてくれと頼まれたんだ」

「まあ、大変でございますこと」

「笑いごとではない、本当の話なんだ」

「ですけれどそんな」

と、さえは半信半疑に伊兵衛の眼を見つづけた。

「……そんなことがございますかしら、他処《よそ》のむすめを欲しいからといって、親をも通さず直《じか》に気持を訊くなどということが」

「習慣というものはその人間の考え方と事情に依ってずいぶん変り兼ねないものだ、うちあけて云えば相手は脇田宗之助だよ」

「脇田さま、江戸からお帰りになったあの」

「去年あたりからだ」

伊兵衛はさえの追求するような眼から外向《そむ》きながら、ふと述懐するような調子で云った。

「……おれは時どきさえの結婚する場合のことを考えた、おれのなかには初めて父に伴れられて食事をしにいった頃のさえの姿がそのまま成長しているので、結婚ということに結びつけて考えることはどうにもしっくりしない、なんだかおかしいんだ、しかし年齢がその時期に来ていることはたしかだ、いつかは、それもそう遠くない将来に、さえが眉《まゆ》をおとし歯を染める時が来る、……そう思うたびに考えたことは、どうか仕合せな結婚であるように、相手にもゆくすえにも恵まれた仕合せな縁組みであるようにということだった」

四

伊兵衛の調子が思いがけないほどしみじみとしたものだったので、さえも我知らず眼を伏せ肩をすぼめるようにした。

「その意味から云うと」

と、伊兵衛はしずかに続けた。

「……脇田は才能もぬきんでているし、風格もあのとおりだし、身分も家柄も申分のない男だ、難を云えばあまり条件がさえと違いすぎる点だが、これも脇田が自分で手順をつけるという、彼のことだからこれはもちろん信じてもよいだろう、……おれから云えることはこれだけだが、さえはどう思うかね」

「まるでご自分のことのように熱心に仰しゃいますのね」

さえは顫《ふる》えるような微笑をうかべながら眼をあげた。

「……他の方でしたら伺うのもいやですけれど、頼三郎さまのお言葉ですから考えてみます」

とつぜん幼な名を呼ばれて、伊兵衛はびっくりしたように振向いた。さえは頰のあたりを上気させ、かつて見たことのない、底に光を湛《たた》えたような眼でじっとこちらを見まもっていた。それは十八の乙女の情熱を表白するような、眼つきだった。伊兵衛は眼叩《またた》きをしながらその視線を避け、

「脇田はだいぶ急いでいるようだから、なるべく返辞は早いほうがいいな」

と云った。

数日して江戸から三人の青年が帰藩した。又木内膳、戸田大学、津村条太郎といい、宗之助が国老就任の場合その帷幄《いあく》に入る者らしく、帰るとすぐ脇田家に詰めて出入りとも宗之助から離れず、城中での記簿検閲にもこの三人が補助の役をするようになった。……彼らの調査はしばしば越権にわたるほど思い切ったものだったが、国家老大槻又左衛門は温厚一方の人物だし、国老交替の期も迫っているので、あえて違法を鳴らす者もなく、寧《むし》ろあっけにとられて眺めているという感じだった。

「これは恐るべき無為だ」

宗之助は伊兵衛の顔を見るとよくそう云った。

「……いかに世が泰平であり、五万石に足らぬ小藩とはいえ、この政治の無能無策はなんとしたことだ、大げさに云えばこの十年間まるで眠っていたようなものだぞ、いったい年寄役としての其許からしてなにを視ていたのかね」

「政治のどこが眠っていたか、その言葉だけでは返辞のしようもないが、領内が平穏に治まって四民に不平がなければ」

「違う違う、そんなことじゃない」

宗之助は突っ放すように笑う。

「……百のものを百に切廻すのは個人の家政で、百のものを千にも万にも活《い》かして働かすのが政治というものだ、しかしこんなことはいま云ってもしようがない、近いうちにその証拠を見せてやる、政治がどういうものかという証拠をな」

そしてそのあとで必ず、

「桃園の娘の返辞を早くたのむぞ」

と、くどく念を押すのだった。

ある日、下城して来る途中、めっきり春めいて来た海の色に誘われて、ふと桃園へ立ち寄った。まだ日の高い時刻で客もなく、海の見える二階座敷へ通って茶を求めた。

……この家は茶だけの客もよく来るので、菓子もなかなか凝った物を作る。殊《こと》に「鶯《うぐいす》」という名のものが美味で、伊兵衛は酒のあとでさえよく口にした。

さえの母親が茶と菓子を運んで来て、先月むすめの招かれた礼を述べて去ると、間もなくさえが縫いかけの着物を持って上って来た。ちょっと肩へ掛けてみてくれと云う。

「どうするんだ」

「お丈が拝見したいんですの、裄《ゆき》は大丈夫だと思うのですけれど、なんですかお丈がちょっと……」

「なんだ母はまたそんなものを頼んだのか」

「わたくしからお願い申したのですわ」

伊兵衛が立つと、さえは後ろへまわって着物を肩にかけ、丈を当ってみて、

「はい有難うございました」

とそこへ坐った。そのまま針を持って、しずかに縫い続けるさえの姿を、伊兵衛は暫《しばら》くぼんやりと見まもっていた。

「先日の話は考えてみたか」

「…………」

さえは眼をあげた、それはこちらの心を覗《のぞ》きでもするような眼つきだった、それからそっと微笑しながらうなずいた。

「……はい」

「それで返辞は、どうなんだ」

「わたくしの一存では、本当にどう申上げようもございませんわ、だって本当にわからないのですもの」

「それでは返辞になっていないよ」

「もし頼さまが」

と、さえはまた彼の幼な名を呼んだ。

「……もしも頼さまが嫁げと仰しゃるんでしたら、……」

「おれの気持はこのあいだ話した筈《はず》だ」

「あのときは勧めて下さいましたわ」

「しかしおれの気持はさえの気持じゃない、脇田の知りたいのもさえ自身の気持だろう、問題はおまえの一生なんだ、他人の意見に縋《すが》るような弱いことでどうするか」

「ではお返辞を致しますわ」

さえは暫くしてそう答えた。

「……わたくし、お受け申します」

五

その年の夏は十何年ぶりという暑さで、梅雨明けから二百十日すぎまで一粒の雨もなく照り続けた。そして秋ぐちにかかる頃になって天気が崩れだし、まるで返り梅雨のように、陰鬱《いんうつ》な曇天と雨の日ばかりが相次いで来た。……これでは不作はまぬかれまい、そういう不安が拡《ひろ》まりだしたとき、逸早《いちはや》く、今年は年貢《ねんぐ》半減だそうな、という噂《うわさ》が口から口へ伝わった。

「年貢も運上も一律に半減だそうな」

「半作しか穫《と》れない郷村は年貢御免になるそうな」

たしかな筋から出たはなしだといって、その評判は領内の村々から城下町まで湧《わ》き立たせた。しかもそれに次いで、

「来年度から家中の士一統の扶持《ふち》が表高《おもてだか》どおりに復帰するそうだ」

という噂さえ立ち始めた。

当時はどこの藩でも、家臣の扶持は表高と実収とにかなりの差があった、これは食《しょく》禄《ろく》が米を単位にしているため、米価の高低に支配されるからで、平均している時でも

実際の扶持は二割ないし三割は表高より少ないのが例になっていた。これに対して格式は表高に依ってちゃんと規矩《きく》があるため、家臣たちの生活はかなり窮屈なものだった。……従って「表高どおりに復帰する」ということは、噂だけにしても家中の人気を昂《たか》めるのに充分で、半信半疑ながらこれまた大きな反響をよびおこさずにはいなかった。

伊兵衛はさえの返辞を聞いて以来、なんとなく足が鈍って桃園へゆかぬ日が続いた。さえの返辞はすぐ宗之助に伝えたし、そのとき宗之助は例の「破顔」という感じで笑い、——ではすぐ正式に人を立てよう、そう云うのをたしかめたので、彼らが結婚するまではなんとなくさえに逢うことが憚《はばか》られる気持もあったのである。

天候は八月の下旬からにわかに恢復《かいふく》し、申し分のない日なみが続いて、豊作はまちがいなしということになった。それにも拘《かかわ》らず「年貢運上半減」という噂は消えなかった。そして九月にはいった一日、樫村の家へ年寄役四人が揃《そろ》って訪ねて来た。

「重要な内談があって」

というので、奥の間の襖《ふすま》障子を明け放して対座した。

「先頃から世間を騒がせている評判をお聞きであろう」

と、いちばん年嵩《としかさ》の石岡頼母《たのも》が口を切った。

「……年貢、運上半減、家中の扶持表高どおり復帰という、あの評判の出どころがわかったのです。ことに、豊作まちがいなしと定《きま》っている年貢が、やはり今年度から半減という噂は、噂だけでなくその実証があり、しかもそこに国老交替と微妙な関係があるという事実がわかったのです」

「はっきり云ってしまえば」

と、蜂谷恭之進が云った。

「……これらの評判はみな脇田殿の周囲から出ているのです、なかには、ことに郷村へ向けては、文書で通告されているものもあり、それは現に私が見ています」

そして四人の者が交互に語るところは、理由は判然としないが、とにかく脇田の帷幄から相当思い切った迎合政策の前触れが出ているということ、それが非常な勢いで領内に広まっているという事実だった。

「脇田殿の真意はわからないが、かような実行不能なことを申し触らすことは、御政治向きの上に面白くない影響を及ぼすのは必至で、今のうちなんとか方法を講じなければと思い、御相談にまいったのですが」

「すぐには信じ兼ねる話だが」

と、伊兵衛は暫く考えたのち云った。

「……もし風評が脇田から出たとすると、彼にどんな思案があるにしても捨てては置けないでしょうな」

「そこで御相談なのですが、表向きにすると事が大きくなりますから、樫村殿から話をして頂いて、できる限り早く風評の根を絶つよう手配をしたいと思うのです」

「ひき受けましょう」

伊兵衛は快くうなずいた。

「……彼の思案に依っては承知しないかも知れないが、とにかくすぐ話にはゆきます」

四人はなお噂が脇田から出ているという事実の詳細を述べ、必要ならすぐ老職評定を開こうと云って帰った。……伊兵衛はまるで胸へ鉛でも詰められたような重苦しい気持だった。なぜそんな気持になったのか判然としないが、正直に云って宗之助と会いたくないのはたしかだった。今の場合、彼にその話をする者は自分だけで、それがわかっているからひき受けたのだが、帰藩して以来の態度をみると、会って話しても彼がすなおに受け付ける可能性は少ない。

――ぜんたい脇田はなにを考えてあんなことをしたのか。

四人が去ったあと、明け放した座敷から秋色の眼立ちはじめた庭の樹立《こだち》を眺め、か

なりながいこと伊兵衛は独り考え耽《ふけ》っていた。そこへ母が来て、

「さえさんが来ていますよ」

と伝えた。

「なんだか貴方《あなた》に話があるのですと、こちらへよこしますか」

「そうですね」

伊兵衛は母を見た。

「……なんの話か知りませんがここがいいでしょう」

六

はいって来たさえは部屋の隅へ坐り、身をすぼめるようにしながら会釈《えしやく》した。ぜんたいに瘦《やつ》れているようだし、肩をすぼめるような身ごなしも、羞《はじら》いを含んだ哀《かな》しげな微笑のし方にもかつて見たことのない寂しそうなかげが滲《にじ》み出ていた。伊兵衛はあまりの変り方に暫くは言葉も出ず、心うたれた者のようにさえの姿を見まもっていた。

「ずいぶん久しくお逢い申しませんけれど、どうかあそばしたのでございますか」

挨拶《あいさつ》が済むとさえはそう云った。

「……御病気というお噂も聞かず、おいでもございませんので、何か御機嫌を損じた

のではないかと母が心配しておりました、それでぶしつけですけれど、ちょっと御容子を伺いにあがりましたの」

「なにも理由はないさ、つい足が遠くなったというだけだよ」

「どうぞいらっしって下さいまし、母も家の者たちもお待ち申しておりますから」

「話というのはそのことか」

「はあ、……いいえ」

さえはそっと頭を振り、両の袂《たもと》を膝《ひざ》の上に重ねながら俯向《うつむ》いた。そして伊兵衛が黙っているままに、じっとなにか思い耽っていたが、やがてふと顔をあげ、こちらを挑むような眼でもとめながら卒然と云った。

「半年まえ、貴方様はわたくしに、脇田さまへ嫁《ゆ》く気があるかとお訊《たず》ねなさいました、あれは、おたわむれだったのでございますか」

「たわむれ……」

伊兵衛は思いがけない言葉に眼を瞠《みは》った。

「どうしてそんなことを云うんだ、脇田との間になにかあったのか」

「わたくし、お受け申しますとお返辞を致しました」

「おれはその通り脇田へ伝えた」

「脇田さまはなんと仰せでしたの」

「すぐ正式に人を立てて縁組みをすると云っていた」

「なんのお話もございませんわ、それらしいお人もみえず、そういうおとずれもございませんでした」

伊兵衛の脳裡《のうり》に、その刹那《せつな》ふと宗之助の逞《たくま》しい顔が思いうかんだ。桃園の庭で自分を捻《ね》じ伏せながら、勝ち負けを執拗《しつよう》に追究した顔、それから忽然《こつぜん》と変った不敵な笑い顔が、……その一種特別な笑い顔が、今なにかを伊兵衛の心に叩《たた》きつけるようだった。

「それは本当だな」

「それでわたくし、お伺い申しました」

「家へ帰っておいで」

伊兵衛は抱き緊《し》めるような眼でさえを見た。

「……あとでゆく」

「脇田さまへおいでになりますのね」

「他にも用があるんだ」

「こんどは」

と、さえは燃えるような眼で伊兵衛を見た。

「……こんどは、お断わり申しても宜《よろ》しゅうございますわね」

「いやそれは待ってくれ、おれが会って」

「いいえ」

さえは屹《きっ》と頭を振った。

「……わたくしあれからずいぶんいろいろなことを考えました。そして半年のあいだ待っていましたのは、ただ脇田さまからの縁談だけでございませんでした、頼三郎さま」

伊兵衛は体を躱《かわ》すとでもいうようにつと起った。それに続くべきさえの言葉の重大さが、光のように彼の感情へ反射したからである。縋りつくようなさえの眼から外向きながら、彼はもういちど、

「家へお帰り」

と云った。

「あとでゆく、そのときあとを聞こう、おれからも話すことがある、いいか」

そして大股《おおまた》に居間のほうへ去った。

海のほうからなまぬるい風が吹いていた。夕立でも来そうな空で、鼠色の断雲が低く北へ北へとながれていた。大手外にある脇田の家を訪ねると、

「登城しております」

ということで、そのまま城へ上った。宗之助は勘定奉行役所で、うず高い書類をまわりに、筆を取ってなにか書き物をしていた。側《そば》には腹心の例の三人だけで、他には人がいなかった。

「もうすぐ済むから暫く待ってくれ」

伊兵衛を見ると彼はそう云って書き物を続けたが、やがて終った物から順に、

「これは作事方へ、これは御船方へ」

と三人に渡し、かれらが出てゆくと、

「待たせて済まなかった」

と云いながら伊兵衛の側へ来て坐った。

「かけ違って暫《しばら》く会わなかった、なにか急な用でもあるのか」

「口を飾らずに云うから、其許《そこもと》も言葉の綾《あや》なしに答えて貰《もら》いたい」

伊兵衛は片手を膝に置いて云った。

「……先頃から世間に妙な評判が立っている、年貢《ねんぐ》、運上、一律半減、家臣一統の扶持を表高に復帰するという、あの風評が其許の手から出ているというのは事実か」

「ほう、来たな」

宗之助はにやっと笑った。

「……それは樫村伊兵衛の質問か、それとも筆頭年寄としての問いか、どっちだ」

「今のところは古い友人として訊《き》くことにしよう」

「ではその積りで答えるが、ああいう評判を撒《ま》いたのはいかにもおれだ、それについてなにか意見があるのかね」

「おれの意見はあとだ、風評が其許から出たとすると、それにはそれだけの根拠があるのだな」

七

「ある」

宗之助はうなずいた。

「……おれが国老の座に坐ればあのとおり実行する」

「それで藩の財政が成り立つと思うか」

「そうとう窮屈なことはたしかだな」

「しかもなお実行する必要があるのか」

「そのこと自体は必要じゃない、むしろ一つの手段だといっていいだろう」

「脇田政治の前ぶるまいか」

「痛いところだ」

宗之助は平然と笑った。

「……たしかにそれもある、活きた政治を行うためにはまず家中領民の人望と信頼を摑《つか》まなければならない、家中の士にとっては扶持、領民にとっては租税、この二つは直接生活に及ぶもので、政治に対する信不信も多くここに懸っている、おれはこの二つでおれの政治に対する信頼を獲得するんだ」

「わかった、それではおれの意見を云おう」

と、伊兵衛はずばずばと云った。

「……その得た人望に依ってどんな政治を行うか知らない、しかしまず人気を取るというやり方には嘘《うそ》がある、其許の政治が正しいものならあえて事前に人気を取る必要はない筈《はず》だ、おれは筆頭年寄として絶対に反対する」

「どこまで反対し切れるか見たいな」

宗之助は上機嫌に笑った。

「……脇田政治のうしろには家中一統と領民が付いているぞ」

「それがどれだけのちからかおれも見せて貰おう、次ぎにもう一つ話がある」

伊兵衛は区切りをつけるように咳《せき》をした。

「……其許は半年まえに、桃園のむすめを嫁に欲しいと云った、おれは頼まれてその仲次ぎをした、女は承知すると答えたので、おれは其許にその返辞をもっていった筈だ、覚えているか」

「ああそんなこともあったな」

宗之助はわざとらしく眉《まゆ》を顰《ひそ》めた。

「……そうだ、たしかにそんなことがあったっけ」

「そのとき其許は、すぐ正式に人を立てて申込をすると約束した、ところが人も立てず、むすめのほうへおとずれもしないという、……脇田、これをどう解釈したらいいんだ」

「実は嫁は定ったんだ」

彼は具合の悪そうな顔もせずに云った。

「……たしか知らせた筈だがな、相手は安藤対馬守家の江戸屋敷で」

「おれの問いに答えてくれ、桃園のむすめはどうする積りなんだ」

「どうするって、妻を二人持つわけにはいかないよ」

「それが返辞か」

刺すような伊兵衛の視線を、宗之助はさすがに受けかねたらしい、眩《まぶ》しそうに脇へ外《そ》らしながら、

「そうだ」

と云った。

「よし、ちょっと立て」

伊兵衛はそう云いながら自分から立った、宗之助はちらと伊兵衛を見た、そしてしずかに立った。伊兵衛はその眼をひたと睨《にら》んでいたが、大きく右手をあげ、宗之助の高頬をはっしと打った。力の籠《こも》った痛烈な平手打である。宗之助の上身はぐらっと右へ傾いた。

「これが古い友達の別れの挨拶だ」

伊兵衛は抑えつけたような声で云った。

「……貴公は貴公の好むように生きろ、おれはおれの信ずる道をゆく、ひと言云っておくが、正しさというものを余り無力にみすぎるなよ」

そしてそのまま大股に去ろうとすると、うしろから宗之助が、

「樫村」

と呼んだ。

伊兵衛は廊下に立止って振返った。宗之助はじっとこちらを見た、なにやら色の動いている眼つきだった。

「……二人の仕合せを祈るぞ」

低い声でそう云うと、宗之助は元の席のほうに帰った、伊兵衛もそのまま踵《きびす》を返した。

城を下って大手へ出ると、沛然《はいぜん》とした雨が来た。伊兵衛はその雨のなかを、まっすぐに海岸のほうへ歩いていった。昂奮《こうふん》している頬を雨の打つこころよさに、彼はなんども空を仰いでは大きく呼吸した。……桃園へゆくと、待兼ねていたさえが迎えて、彼の濡《ぬ》れ鼠になった姿を見ておどろきの声をあげた、なにか事があったと思ったらしい。

「まあどうなさいました」

「いやなんでもない濡れただけだ」

伊兵衛は手で制しながら脇へまわった。

「……なにか着替えを貸して貰おう」

「はい、でもそのままではお気持が悪うございましょう、お召物をお出し申しますから、ちょっと風呂へおはいりあそばせ」

「そうしようかな」

伊兵衛は縁先でくるくると裸になった。風呂を浴びて、着替えをすると、さえは海の見える離室《はなれ》へと彼を案内した。……雨はいつのまにかあがって、午後の日ざしが明るく、座敷いっぱいにさし込んで来た。伊兵衛は窓の側へ座を占め、しずかにさえを近くに招いた。

「脇田のほうは切りをつけて来た、改めておれから訊くが、さえ……樫村へ嫁に来ないか」

「はい」

さえは思いがけないほどすなおにうなずき、光をたたえた、美しいしおのある眼で伊兵衛を見あげた。

「……わたくし、よい妻になりたいと存じます」

「半年のあいだにいろいろ考えたと云った、おれもそうだった、正直に云おう、さえが脇田の申出を受けると答えてから、おれは初めてさえというものをみつけたのだ、それまでは夢にもそんなことは思わなかったが、他人の妻になるときまってから、どうにもならぬほど大切なものに思われだしたのだ、おれはずいぶん苦しい思いをしたよ」

「わたくしが、同じように苦しんだと申上げましたら、ぶしつけ過ぎるでございましょうか」

さえは大胆に伊兵衛を見た。

「ああ」

と、伊兵衛は、微笑しながらうなずいた。

「……それ以上は云わないほうがいい、脇田が現われたお蔭《かげ》で、おれがさえをみつけたとすれば」

「いいえ、さえはもっと以前から……」

そう云いかけた自分の言葉に自分でびっくりしたのだろう、さえはぽっと頬を染めながら立って縁先へ出た。そしてにわかに浮き浮きと、明るい調子で叫ぶように云った。

「まあごらんあそばせ、美しい、大きな彩虹《にじ》が」

伊兵衛も立っていった。

雨後の浅みどりに晴れあがった空に、大きく鮮やかにすがすがしく彩虹がかかっていた。

「美しいな」

伊兵衛も眼のさめるような気持で声をあげた。

「……あの雨があって、この彩虹の美しさが見られるんだ。脇田宗之助はおれたちにとっての夕立だったたな」

そう云った刹那《せつな》だった、彼の耳に、「二人の仕合せを祈るぞ」という、宗之助の別れの言葉が甦《よみがえ》ってきた。

ああ、——伊兵衛は思わず宙を見た。

——脇田め、それを承知のうえか、自分がひと雨降らさなければ、二人の上に彩虹の立たぬことを。

……あいつはおれの気性を知っていた、そうだったたか。

平手打をぐっと堪えたときの、逞《たくま》しい宗之助の表情を思い返しながら、伊兵衛はふと自分の右手を見た。

……さえはじっと彩虹を見あげていた。


（「講談雑誌」昭和二十一年二月号）

恋の伝七郎

歌舞伎役者もはだしの美男

「みんなどうした、そんな隅の方へ引込んでしまってどうしようというんだ」村松銀之丞は竹刀《しない》に素振りをくれながら、端麗な顔でぐるっとまわりを見まわした、「道場は剣術の稽古《けいこ》をする所で居眠りをする場所じゃあない、さあおれが揉《も》んでやるから出て来い、そこにいる松井、おまえ出ろ」「いや、いや拙者はちょっと頭が痛いもんで」松井某は片手で額を押えながら慌てて後ろへ退《すさ》った。「じゃあ野本おまえ来い」「私はもうあがるところで」「田中はまだ汗をかいてないな」「拙者はその、いやもう今日は腹が痛くって」「おれはどうも足の神経痛がよくない」「今日は親の忌日《いみび》だから」てんでが、指名されない先に逃げを張っている。……なにしろこの師範代は稽古が荒いのだ、歌舞伎役者のような美男で、起《た》ち居も上品だし、言葉つきもたいそう雅《みや》びたものだが、いったん竹刀を持つと人が変ってしまう。どんな初心な者にも容赦というものがない、面を打って胴を払って足がらみにかけてすっ飛ばす、その一つ一つが辛辣《しんらつ》で骨に徹《とお》るほど烈《はげ》しい、これから先も加減というものがないのである、だから師範代の稽古というとみんなどこかしら痛みだしたり、親の忌日を思いだしたりするわけであった。

村松銀之丞は嘲笑《ちょうしょう》の眼でもう一度ぐるっと彼等を眺めまわした、「どいつもこいつも骨の無い奴ばかりだ、痛いのが厭《いや》なら上手になれ、上手になる望みがなければ剣術なんか止めてしまえ、そのほうがこっちも暇が潰《つぶ》れなくていい、稽古というものは、……やあ伝七、おまえそんな蔭《かげ》に縮まってなにをしているんだ」そう云いながら銀之丞はつかつかと片隅へいって、門弟たちの後ろに首を縮めていた一人の若者の肩を摑《つか》まえた、「古参のおまえがそんなことだから他の者までだらしがなくなるんだ、出ろ出ろ、久し振りでいっぽん教えてやる」「だめだよ村松、おれはもう、さんざ稽古をやったんだ、もう疲れているから勘弁してくれ」「叩《たた》っ殺しても死なないような体をして疲れたもくそもあるか、さあ出るんだ」「痛いじゃないかそんな」「だから温和《おとな》しく出ろと云うんだ、それしっかり立て」「押さなくってもいい、出るよ」摑まれた肩を振りほどきながら、こちらはしょうことなしに出ていった。色の黒い頰骨の出たぶこつな顔である、眉《まゆ》も眼も尻下《しりさが》りだし、口は大きいし、どう贔屓《ひいき》めに見てもぶおとこという他《ほか》に批評のしようがない相貌《そうぼう》だ。支度をして竹刀を持って、ともかくも道場のまん中に立ちは立ったが、その姿勢は剣術をやるより煤払《すすはら》いのほうが似合っているようにみえる。だが断わっておくが当人は至極まじめであって、些《いささ》かもふざけたりした気持などはない、それどころかむしろ哲学的といってもいいほど敬虔《けいけん》な態度なのである。

「なんという恰好《かっこう》だ」銀之丞はあたまごなしにこう罵《ののし》る、「おまえどこか紐《ひも》が緩んでるんだろう、もっとしゃんとならないのか、胸をぐっと張ってみろ、膝《ひざ》をまっすぐに、下を向くんじゃない眼はこっちだ」「もう軍事教練はいけないんだぞ」「口をむすべ、つまらないことを云わないで腹へちからを入れるんだ、そんな……まあしようがない、いいから打込んでみろ、元気でやれ」

伝七郎は全身のちからをこめて打ちを入れた、相手の顔をみるとか、呼吸を計るなどという芸は少しもない、まっ正直にこう上段へ竹刀をすり上げて打込んだ。これでは相手が師範代でなくったって、打てよう道理がない、体をかわされてのめる、背中を銀之丞がちょいと突いた、「どこへゆくんだ」「しなしたり」こう叫んで振向くところを、面へ一本恐ろしく利《き》くやつをびしっと食った、胡椒《こしょう》でも嗅《か》いだように鼻がつーんとする、ところを銀之丞がつけて入って得意の足がらみ、肘《ひじ》でもって顎《あご》をぐわんと突き上げた、すべて法と手順がついているから伝七郎の体は反りざまになってすっ飛び、道場の羽目板へもっていって、だっとばかり叩きつけられた。

「だらしのない奴だ、それで十年も稽古をしたと云えるか、いいかげんに剣術なんか止める方がいい、さもないと貴様が幾ら恋い焦《こ》がれたって、こんな態を見られたら美しい人に嫌われてしまうからな」「な、なにを云うんだそんなばかな」「ばかなと云ったって赧《あか》くなってるじゃないか、貴様が某家の佳人に夢中だということは看板に書いたようなものだ、しっかりしろ」「それはひどいぞ」伝七郎は腰を撫《な》で撫で立ちあがった、「幾らなんだってそんなことを、それはあんまりだ……」しかし銀之丞の方ではもう聞いてもいなかった。彼は颯爽《さっそう》たる身振りで向うへゆき、別の門人に呼びかけていた、「おい松川こんどはおまえだ、出て来い」

伝七郎は身を縮めるように道場を出ると、着替えもそこそこに逃げだしていった、秋とは云いわけのように暑い午後で、乾いて埃《ほこり》立った道の上にぎらぎらと傾いた日光が照返している、彼は辱《はずか》しめられた無念さに顔を歪《ゆが》め、強く下唇を嚙《か》みながらまっ直《すぐ》に歩いてゆく、普通の者なら恐ろしく深刻な悲痛な表情になるのだろうが、彼の顔は不幸なことにそうならない、迂濶《うかつ》に見ると背中を蚤《のみ》にさされて痒《かゆ》いのを我慢してでもいるような感じだ。

しかしいま銀之丞に辱しめられたばかりである。作者までいっしょになってこき下ろすのは止《よ》そう。話を進める方が先だ。

浮世の隅に隠れたる友

道場を出た伝七郎、武家町へ曲る辻《つじ》まで来ると、そこで立止ってちょっと考えたが、家の方へはゆかずに本町通りをぬけ、鍛冶屋《かじや》町のとある路次裏へと入っていった。……そのあたりはちょっと口にするのを憚《はばか》るような、けしからぬ名の付いた貧民長屋で、路次へ一歩はいるとなにやらすえたような匂《にお》いが鼻をつくし、長屋と長屋の間の狭い庇間《ひあわい》に棹《さお》を渡して、股引《ももひき》だの寝衣だのおしめだの下帯だのが干してあり、その下ではちょうど雑魚《ざこ》でも群れているように、襤褸《ぼろ》を着た子供たちが泥溝板《どぶいた》を踏鳴らしながら、喚《わめ》いたり泣き叫んだり、罵り合ったり、右往左往に駈《か》けずりまわっている。こういうありさまなので、普通の者でも馴れないとちょっと入りにくい、まして武士などの近寄る所ではないのだが、奇妙なことに伝七郎はその路次へ入るといかにも気楽そうな顔になり、まるで自分の故郷へでも帰ったようにほっと安息の溜息《ためいき》をつくのだった。彼は干してあるおしめや股引の下を巧みに潜《くぐ》りながら、泣いている子の頭を撫でたり喧嘩《けんか》の仲裁をしたり、転んだ子を抱き起こしたりしてやる、それがなかなか上手で壺にはまっているし、子供たちの方でも「おじさん」とか、「やあ忠さんとこのおじさんだ」――などと甚《はなは》だ狎《な》れ狎れしく呼びかける、そこで彼はいっそう眼尻を下げ、にこにこ笑っていちいち会釈《えしやく》を返しながら通り過ぎるといったぐあいであった。

その路次の奥に共同の井戸がある。その井戸から斜交《はすか》いになった長屋の一軒、表にもう葉の黄色くなったなにかの鉢物を五つ六つ並べ、腰高障子に「忠」という字の書いてある家を伝七郎はおとずれた。

「ああいるよ」と中から妙にしゃがれた声で返辞が聞えた。「構わず開けてくんな、誰だい」「おれだ」障子を開けて入るとひと間きりの六帖《じよう》のまん中で、褌《ふんどし》ひとつになった若者が半挿《はんぞう》の手《て》桶《おけ》だのを並べ、俎板《まないた》を前に据えて魚を作っていた。彼は入って来た伝七郎を見ると満面を崩してようと叫んだ、「こいつは誂《あつら》えたようだが、来てくれりゃあいいがと思っていたところだ、まあとにかく上ってくんねえ」「なにをしているんだ」伝七郎は刀をとって上ると、相手の前へどかっと気楽そうに坐った、「おっ、鰯《いわし》だな」「鰯よ、こっちを酢にしてこっちを塩焼きにして、熱燗《あつかん》で一杯という趣向なんだ」「悪くない、おれもなにか手伝おう」「なにもうこれでおしめえだ、いいから坐ってくんな」「火はもう起ってるのか」「これからだ」「それじゃあそいつをおれが引受けよう、焜炉《こんろ》は台所だったな」「ああ炭は上げ蓋の中にある」よしと云って伝七郎は手早く袴《はかま》をぬぎ着物をぬぎ、なんと半襦袢《はんじゆばん》に下帯ひとつという、武士としてまことにいかがわしい恰好になって、しかし恐ろしく楽しそうに台所へ出ていった。

さて、二人がささやかな酒宴の支度をしている間に、あらまし彼等のことを紹介しておくとしよう。まず伝七郎だが、彼はここ備後《びんご》のくに福山十万石、安倍伊予守の家臣で、永井平左衛門という者の三男である、父の平左衛門は九百石の中老で、名誉心の強い癇癪《かんしゃく》持ちの、いつも口をしちむずかしく片方へ歪めているという風の人だった。長兄の平助は納戸《なんど》役《やく》、次兄の門之助は中小姓《ちゅうごしょう》とそれぞれ役に就いているし、妹の浪江はすでに他へ嫁《か》しているが、伝七郎だけは二十五歳でまだ部屋住《へやずみ》だった。単に部屋住というだけならさしたることもないが、彼は恵まれない生れつきで、男振りもはえないし学問も武芸もできず、口が下手で愛嬌《あいきょう》がないという、まことにうらさびしい存在であった。これがもっと身分の軽い家に生れていたらなんでもないのだが、なにしろ藩の中老の伜《せがれ》だから人眼についた。殊《こと》に二人の兄が父に似て権勢慾《よく》の強い、利己主義な、それだけに頭もよく、いわゆる切れる人間に属していたから、彼の無能はいっそう際立《きわだ》ってみえた。それを更に効果的にしたのが村松銀之丞であるが、両者の関係を語るには十六七年ほど昔へ遡《さかのぼ》らなければならない。……永井家の屋敷は大手筋の端にあり、すぐ裏が足軽の組長屋になっている。そこに足軽組頭を勤める村松庄兵衛という者がいた。銀之丞はその子である。幼年じぶんから容貌のきわめて秀麗な、恐ろしく才はじけた性質の、眼から鼻へぬけるような子供だった。彼は決して同じ足軽長屋の子供とは遊ぼうとせず、いつも伝七郎を好んで誘いに来、巧みに自分が音頭取りになって暴れた、その悪戯《いたずら》なかまに通町の小商人の子で忠太郎という者がいた、つまりこれがいま鍛冶屋町の裏店《うらだな》にくすぶっている忠太なのだが、彼に就いてはあとで語る機会があると思う。……こういうわけで、伝七郎と銀之丞とは七八つの頃からの友達であるが、「友達」という言葉は伝七郎の側からいうので、銀之丞がそう思っているかどうかは甚だ疑問である。なぜなら彼が伝七郎と親密に遊んだのは初めの二三年で、それからのち平田とか川勝などという、永井家より上席の家の子弟と近づくに従って、伝七郎などには振向きもしなくなった。意地悪な云い方をすれば、彼は重役の家の子弟に近づくため伝七郎を踏台にしたようなものであった。もっとも彼にはそうする値打ちがあったといってもよいだろう、長ずるに従って風采《ふうさい》は歌舞伎役者のように端麗になり、学問所へ入れば首席を占めるし、武芸も抜群で、二十一歳のときから藩の道場で師範代をするという風だった。早くから重役の子たちと交わっていたので、十七八になると上役に注目されだし、現在では奉行役所で筆頭書役を勤めている、もちろん身分も小姓組にのぼり、食禄《しょくろく》も百七十石に加増された。……昔いっしょにとんぼ捕りや竹馬遊びをした銀之丞が、同い年でこの出世ぶりをみせたから、伝七郎の鈍才はますます眼立つわけである。なにかというと父や兄たちはそれを指摘した、「村松をみろ、少しは銀之丞にあやかれ」「口惜しいとは思わないか」などという顔である、そういうときいつも伝七郎は恐れ入って低頭するばかりだった。だって、他にどうしようもなかったから。……

生得は哀《かな》しき路次裏の酒

それでも伝七郎は、決して僻《ひが》むようなことはなかった、それどころか銀之丞に心から敬服し、彼が自分の友達だということに誇りをさえ感じていた。それに対して銀之丞がどういう態度をとるかということは、さっきの道場でもう読者諸君はよく御存じの筈《はず》である、ただ作者としては、あれが今日が初めてではなく、毎日のことだという点を付加えて置けば充分であろう、もっとも今日は少し手きびし過ぎた、銀之丞は触れてならないことに触れ、衆人の前で不必要に彼を辱しめた。だが、どうやら酒肴《しゅこう》の支度が出来て、二人は盃《さかずき》のやり取りを始めたようだ、とにかく貧しい酒盛の方を見るとしよう。

「どうだ伝さん、酢は利いてるか」「うんよく利いてる、うめえ」「香りは青じそに限るんだが、茗荷《みょうが》っきりねえんだからしようがねえ、まあ一つ」「まあおめえに遣《や》ろう」「いいってことよ、重ねねえな、おらあ毎日やれるがお屋敷じゃそうもいくめえ、ここへ来たときくれえは遠慮ぬきにやってくんな」「だがいつもこっちは馳走になるばかりだからなあ」「よさねえか、友達の仲で馳走もくそもねえ、そんな他人ぎょうぎを云うと怒るぜ」「他人ぎょうぎじゃあねえ本当なんだ」伝七郎は注《つ》がれた酒を一くち舐《な》めて置き、感慨に耽《ふけ》るような調子でこう云い出した、「おれは十万石の家中で中老を勤める者の子だ、瘦《や》せても枯れても侍のはしくれだ、いかに友達とはいいながら、汗水ながして稼《かせ》ぐおまえのことを思えば、一杯の酒だって奢《おご》られる義理はないんだ、それはわかっているんだが、なあ忠さん、おれはここへ来るのがなにより楽しい、こうしておまえと二人で呑《の》む酒が、おれにはなにより楽しいんだ、おまえには察しもつくまいが」と、彼は胸に溜《た》まった物を吐き出すように云った、「おれは自分の家にいても、朝から晩まで気楽に息をつくことさえできないんだ、なにかと云えば鈍物だの愚か者だ、家名を汚すとか、一族の名折れだとか、親父《おやじ》も兄貴もまるっきりおれを眼の敵にする、外へ出たって同じことだ、誰もまじめにおれとは付合う者はいない、誰も彼もにやにやと妙な笑いかたをしておれを見る、親父が中老だから挨拶《あいさつ》は叮嚀《ていねい》だが、心の中で舌を出してるのがはっきりわかる。それやあおれはこのとおりの人間だ、だが、好きこのんで醜男《ぶおとこ》になったんじゃあない、頭の悪いのも不器用なのも、みんな親が生みつけてくれたんだ、笑うなら親を笑ってくれ、おれは時どきそう呶鳴《どな》りたくなる、本当のはなしだぜ忠さん」「うん……」と、忠太はなにか喉《のど》にひっ絡《から》まったような声をだした。伝七郎は盃を取って一くち啜《すす》り、ほっと溜息をついてから続けた、「だがおれには呶鳴ることもできない、どんな眼で見られてもどんな悪口を云われても、どんな意地の悪い扱いをされても黙って首を縮めて、こそこそ隅のほうへ引込むだけだ、なにしろ自分がいちばん自分の値打ちを知っているからな、……ただここへ来たときだけは、おまえとこうして話すときだけはおれも人間らしくなる、このとおり楽々と坐って、誰に気兼も遠慮もなく呑んだり話したりできる、おれは嬉《うれ》しいんだ。本当におれは嬉しいんだぜ」「わかってるよ、おいらにもそいつはわかってるんだ、そして」と、忠太は相手の盃に酌をし、たいそうしんみりした調子でこう云った、「そして、おいらだって同じなんだ、伝さんとこうしているときだけは誰に遠慮もなく、九尺二間《くしやくにけん》の釜戸《かまど》将軍で手足を伸ばしていられるが、世間へ出れば半人まえの扱いしかしちゃあくれねえ、なぜだ、伝さんなぜだと思う」「……………」「こいつはなあ伝さん、おれもおめえも真っ正直すぎるからだぜ、空ぞらしい世辞が云えねえ、人の眼をくらましてうまい汁を吸う智恵がねえ、ごまかし仕事が出来ねえ嘘《うそ》がつけねえ、つまり世間の奴等に云わせれば、これが世渡りの方便だということが、おめえとおれにはどうしてもできねえ、半人まえだの愚か者だといわれるのはそのためなんだ、おれの親父もそれで通町の店をたたんじまったのよ」

忠太郎の父は通町で小さな金物店をやっていたが、馬鹿という字が付くほどの正直者で、はじめ親譲りのかなり大きな呉服屋をつまらなく潰《つぶ》してしまい、その金物店も親類の肝入りで持ったのだが、忠太郎が十五の年にはそれさえもちきれなくなり、ついに店をたたんでこの裏長屋へめり込んでしまった。その少しまえに妻に死なれたので、忠太郎と二人、普請《ふしん》場の手伝いなどに雇われてかつかつの暮しを続けていたが、それから七年してはかなく死んでしまった。……まったく有るに甲斐《かい》なき一生だったが、自分ではそうは思わなかったらしい、呉服屋の若旦那だった頃は、なんの苦労もなくそれ相応の暮しをしたのだろうが、曾《かつ》ていちどもその頃をなつかしがった例《ためし》がない、金物店の時代でも鍛冶屋町の裏長屋よりは増しな生活をしたに違いないが、「あのじぶんはよかった」とひと言くちにしたことがなかった。むしろ裏店へめり込んで、普請場の手伝いなどするようになってから、時たま味噌を肴《さかな》に一合の酒を啜りでもすると、まるで相好を崩して、「うめえなあ」と舌鼓《したつづみ》をうつ、「おれにゃあこれが極楽だ」なんぞとも云った。忠太郎の記憶を信じてよければ、その裏店で暮している間ほど幸福そうな父親を見たことがなかった。そして死ぬときには忠太郎に向って、「正直にしな」と繰返し繰返し云ったものだ、「馬鹿と云われても白痴と云われてもいい、正直にやってゆきな、あこぎなことをして儲《もう》けたって、人間が寝るには畳一帖で沢山だ、飯は三杯、寒くたって、着物を十枚とは着られねえ、慾をかくな、睡ってからうなされねえように生きるのが人間の道だぜ」蟹《かに》はその甲に似せて穴を掘るという、恐ろしく悟ったようで、なんとも馬鹿げた遺言をしたものであった。

恋は男の正真正銘

「なあ伝さん」と、忠太は手酌で一杯ぐっと呷《あお》った、「おめえもおれも、つまりはこういう生れつきなんだ、それでいいとしようじゃあないか、他人の小股《こまた》を掬《すく》おうとめっぱりっこであくせくするより、自分にできるだけのことを精いっぱいやって、誰泣きもみせず正直に暮していれば、いつかいちどはおれ達の値打ちもわかる時が来るだろう、もしこの世でわからなくったって死にあ一列一体だ、百万長者も叩《たた》き大工も、閻魔《えんま》の庁へゆけば裸一貫よ、その時こそは勝負がつくんだ、そう思って辛抱しようぜ、なあ伝さんそう思わねえか」「そうかなあ、おまえまでそんな風に考えてるのかなあ」伝七郎は渋いような顔をした、「おれは忠さんなんぞは腕利《き》きの大工で、もうじき親方にでもなる羨《うらや》ましい身分だと思っていたんだ、わからねえもんだな」こう云って片手で肩を叩こうとしたが、とたんに、「痛え」と叫んで亀の子のように首を縮めた。

「どうしたんだい」「背中のここが……おお痛え」「けんびきでもつったんじゃあねえか」「そんな痛みじゃあないんだが、どう……」と云いかけて伝七郎は低く呻《うな》った、「ああそうか、村松にやられたんだ」「村松って銀の字か」「うん、今日また例の手で無理やり稽古《けいこ》をつけられたんだ、ひっ外されてのめるところを、後ろからちょいと突かれたが、あれだ」「ひでえことをしやあがる、傷にでもなってやあしねえか」「なにそんな大袈裟《おおげさ》なもんじゃあない、それにこんなものはもう一つのことに比べればお笑い草さ」「もう一つのことって、他にまだなにか悪さをやったのか」「あいつ……」云いかけてちょっと口ごもったが、いいかげん酔ってもきたし口惜しさが羞恥心《しゅうちしん》に勝ったのだろう、彼はぐいと前こごみになってこう云った、「あいつ今日、道場のまん中でおれに恥をかかせやがった、そんなにだらしのねえ態をしていると、幾ら焦《こ》がれたって美しい人に嫌われるぞとよ」「美しい人てえのはなんだ」「ひと口に云えば女ということさ、恥を云わなきゃあ理がとおらねえ、おまえだからざっくばらんに云っちまうが、忠さん、おれには三年まえから心に想《おも》っている人がいるんだ」「初耳だぞ、そいつは」「相手は道場の師範の娘さんで三枝というんだ、世間なみに云えば美人というほどじゃあねえだろう、背も低いし色もあんまり白くはない、ただいつも笑っているような眼と、左の眼の下にある泣き黒子《ぼくろ》がなんともいえず可愛《かわい》らしいんだ、けれども相手は藩の師範の娘だし、おれはこのとおりの人間だ、逆立ちをしたって及ぶ恋じゃあない、それはよくわかっている、だからこそ今日までおまえにも打明けずにいたんだが」「隠すより顕《あら》わるるだな」「そうだ、銀之丞のやついつか感づいていたのだろう、いきなり満座のなかでばらしやあがった」伝七郎は新しく燗のついた徳利を取って、三杯ばかりたて続けに呷った。「だがあんな法はないんだ、おれが三枝という娘を想っているのはまったくきれいな気持だ、雪のようにきれいな気持なんだ、この恋をかなえようとか、自分の女房にしようなんて気持はこれっぱかりもない、ただあの娘が仕合せであるように、あの眼がいつまでも笑っていられるように、心からそう祈っているだけなんだ、そして、……こいつはそう楽なことじゃあない、しんそこから好きになり、身も世もなく心を惹《ひ》かれて、寝る間も忘れないほど焦がれていながら、とても自分の手には届かないと諦《あきら》めて、蔭《かげ》でそっと幸福を祈っているなんて、男としてこいつはずいぶん辛《つら》いことなんだ、人の大勢いるまえでからかい面で口にするような、そんな軽はずみなものじゃあないんだ」こう云っているうちに、伝七郎の眼からすばらしく大粒の涙がぽろぽろとこぼれ、その一滴がちょうど口のところへ持って来た盃の中へ落込んだ。人間の習慣は面白いもので、伝七郎はそれが豆粒ででもあるかのように、慌《あわ》てて摘《つま》み取ろうとしたのは奇観であった。「あいつはそういう人間だ」

と忠太が、くいしばった歯の間から、呻《うめ》くように云った、「あいつは世の中に、怖いものはねえと思ってる、もう四年ばかりまえの事だ、久しぶりで大手先で行会ったから声をかけたんだ、こっちが少し酔っていたせいもある、それでなくってあんな野郎に口を利くんじゃあねえ、ほろ酔いでいい心持だったもんだからひょいと声をかけた、するとあいつがなんと云ったと思う伝さん、こうだ、……こういう眼で見やあがって、『下郎さがれ』とぬかしゃあがった、下郎さがれ、昔はいっしょに草っ原で蜻蛉《とんぼ》を追いまわした仲じゃあねえか、幾ら出世をしたからって、なんぼ武士と町人だからって、幼な友達を下郎と云うことはねえだろう」「そうか、そんなことを云ったか」「おらあ知ってるんだ」忠太もそろそろ酔ったようである、くるっと裾《すそ》を捲《まく》るしぐさをして（なぜなら褌《ふんどし》ひとつで捲る着物を着ていないから）片膝《かたひざ》を立ててから云いだした、「あいつ、この春あたりから新北の色街へ入り浸りになっていやあがる、御家中の上役をとり巻いて遊ぶんだ、妓《おんな》を取持ったり酒で殺したり、ずいぶんきたねえおべっかを遣ってるんだ、そのうえ自分でも三人とか五人妓をひっかけてるってえ評判だ、おらあちゃんと知ってるんだ、偉そうな面あしてるが、あいつはいんちき野郎だ」

踏まれた草の歪む伸びよう

「そいつは違う、それは違うぞ忠公」そう云う自分の声で、伝七郎はひょいと眼がさめた。あたりは仄白《ほのじろ》い光が漲《みなぎ》って、森閑となんの物音もしない、いやどこか遠くで小鳥の囀《さえず》りが始まっている、どきっとしてはね起き、恐る恐る見まわすと、自分の部屋に寝ているのだった。彼はほっと太息《といき》をついた。「やれやれ、おれはまた忠公の家ででも寝てしまったかと思った」それにしてもよく帰って来たと、今さら胸を撫《な》でおろすような気持である。彼はもういちど太息をついて寝床の中へもぐり込もうとしたが、酔い覚めのひどい渇きに気がついて、そっと炉の間へはいっていった。そこは湯茶の支度をする部屋である、彼は炉に掛けてある湯釜《ゆがま》の蓋《ふた》をとり、冷たいやつを柄杓《ひしやく》で汲んで、呑もうと口へ持っていったとたん「ばか者、なにをする」とうしろから呶鳴りつけられた。次兄の門之助が立っていた。「柄杓へ口をつけて飲む馬鹿があるか、そんなに飲みたかったら表へいって泥溝《どぶ》の水でも飲むがいい、それが貴様には似合っているぞ」「そうしてもいいですよ」さすがに伝七郎もむっとした、彼は次兄から眼を外《そ》らしながら、「たぶん永井家の名誉になるでしょうからね」と云った、「なに、もういちど云ってみろ、貴様、きいた風なことを申して」「だって兄上が」「黙れ、口答えをすると殴るぞ」拳《こぶし》をつき出しながら近寄って来た。伝七郎は黙った。門之助は弟の顔を軽侮に耐えぬもののように睨《にら》みつけたが、小言を言う張合いもないといいたげに舌打ちをして、「朝食が済んだら木下に紙を出させて罫紙《けいし》を刷っておけ」と命じた。「私がやるんですか」「おまえに命じるからはおまえがやるに定《きま》ってるじゃないか」「庄兵衛がいつも刷ってるんでしょう」「庄兵衛には用があるんだ、おまえは遊んでいる体じゃないか、文句を云わずにはいと云ってやれ、二千枚ばかり刷るんだ、晩までだぞ」そして彼はさっさと去っていった、伝七郎はべそをかいたような顔で、しょんぼりと湯呑へ湯ざましを汲んだ。

朝食のあとすぐ、家扶の木下老人に細川紙を出して貰《もら》い、版木やばれんや色壺や皿や刷毛《はけ》などを揃《そろ》え、用部屋で罫紙を刷りに掛った。この頃は家にいるとよくこんな雑用を命じられる、永井家には十人ほど家士や下僕がいるので、その者たちにさせればよいようなことも、「伝七郎やれ」と押しつけられる、家士たちに対しても恥ずかしいし、同じ父の子で自分だけがそんな風に扱われることも情けなかった。おれが愚鈍だからだ、そう思って諦めてはいるが、時にはくやしくなって独りで涙をこぼすこともあった。……版木へ刷毛で紺を塗り、紙を当ててばれんで擦《こす》り、刷れたやつを剥《は》がして重ねる、単調きわまることを同じ手順で二千回やらなければならない、半刻《はんとき》もするともうその単調さに飽き飽きしてきた、刷ったのを数えるとまだ二百枚にも足りなかった。「やれやれ」思わず溜息をついたとき、家士の来田庄兵衛が入って来た。彼はもう五十四五になり、温厚な性質で伝七郎にとっては唯《ただ》一人の味方であった。「さあ私が代りましょう、ご苦労でござりました」そう云って彼はそこへ坐った。「なにか用事があるのじゃありませんか」「いや、御用はもう済ませてまいりました、お兄上方もみなさん御登城でござります、さあもうようございます」「じゃあ頼みます」伝七郎はほっとしながら立上った、「二千枚といってましたからね、晩までにやって置いて下さい」そして逃げるように用部屋から出ようとしたが、ふと戻って来て、「来田さん少しありませんか」と小さな声で云った、顔の赤くなるのが自分ではっきりわかった。庄兵衛は黙って頷《うなず》き紙入れから幾干《いくばく》かを取出し、懐紙に包んで差出した、すべて無言だし、こちらへ眼も向けない、「済みません」伝七郎は手早く袂《たもと》へ押込むと、こんどは逃げるように廊下へ出ていった。

伝七郎はまっすぐに鍛冶屋町へいった。酔った翌日はまた呑《の》みたいものだ、それにゆうべは忠太郎の奢《おご》りだから、たまには奢り返して義理も果したいと思った。なにしろ父がくれる小遣といったら雀の涙ほどのもので、酒を呑むなどということは夢にも及ばない、よほど呑みたいときには忠太郎の所へゆくか、庄兵衛にねだるかするより仕方がないのである。「福山藩十万石の中老の伜《せがれ》に、叩き大工の振舞酒を呑ませればさぞ名誉だろう」などと肚《はら》の中で父親に悪態をつくが、面と向っては眼もあげられないのだ、「そっちがそういう積りなら、こっちもそういうことになってやる、へん、おれにだって一分や五厘の意地はあるんだ」そんな風にいきまいてみるけれど、そして自分ではいっぱしひねくれる積りなのだが、生得というものはどうしようもなく、彼は依然として気の小さい、ばか正直な、善良すぎるほど善良な伝七郎でしかなかった。……鍛冶屋町の路次の入口で、彼は袂の紙包みの中を検《しら》べてみた、そして思ったより多分に入っていたのだろう、思わずにやにやと笑いながら、元気に路次へ入っていった。ところが忠太はいなかった、隣りの女が、「忠さんは仕事ですよ」と教えてくれた、その筈《はず》である、彼はがっかりして路次を出たが、とたんに向うから村松銀之丞とばったり顔を見合せた。

高峰《たかね》の花も取れば取れるもの

伝七郎は、初め化かされたような気持だった。会うといきなり一杯つきあえと誘われ、そのまま新北の花街へ来てこの「小花」という茶屋へあがった。茶屋の女たちは下へも置かぬもてなしで、酒肴《しゅこう》が並ぶとすぐ歌妓が来る、美しい手で左右から酌をされ、嬌艶《きようえん》と凭《もた》れかかったり肩なんぞ叩かれるという、夢のような世界と相成ったのだ。こんなことは生れて初めての伝七郎、大袈裟に云えば魂も宙に飛んでしまい、骨抜き泥鰌《どじよう》のように酔って、よし狐狸《こり》の類《たぐ》いの化かすにもせよ、ただこの仙境の消えであれかしと願うだけだった。「こちら様はどこかでお眼にかかっているわ、たしかに覚えがあるんですもの」さっきから頻《しき》りにそう云う妓がいた、銀之丞はひどくきまじめな調子で、「冗談を云ってはいけない、そちら様は謹厳一方で、なかなかおまえ達のような者にお近づきあそばす御身分ではない、しかもいまさるりっぱな家の御息女に想いつかれていらっしゃるんだ、おまえはそちら様の御兄弟と思い違えているのだろう」「こちらの御兄弟って……」「榎《えのき》屋敷のなあ様さ」「あら、こちら永井様の」妓はおおぎょうに眼を瞠《みは》った、「ほんとうに、そう伺えば横顔が似ていらっしゃるわ、そしてどこかのお嬢さまに想いつかれていらっしゃるというのはほんとうなんですか」「本当ならどうする」「いいえ正直のはなしほんとうなら、そのお嬢さまのお眼は高うござんすよ、おんなにとってこういう殿御がいちばん実があって頼もしい方なんですもの、にくいことねえ」「そんな」と伝七郎は坐り直した、「いかんぞ村松、そんな根もないことを云って、こんな所でまでおれに恥をかかす法はないじゃないか」「おれは事実を云ってるんだ」銀之丞は相変らずまじめである、「友達としてありのままを云ってるんだ、おまえは考え違いをしている、相手がたいへんおまえに心を惹かれているという事実をおまえは知らない」「いったい」伝七郎はちょっと色をなした、「いったいそれは、誰のことを云うのかね」「ここで名を云っていいなら云おう、だがそんな必要はない筈だ、元気をだせ永井、高峰の花は登っていって折る人間のものだ、おまえは十万石の中老の子だぞ、相手とは身分が格段に違う、しっかりしろ伝七郎」「信じられない」伝七郎はがくりと頭を垂れた、「信じられないよ村松、あの人が少しでもおれのことなんぞ考えてくれるわけはない、そんなことがあっていいだろうか、そんな夢のようなことが」「おれは師範代としてあの家とは昵懇《じっこん》だ、あの人とも時には話すことがある、だから友達として助言をする気になったのさ、あとはおまえの決心ひとつだ、中老職の御三男しっかり頼むぞ」

あらおやすくないと、妓たちのわっという騒ぎにとり巻かれた伝七郎は、体じゅうが火のようになり心臓がひき裂けそうに高鳴るので、むやみに盃を呷《あお》りながら深いもの思いに耽《ふけ》った。銀之丞と別れて「小花」を出たのはもう昏《く》れ方であった、家へ帰ろうとして忠太郎のことを思いだし、心も空に鍛冶屋町へまわった。忠太郎は夕飯の支度で焜炉《こんろ》に火を起こしているところだった。「そんなことは止《よ》しにしよう」伝七郎は例の紙包みを差出しながら云った。「今日はこれだけあるんだ、なんでもいいからおまえの見つくろいで早いところ酒と肴《さかな》を頼む、呑んで相談したいことがあるんだ」「たいへんな景気じゃあないか、いいのかい」「いいとも、と云ったたってそれっきりのもんだ、足りないところはがまんしてくれ」「冗談じゃあねえ、伝さんとおいらなら三日すぶろくになれらあ、じゃあひとっ走りいって来るぜ」「おれが燗《かん》の湯を沸かして置くからな」忠太郎は横っとびに表へ馳《か》けだしていった。

酒が来、岡持《おかもち》が来て、行灯《あんどん》に火を入れるとそれで席は出来た。なにしろゆうべの今日だし、伝七郎の方はもう入っているので、盃《さかずき》がまわるとすぐ二人とも発してきた。「おまえなあ忠公、おまえゆうべ村松の悪口を云ったが、あれは少し違うぞ」「どうして」「おれは今朝も寝床の中でそう云ったんだ、違うぞって、あんなことは友達の間で云うのじゃあない、あれはよそうぜ」「だっておいらあ知ってるんだ、昔からそうだったがあいつにはまっとうでねえところがある、油断のならねえ、人の小股《こまた》を掬《すく》うようなところがよ」「おまえは世間の評判につられているんだ、出る杭《くい》は打たれるという、村松は学問も武芸も家中で何人と指に折られる秀才だ、現に足軽組頭から小姓組の筆頭書役に出世しているが、なまはんかなことでこんな出世ができる筈はない、世間ではそれを嫉《ねた》んで色いろ蔭口をきくんだ、けれど幾ら蔭口をきいたって村松の出世をどうすることもできやしない、みんな無能な奴等の嫉みなんだ、本当だぞ忠公」

「そうかも知れねえ、だがおらあ嫌えだよ、あいつは偉えかも知れねえし、出世もするだろうがおらあ嫌えだ、あいつはまっとうじゃあねえ、友達の情というものさえねえもの、おいらのことを下郎と」「そいつは待った、まあ一ついこう」

岩へ卵を投げつける智恵

「おれもそう思っていた」伝七郎は友達の盃に酌をしながら云った、「村松は友情のない男だ、秀才ではあるが友達の情はない男だと思っていたんだ、ところが今日そいつが間違いだということがわかった、あいつはそんな男じゃあなかった、友達のことは心配していてくれるんだ、どんなに心配していてくれたかということは……」「なんでえ、泣くのか伝さん」「聞いてくれ忠公、おれはゆうべおれがある人に惚《ほ》れているということを話したな」「ああ聞いたよ、そして男一匹りっぱな惚れ方だと思うよ」「あのことだ、道場のまん中で村松がそのことを云った、満座の中で恥をかかせたと思ったが、あれはおれに勇気をつけるためだったんだ」「よくわからねえ、それあどういう組立てなんだ」「村松は今日こう云ったんだ、元気を出してやれ、相手はおれに心を寄せているんだ、高峰の花だって折れば折れる、ましてこっちは十万石の中老の子じゃあないか、剣術師範などとは身分が違う、堂々とやってみろってさ」「相手が伝さんに惚《ほ》れているって」「惚れているなんぞとは武士は云わない、心を寄せているというんだ、おれもまさかと思ったが、村松は師範代としてあの家族と親しくしている、それで察しがつくとこう云うんだ」「それを銀之丞が面と向って云ったのかい」「面と向って云ったんだ」「ふうん……」忠太郎は首を振った。なにか頭に浮ぶものがあるのだが、伝七郎と同様ごく単純にできているし、おまけにもう酔ってもきたから、その浮んできたものを捉《つか》まえることができない、そこで彼は彼なりに結論を急いだ、「そんなら伝さん思い切ってやるんだ」「と云うと……」「銀之丞の云うことをどこまで信用していいかわからねえが、元気をだせということだけはたしかだ、おらあゆうべ伝さんが帰ったあとで考えた、伝さんの惚れ方はりっぱなもんだって。男がそこまで惚れるということは冗談や出来心じゃあねえ、正真正銘、竹を割ったようにきれいなものだ。とすれば、なあ伝さん、ひとつ勇気を出してぶっつかってみねえ」「ぶっつかるって、どこへぶつかるんだ」「その相手へよ、その師範とかいう娘の親父《おやじ》へ体当りといくんだ」「だめだ、そいつはいけねえ、向うはおまえ師範をするくらいの腕だぜ、体当りどころか竹刀《しない》を持ったとたんに、ぽんぽんと……」「剣術をやるんじゃあねえ申込みだ」「申込み……」「つきましてはお嬢さんを嫁に頂きたい、こう正面から当ってみるんだ」「ま、待ってくれ」伝七郎はぶるぶるふるえだした、「そんなことを云って忠公、おまえそれは正気か」「もちろん正気だ、銀之丞が勇気を出せというのもそれだが、おいらあ、ゆうべっから考えていたんだ、これが浮気やちょいとした出来心かなんかなら別だが、男が性根からうち込んだ恋だぜ、誰に憚《はばか》ることもねえし相手は剣術師範だ、おめえは中老の御三男で押しも押されもしねえ身分だ、心配しねえでひとつがんと当ってみようじゃあねえか」「嘘《うそ》はねえ、うん、おまえの云うことに嘘はねえ、だが……」「伝さん男は度胸だぜ」と、こっちは乗りかかった船の追手に帆をかけた調子で詰寄った、「正真正銘なところを押切ってみねえな、万一いけなかったとしても、そうやって独りでうだうだしているよりさっぱりすらあ、なにごとにも極《きま》りをつけるてえことは大切だ、やってみねえ」

伝七郎にも少しずつ勇気が出はじめた。さっき銀之丞に云われたことが改めて思いだされたし、忠太郎の威勢のいい調子がなんともいえず心を唆《そそ》る。そうだ、いつまで独りでくよくよしていたって浮ばれはしない、だめならだめでいっそはっきりする方がいいかも知れない、身分のこともあるし、銀之丞の云うとおりもし少しでも三枝が自分に好意をもっているとすれば、……そうだ、こいつは思い切って正面から当って砕けよう、伝七郎は歯をくいしばりながらくっとこう顔をあげた。

「よしやろう、当ってみよう忠さん」「決心がついたかい」「男は度胸だ、誰に憚ることもない、正真正銘なところでやってみる、勝敗は時の勢い、そのあとはなんとか云ったっけ、おれは憤然としてやるぞ」それじゃあ前祝いだというので、さらに呑みだしたのは覚えているがあとは夢中だった。灼《や》けつくような渇きに眼が覚めると、自分の部屋の濡《ぬ》れ縁にごろ寝をしていた。びっくりしてとび起きると着物はじっとりと夜露に濡れている、あたりはまだ暗いが東の方が仄白《ほのじろ》んで、厨《くりや》のあたりから薪を割る音が聞えてくる、井戸端へいって釣瓶《つるべ》からじかに飽きるほど呑み、もう寝るには遅いと思ったから、ついでに顔を洗った。さっぱりと眼が覚めて、初秋の未明の爽《さわ》やかさが身に浸《し》み入るようだ、云いようのないちからが体じゅうに漲《みなぎ》り満ちて、気持も常になく潑溂《はつらつ》としている。……よし、この意気だ、半分は残っている酔いのためだが自分ではそう気がつかない、この意気で乗込んでやろうと思うと、一世一代の勇気が湧《わ》いてきた。……上ろうとしたら長兄の平助が廊下の向うからやって来て、「ばかに早いじゃないか」と珍しくあたりまえな調子で呼びかけた、「ええ早朝稽古《げいこ》に道場へゆこうと思いまして」と、こちらも大いに張《はり》のある返辞をした。いい心持である、そのまま厨へいって、炊《た》きたての飯で塩むすびを拵《こしら》えさせ、水を呑みながら三つばかり頬張ると、着替えをして、颯爽《さっそう》と屋敷を出ていった。

蒔《ま》かぬ種子《たね》まで苅《か》らされる運

伝七郎は頻《しき》りに汗を拭《ふ》いている、相対して坐った沖田源左衛門は、いま聞いた客の言葉に茫然《ぼうぜん》として、頓《にわか》には挨拶《あいさつ》の文句も浮ばない。なにしろ寝ていたところを起こされて、いきなり、「お嬢さんを嫁に欲しい」というのである。うっかりしているところを面へ一本、それも痛烈なやつを打込まれた感じで、うんと云ったきり絶句してしまった。そして次には、そこに四角張って坐り、例の不細工な顔をむやみに緊張させて、返辞いかにと固くなっている伝七郎の恰好《かっこう》を見ると、こんどは擽《くすぐ》られるようにおかしくなり、危うく失笑しそうになったので、慌《あわ》てて空咳《からぜき》をしながら、「よくわかりました」と、もっともらしく頷《うなず》いた。相手は藩の中老の息子である、いかにばかばかしくとも一概にそっけない態度はとれなかった。

「お話はよくわかりましたが、拙者の方にも存じよりがござるので、数日の御猶予《ゆうよ》が願いたい、よく勘考のうえ追ってこちらから御返辞を仕る《つかまつ》」「はっ、どうかお願い致します」伝七郎は二度ばかり低頭したが、ふと思いだしたので、「それから甚だ勝手ですが、お返辞はどうか、私じかにお聞かせ下さい、親どもにはまだ内聞ですから、どうか、じかにお聞かせ下さるようお願い致します」「承知仕った」「ではその、今日はこれで……」追いたてられるような気持で座を立った伝七郎、外へ出ると思わず二三度ちから足を踏んだ。

「男は度胸、まったくだ」朝の光の輝かしく射しはじめた巷《ちまた》を、こう見下ろすような感じで彼は呟《つぶや》いた、「事は当って砕けろという、やってみれば大したことはない、沖田先生まさに虚を突かれた形じゃないか、なにしろこっちは正真正銘の矢でも鉄砲でも持って来いというところだからな」えへんなどとたいそうな機嫌で屋敷へ帰った。

天下を取ったような気持で、その日は昏れた。二日めになるとそろそろ不安になり、三日めには昂然《こうぜん》とあがっていた額が下りはじめた。稽古は隔日なので、あれから道場へ二回いったが、師範はなにも云わないし、そんなことが有ったかというけぶりも見せない、「男は度胸」もくそもない、伝七郎は生得の弱気にとり憑《つ》かれて、今はもうなにもかも無い昔にかえりたくなった。すると六日めの夜のことである、彼の居間へ次兄の門之助が足音あらく入って来て、「父上がお呼びだ」と呶鳴るように云った。「首の根をよく洗ってゆけ、殊《こと》によるとお手打ちだからな、可哀そうな奴だ」「なにがお手打ちですか」「文句を云わずにいってみろ」ふんと、いかにも侮蔑《ぶべつ》に耐えぬように鼻で笑った。……また小言か、伝七郎はうんざりしながら、それでも袴《はかま》の紐《ひも》を締め直して父の部屋へいった。

そこには父の脇《わき》に長兄の平助もいた。二人のようすは恐ろしく厳粛で、伝七郎が挨拶をし座に就くまでそれこそ眼も動かさず、息もしないようにみえた。「この馬鹿者」いきなり父の口を衝《つ》いて出たのがその一喝だった。そして縮みあがる伝七郎の前へ、一通の手紙を投げだしながら、「それを読んでみろ」と云った。彼はそれを取上げて、恐る恐る読んでみた、——なんと、それは紛れもなく沖田源左衛門からのもので、申込んだ縁談の断り状であった。

……御令息より拙者むすめ御所望のお話忝《かたじけ》なく面目至極には御座候《そうら》え共、むすめ儀はかねて御家中村松銀之丞殿と縁組み仕るべき約束にて、にわかに御意には添い兼ね申し候。さりながら折角の思《おぼ》し召《め》しではあり、拙者こと剣道師範を承る身に候えば、村松殿と御令息と試合の上、いずれとも勝ちたる方と縁組みを致すが至当なりと思案あい定め申し候。このむね村松殿に通じ候ところ異存これ無く、期日も来る九月二日と決定致し申し候、右の次第に御座候えば、……

そこまで読むのが精いっぱいだった、全身ぶるぶる震いだしながら、思わずその手紙を鷲摑《わしづか》みにして、「ひどい」と呟く頭上へ、まるで石でも抛《なげう》つように罵言《ばげん》が飛んできた。それは長兄平助の声である、「武士たる者が他家へ押しかけて、その家の娘を嫁にくれなどと自分の口から申す、さような不面目なことは永井家の人間としてゆるすわけにはゆかぬ、貴様にもそれだけの覚悟はあるだろう、しかしそれは後のことだ、当面の問題は村松との試合だ、その手紙に書いてあることはよくわかったろうな」

「…………」伝七郎にはなんとも答えようがなかった。ただぽろぽろと涙が出た。口惜《くや》し涙といえばいえたが、とにかく何かに手痛く裏切られたというい いようもない涙だった。平助はつづけて、「貴様は勝たなければならぬ、たとえ死んでも勝たなければならぬ。万一にも負けるようなことがあれば、よし父上がゆるすと仰《おっ》しゃっても我等がそのままでは捨て置かぬ、永井家の名誉にかけて、詰腹を切らせるからそう思え」「試合までにあと十日ある」と父が付加えた、「それまで充分に稽古をして、いま平助が申すとおり必ず村松に勝つのだ、沖田とのことはその後で糺明《きゅうめい》する、わかったな、わかったら立て」伝七郎は立った。

彼の頭は昏乱《こんらん》し、心は動顚《どうてん》していた。世の中も人間も不信と虚偽のかたまりであること、真実はいつも汚辱され堕《お》とされ踏みにじられること、あらゆるものが救いようもなく自分の敵であること、そんな考えが濁流の渦を巻くように彼を摑み、ひきずりまわした、彼は溺《おぼ》れかかる者が水から逃げるように屋敷をとびだした。

毒を舐《な》めれば皿までの故事

夜も十時となれば騒々しい裏長屋も寝しずまってしまう、まっ暗がりの危ない足許《あしもと》を拾い拾い、忠太の家の表へ来た伝七郎、閉っている戸を叩《たた》くとすぐに中から返辞があった。

「誰だ」「おれだ、伝七郎だよ」「伝さんだって、構わず開けて入ってくんな」と云う、なるほど鍵《かぎ》なんぞ掛っているわけはない、がたぴしする戸を開けて入る、すぐに後を閉めて上ると、忠太郎が行灯《あんどん》に火を入れ、夜具を隅の方へ押付けた。「こんなに更《ふ》けてからどうしたんだ、なにかあったのかい」「あったんだ、済まないが水を一杯飲ませてくれ」「水はねえや、湯冷ましでもいいか」「なんでもいい、喉《のど》がひりつきそうだ」「口からやってくんな」かかる世界では不作法が作法である、湯沸かしをそのまま取って差出すのを、伝七郎は口から吸いつくように喉を鳴らして飲んだ。「さあ、おちついたら一つ話してくんな、いったいどんな事が起ったんだ伝さん」「なにもかも目茶苦茶だ、なにもかもだ、おれは腹を切らなきゃならなくなった」「なあんだって」「腹だ、切腹だよ」「いったいそれはどういうわけなんだ」「他《ほか》に相談する者はなし、やっぱりおまえに聞いて貰《もら》いたくって来たんだ、忠さん、男の度胸がいけなかったよ」と、沖田師範へ体当りをしたことから今日までの始終を手短かに語った。「おれは師範に云ったんだ、これはまだ親どもにも内証だから、返辞は必ずおれにしてくれ、どうかじかにおれへ返辞をたのむ、二度も三度も念を押したんだ、それなのにあの師範の奴、まるで当つけのように親父へ手紙をぶっつけやがった」「ひでえことする奴があるもんだ、そいつはそれでも侍なのか」「しかも剣術師範だ、銀之丞にしたってそうだ、あの人がおれを好いているなんて云ったが、もしそれが本当なら、親父があんなことをするのを黙って見ちゃあいねえ筈《はず》だ、そうだろう忠さん」「そうだろうと思うなあ、ことによるとあいつめ、伝さんを煽《あお》りたててなにかひと芝居書きあがったぜ」「とすると九月二日の試合が、だってあいつがなんのためにこんな手数をかけてわざわざおれと勝負をする必要があるんだ」「そんなこたあわからねえ、あんないんちき野郎のすることはおいらなんぞにゃあ見当もつくもんか、で……腹切りてえのは」「それがさ、村松と勝負をして勝てばいいが、負けたら永井の名誉のために詰腹を切らせると云うんだ、驚かしじゃない、あいつらは家名とか面目なんぞのためなら、本当に人間の二人や三人平気で腹を切らせ兼ねないんだ、おれが村松に勝てないことがわかりきっているとすれば、つまりもう腹を切るというのは定《き》りきったことじゃないか」伝七郎は話すだけ話してしまうと、もう身も心もくたくたといった感じで、例の背中を蚤《のみ》にでもさされたような渋面を作りながら、げっそりと、うなだれ込んでしまった。あらゆるものが死に絶えたように、森閑と寝しずまった長屋のどこかで、心ぼそくも生き残ったこおろぎが一匹、ころころとはかなげに咽《むせ》び鳴くのが聞える。

忠太はありもしない智恵を絞って、絶体絶命の友になにか打開の途《みち》はないものかと思案を凝らしていたが、「考える」という習慣のない人間だから妙案を思いつくまえに眠くなってきた、そしてこくりと頭をのめらせて、「しまった」と思ったとたんに、すばらしい（忠太としては）計略を考えだした。「伝さん」と、彼はむきだしの膝《ひざ》小僧を叩いて、たいそう厳粛な調子できりだした、「おめえ、こうなったら肚《はら》を据えようじゃあねえか、どうだ」「えっ、そ、それじゃあやっぱり腹を切るのか」「そうじゃあねえ、腹を切る積りで土地を売るんだ」さすがに忠太の計略らしいが、伝七郎にはとんとわからなかった、「土地を売るったって、おれは地面なんぞ持っちゃいねえぞ」「あったところでなんのために地面を売るんだ、そうじゃあねえ、ずらかるんだ、どろんをきめるのよ」「なんだかおまえの云うことはさっぱりわからねえ、頼むから絵解きをして云ってくれ」「じれってえな、つまりこの土地から逃げだそうというのよ、男一匹、死ぬ気になればどんな他国へいったって食うくらいのことは出来る、これまでのことはきれいさっぱり切捨てちまうんだ、そして新しい土地へいって新しい暮しを始めるんだ、どうだいこいつは」「いいと思うけれども、おれはいいと思うけれどね、しかし……親父や兄貴たちがうんと云うかしら」「はっきりしねえな、どろんをきめるのに親兄弟と相談するやつがあるかい、黙ってずらかるんだ、誰にも知れねえように逃げだすんだよ」「ああ」と伝七郎は、初めて生返ったように体を起こした、「そんならいいも悪いもない逃げよう、すぐ今夜にでも逃げよう」「まあ待ちねえ」自分の妙案に気をよくして、忠太郎はここでぐっとおちつき、そこにある湯沸かしを取って口からじかにごくごくと飲んだ、それから伝七郎の眼をこういう風に覗《のぞ》き込んで、「伝さんは毒を食わば皿までという地口を知ってるか」と云った。地口とくるところが凝っている、伝七郎はきまじめに頷いて知っていると答えた。

娘あぶなし宵闇の秋

「この土地をずらかるとなったら打つ手がある」軍師忠太は声を低くした、「それはそのなんとかいう師範のお嬢さん、その人を担《かつ》ぎだすんだ」「担ぎだす」「おめえの恋は、正真正銘まじりっけのねえきれいなもんだ、そしておめえをこんなどたん場へ追い込んだのも、元はといえばそのお嬢さんのためだろう、おめえがずらかればお嬢さんはどうなる、あのいんちき野郎の銀的の女房になっちまうんだぜ、口惜しくはねえか伝さん」「…………」こちらは熱湯でも飲んだように顔をしかめた、「男の本音でまじりっけなしに惚《ほ》れたおめえは国を売り、肝腎《かんじん》のお嬢さんは銀的の女房になる、そんなちょぼ一があるかい、おめえが我慢するにしたっておいらが黙っちゃあいられねえぜ」「そう云ったって忠さん、そんなことが」「出来るよ、おれがやってみせる、汚ねえ慾《よく》や曲った根性でやるんじゃあねえ、正真正銘これっぱかりの嘘《うそ》もねえ恋のためなんだ、それも他に打つ手がなくってぎりぎり結着の、どうしようもなくってやるこった、誰に憚《はばか》ることがあるもんか、堂々とやんねえな」「そうだ、こいつは正真正銘のぎりぎり結着だ、手を貸してくれるか忠さん」「いいとも、乗りかかった舟だ、双肌《もろはだ》ぬぎでやろうじゃあねえか」「まことに済まない」伝七郎はそこで膝の上へ手を揃《そろ》えた、「本当なら幾らか力にならなければならないおれが、あべこべに毎《いつ》も厄介をかけ通したうえ、到頭こんなろくでもないいざこざに巻き込んでしまった、ただ一人の友達のおまえに、こんな迷惑をかけようとは思わなかった、だが云わしてくれ、本当におれは嬉《うれ》しい、嬉しいぜ忠さん」「それを云うこたあねえや、おめえおれを泣かせるぜ」忠太郎は喉になにか絡《から》まったような声で云った。

二人がこのようなかんばしからぬ相談をしたことに就いて、あまり怒らないで頂きたい、というのは、それほど智恵のまわりのよくない彼等の企《たくら》みが、そう旨《うま》く思う壺にはまる道理がないからである。それにしても、とにかく彼等がその計画をすすめたことは事実だった、福山十万石といっても、三都の繁昌とは違って田舎の城下町だから、こういうときには話は早い、伝七郎は姿をくらましている身分なので、長屋のひと間に閉じこもっていたが、忠太は三日ばかりとび廻って、沖田の方をすっかり調べて来た。それによると、八月二十八日に、藩の重役で安倍内記という者がいる、その邸《やしき》で姉娘が近く嫁入りをするため、親しい娘達を集めて別れの宴席を設けることになった、それへ沖田の三枝も招かれてゆくということがわかったのである、「伝さんこいつだ」と忠太郎はすっかりいきごんで云った、「なにしろ集まるのが暮六つというんだから、早くったって帰りは八時になる、御蔵下の安倍さんから柳小路までの間には、昌林寺の藪小路《やぶこうじ》があるからもってこいだ、やるならこの他に折はねえぜ」「いいだろう、その日ときめよう」「それからこいつは伝さんにゃあどっちでもいい事だろうが」と云って、永井の家の様子を話しだした。伝七郎の失踪《しっそう》は父や兄達にとってたいへんな打撃だったのだろう、あの翌朝から密《ひそ》かに手分けをして、八方へ追手を出すとともに、城下町をずいぶん捜し廻ったらしい、だがこの鍛冶屋町の裏とは気づく筈もなく、大体のところ諦《あきら》めた模様だということだった。「そうだろうな」伝七郎はにやっとした、「おれがここでてんをきめたとなれば面目まる潰《つぶ》れだからな」「なんでえててんというのは」「おまえが教えたんじゃあないか、地面を売るというのよ」「それあどろんをきめるだぜ、それから地面じゃあねえ、土地を売るだ」「ああどろんか、なんでも太鼓を叩くような音だと思ったっけ」「大笑いだ」二人は声を忍ばせて笑った。

逃げ口はこの道かこの道、その先はこうとあらまし手順がついた、そして彼等は酒を飲みだした。なにしろ二人ともばか正直の小心者だから、こんなだいそれた企みを抱えて素面《しらふ》でいられるわけがない、そこで酔っては良心を昏《くら》ましながら、なるべく景気のいいことばかり考えたり話したり、ひたすら、その日の来るのを待つ、かくていよいよ八月二十八日の宵となった。

御蔵下という所にある安倍内記の邸から、沖田三枝が出て来たのは今の時間にして九時ちょっと過ぎた頃であった、供は老人の下僕ひとりである、定紋を書いた提灯《ちょうちん》で道を照らしながら、そこから西へ辻《つじ》を曲り、大きな屋敷ばかり並んでいる通りを足早に歩いてゆく、やがて昌林寺前へとさしかかった。

木像ながら閻魔《えんま》の御利益

昌林寺という寺の前から一丁ばかりは、片方は墓場、片方は籔と杉林の淋しい道になる、俗に籔小路といって、ほんの僅《わず》かな距離だが昼間でもひっそりとした場所だ。

……すたすたと急ぎ足にやって来た三枝と下僕が、ちょうど寺の門前を通り過ぎたときである、まっ暗がりの中からとびだして来た伝七郎が、いきなり下僕の持った提灯を叩き落とし、忠太郎が娘へとびかかって羽交い絞めにしながら手で口を塞《ふさ》いだ、「泥棒、どろぼう」なんと思ったか老下僕はそう喚《わめ》きながら逃げだす、伝七郎はちょっとまごついた、「泥棒」と云われようとは思わなかったから。けれども理合《りあい》を説いている暇はなかった、「伝さん来てくれ、痛え痛え」と忠太郎が悲鳴をあげている、彼は三枝に手を嚙《か》まれていたのだ、「猿轡《さるぐつわ》を嚙ませてくれ、手拭《てぬぐい》はおれのふところにある、いや縛る方が先だ、こう暴れちゃあ始末にいかねえ、い、痛え、指が千切れちまう、早くしてくんな」「ま、待ってくれ、もうじきだ」こっちは命までもと想《おも》っている人だから、痛くしまい怖がらせまいと手加減をするのできぱきといかない、だいぶまごまごしたが、それでもどうやら手足を縛り猿轡を嚙ませて、二人で肩へ担ぐなり打合せどおり裏道をとって馳《か》け出した。

馳けだすまではそうでもなかったが、馳けだすと間もなく二人とも恐ろしく怖くなってきた。さっきの下僕は家のある所へゆくなり喚きちらしたに相違ない。この城下でこんな出来事は稀《まれ》だし、まだ宵のことだし、聞いた者はみんなとび出して来るだろう、すぐに籔小路へ馳けつける、番所へ知らせる、沖田へはもちろん役人へも告げに走る、むやみやたらに手をまわして、四方八方から追っかけて来るだろう、提灯、追詰めて来る足音、その叫び声など、そのありさまがまざまざと眼に見えるようだった。それでやたらに馳けつづけた、けれど例え娘でも人間ひとりそう軽くはない、こいつを担いで休みなしに馳けるというのは無理である。しかも闇夜のことで道を迷い、定めて置いた逃げ口から外れたりしたので、広い田圃《たんぼ》へかかる林の中の道まで来ると、もう意地にも我慢にも馳けられなくなった。「伝さん休もう、おらあ死にそうだ」「おれも息が止りそうだ、まいった」「いやここで下ろしちゃあいけねえ、向うにお堂みてえなものがある、あすこへいって休もう、道の上じゃあ追手の眼につくから」道を右へ切れると、大きな杉の木が林になっている、その奥に古びたお堂があった、そこへいって娘の体を下ろす。とたんに二人とも反《のけ》ざまにぶっ倒れて、今にも死にそうにはあはあと喘《あえ》いだ。

「の、喉が渇いて、灼《や》けつきそうだ」伝七郎が干からびたような声で云った、忠太もようやく起きあがって、「よし、おいらが水を捜して来よう、その間おめえはお嬢さんと堂の中で隠れていてくんな」こう云って忠太は、伝七郎といっしょに娘をお堂の中へ抱え込んだが、そのとたんに、「ひゃっ」と妙な声をだして跳び上った、「びっくりするじゃないか、なんだ」「あれを見な」「ええ」ふり返って見ると、伝七郎も思わず声をあげそうになった、ついそこに閻魔大王の像が安置してあるのだ、高さ六尺ばかりで、他の部分はよくわからないが、厳《いかめ》しい顔の金を塗った大きな眼が、闇の中におどろおどろしくこっちを睨《にら》みつけている、「なんだ閻魔の木像じゃないか」「ひょいと見たら鼻っ先にあの顔があったんだ、おらあ胆《きも》が潰れたぜ、しかしこれでようやく見当がついた、これは梁瀬《やなせ》川の渡しへ出る道だぜ」「するとこれは赤閻魔だな」「こいつは思いがけねえ好都合だ、渡し舟を掠《うば》って海へぬけるという手がある、が、とにかく水を捜して来よう」忠太郎はそう云って立つと、そこに供えてある華立《はなたて》を取って外へ出ていった。……後に残った伝七郎、そこに倒れている三枝を静かに起こしてやったが、柔らかい体の手触りとむすような香料にうたれて、にわかに相手が哀れになりだした、「三枝どの、なんとも申しわけのないことをして、まことに済みません」と、彼は声を震わせながら云った、「しかしこれ以上乱暴なまねや不作法なことは決してしませんし、もし貴女《あなた》が、……そうです、貴女がもしお望みなら無事にお宅へお返しを致します。ただ一つ、こんな無謀なことをしなければならなかった私の心中を察して下さい、他のことはなにも云いません、私は貴女に身も心も奪われていました」「…………」「もちろん私は自分の値打ちを知っています、学問も武芸もできず人間はこのとおり醜いし口もろくに利《き》けない、まったく取柄のない人間です、だから貴女を妻に欲しいなどと考えたことはいちどもないし、自分の心を知って頂こうとさえ思ったことはありませんでした、ただ遠くからそっと貴女を見ること、貴女がいつまでもお仕合せで、絶えず頰笑んでいるような美しいお顔つきが曇るようなことのないよう、そう祈るだけで満足していました、嘘も隠しもない、本当に私はそれだけで満足していたんです、だからもし村松銀之丞から妙な話さえ聞かなければ、今夜このようなあさましいことにはならずに済んだでしょう」

負けを知らぬ人の負けよう

「こうなったらはっきり云いますが」と、伝七郎は続ける、口が下手どころか今夜の彼は、ただ人間がせっぱつまった誠心誠意をこめた場合にのみ、天の意によって表わされるように、なかなかの能弁だった、「ついこの間ですが、村松が私をさる所へ呼んで、貴女が私に好意をお持ちだと、ごめんなさい村松が云ったのですから、そして勇気をだしてやってみろと唆《けしか》けたのです、初めは信じなかったんですが、恋に眼も昏んでいたし、ごらんのとおりの愚直者ですから、ついその気になってお父上へあんな御相談に上ったのでした、それからのいきさつはたぶん御承知でしょうから省きます、そしてわかって頂きたいことはこれだけなんです、私に少しも卑《いや》しい気持のないこと、ただ心から貴女のお仕合せを祈っていること、これだけ知って頂けば、もう私にはな

ん の望みもお願いもありません、え、なにか仰《おっ》しゃいましたか」「………」娘は猿轡を噛まされた首を振り、いやいやをするように身もだえをした。伝七郎にはそれがあらゆることを拒否する身振りのように思え、胸がきりきりと痛みだした、「貴女にはわかって頂けないんですね、まったく、それが本当でしょう。こんな無礼きわまる乱暴をしながら、心がきれいだと云っても信じられる道理はない、貴女にはたぶんお笑い草でしょう」こんなことを云いだすのは、すでに良心の呵責《かしゃく》というやつが始まった証拠である、へんに息ぐるしくなり、心臓がどきどき烈《はげ》しく搏《う》ちはじめた、その上いけないことに、閻魔大王の像が鼻先に睨んでいる、だんだん眼が暗がりに慣れてくるから、顔かたち体つきまで朧《おぼ》ろげに見える、大きな口をくわっとあいて、巨大な両眼を怒らしてはったとねめつける形相は、暗がりの朧ろな中だけに活《い》き活きとして、今にもその口から喝と太叱咤《しった》がとびそうに思える。伝七郎の首が少しずつ縮んできた、見まいとすれば余計に怖い、身をすくめながら外方《そっぽう》を向いていたが、やがて堪まらなくなったのだろう、厳然として立つ閻魔の像の方へちょっと頭を下げ、「さあ三枝どの帰りましょう」と、おろおろ声で云った、「もう云いたいことはすっかり申上げたし、なにも心のこりはありません、お宅まで送ってまいります、お立ち下さい」こう云って立たせようとした。そのときである、表の方から忠太郎が、「大変だ伝さん、こっちへ追手がやって来るぜ」と叫びながらとび込んで来た。「なに追手だって」「向うに梁瀬川へおちる小川がある、むかしいっしょに鮒《ふな》や蟹《かに》を捕りにいったことがあった、あれを思いだしたので、少し遠いが走っていって水を汲《く》んだ、二口みくち飲んで、伝さんの分を汲んで戻ろうとすると、川沿の道を提灯が十二三もやって来るんだ、いけねえと思って草籔の中へとび込み、這《は》うようにして帰って来たんだが、追手はあの土橋の所で四方に分れた、そのうちの提灯が一つ、おれの後からいまこっちへやって来る」「そうか、それあ却《かえ》って世話なしだった」「ど、どうするんだ伝さん」「見ていればわかる、話はあとだ、おまえはお嬢さんを伴《つ》れて後から来てくれ」そう云うなり伝七郎はまことに決然たる足どりで外へ出ていった。

彼が道へ出るのと殆《ほと》んど同時に、提灯を持った一人の侍が北からやって来て、危うくこちらと突当りそうになった、「誰だ」と相手は驚いて提灯をあげる、その顔を見て伝七郎はあっと叫んだ、「村松……おまえだったのか」「なんだ伝七じゃあないか」「いいところへ来てくれた、貴公は沖田の三枝どのを捜しているんだろう」「そうだ、知ってるのか」「知ってるとも、恥ずかしいが三枝どのを掠ったのはこの伝七郎だ、精《くわ》しい話をする暇はないがあの人は無事であそこにいる、これから家まで送ってゆこうとしていたところだ、貴公に渡すから伴れていってくれ」「そんな高い声をだす奴があるか」銀之丞はそう云って一歩こちらへ寄った、「貴様がせっかく掠って来た女だ、いいから何処《どこ》へでもこのまま伴れて逃げろ」「ええ、な、なんだって」「この道を梁瀬川へ出れば渡しがある、その舟で海へ下れば間違いなく、国越えができるだろう、そっちへは追手の廻らないようにしてやるから早くゆけ」「待ってくれ、まあ待ってくれ、おれはもうこれ以上あの人になんの望みもないんだ、おれは後悔しているんだ、貴公はあの人の体になにか瑕《きず》でもついたと思うかも知れないが、決して断じてそんなことはない、神に誓って云うが、あの人はまったく清浄無垢《むく》だ」「たくさんだ、そんなつまらぬことを云う暇に早く逃げろ、と云うのはなにも貴様のためじゃない、おれのためにもその方が都合がいいんだ」「貴公に都合がいいって」「こうなったらはっきり云ってもよかろう、おれはあんな娘などに未練はないんだ、むしろあんな娘と結婚することは迷惑なくらいだ、おれには少しばかり大きい野心があって、ながい間ずいぶん種子《たね》を蒔《ま》くのに苦心して来た、それがようやく実を結び始めている、今ここで剣術師範の娘なんぞ嫁にしたら、これまでの苦心の半分が無駄になってしまう、だからいつかおれは貴様に勇気をだしてやれと云ったじゃないか、おれとの試合にだって出ればよかったんだ、おれは負ける積りでいたんだからな」そして銀之丞は、静かに笑った。

愚か者にも笑う順番

「わからない」伝七郎は頭を振った、「おれには貴公の云う意味がよくわからない」

「なにがわからない」「だってもし三枝どのと結婚する積りがないのなら、おれをたきつけたり試合をするなんて、面倒くさいことはぬきにして、はっきり厭《いや》だと断わればいいじゃないか、そこがおれには合点がいかないんだ」「……そのわけならわたしが存じております」とつぜん、二人の後ろでそういう声がした。まったく突然だったので、二人ともぎょっとしてふり返る、そこへ三枝が静かに歩み寄って来た、そのうしろには更に忠太郎が、かなり得意な眼つきで護衛者のように付き従っていた。

「そこの杉の木の蔭《かげ》で、お二人のお話はたいていお伺い申しました、永井さまには色いろ申上げたいことがございますけれど、まず一つだけ、今おわかりにならないと仰しゃったことをお話し申しましょう。村松さまがわたくしとの縁談を嫌いながら、なぜはっきり厭だと仰しゃれなかったか、それは村松さまがわたくしの父に、かなりの多額の借財をしていらしったからです、そして、わたくしはなにも存じませんでしたけれど、借財をなさるに就いて父と村松さまとの間に、御出世のうえはわたくしと結婚するというお約束があったようでございました、それで、御自分から厭と仰しゃることができなかったのだと存じます」「おい銀の字……」と三枝の後ろから忠太が顔を出した、「とうとう化けの皮の剝《は》げる時が来たなあ、おらあずっと前から知ってたんだ、貴様がまっとうでねえ、いんちき野郎だということをよ、伝さん、おめえにもこんどこそ正体がわかったろう」「ちょっと待て」伝七郎は忠太を制して、ぐいと銀之丞の顔を覗《のぞ》きこんだ、「いまの三枝どのの言葉を聞いたか、村松」「聞いたよ」「それでなにか云うことはないか」「まずないな」歌舞伎役者のような美貌が、提灯の光をうけて闇の中に凄《すご》いほど美しく浮いて見える、彼はさすがに少し蒼《あお》ざめたが、動揺の色など微塵《みじん》もみせなかった。伝七郎はその顔をまじまじと見まもっていたが、とつぜん、「わッはッはッはッは！」と笑いだした。

三人があっけにとられている前で、実に爽快に彼は笑ったのである、そして笑い止《や》めると同時に、「おい銀之丞」とのしかかるような調子で呶鳴りだした、「貴様そんな男だったのか、貴様そんな下らない男だったのか」「それがどうした」「よく聞け、おれはな、貴様にどんな意地の悪いことをされても、満座の中で冷汗をかくようなめにあわされても、それから貴様に就いてどんな悪い評判を聞いても、決して貴様を怨《うら》んだり憎んだり、軽蔑《けいべつ》したりしたことはなかった、なぜなら、おれは貴様を信じていたからだ、貴様がすばらしい秀才で、学問にも武芸にもすぐれてい、智恵才覚も衆をぬくりっぱな人物であり、福山藩のためにやがては柱石ともなる男だと信じていたからだ。ところが実際はどうだ、出世したさに上役へ賄賂《わいろ》を贈り饗応《きょうおう》をする、しかもそれが他人から借りた金だし、その金のために婚約をしながら、うまくおれを煽《おだ》てて娘を押付け、自分はもっと身分の高い家とでも縁を結ぶ積りだったんだろう、おい銀之丞、貴様そんなちっぽけな、うす汚ないけちな奴だったのか、それでも武士だと云って歩けるのか」「云うだけ云ったら知らせろ」と、銀之丞は静かに提灯を傍らの木の枝へぶら下げた、それからこちらへ向き直り、左手で刀の鍔元《つばもと》を握りながら、「村松銀之丞がちっぽけな男かどうか見せてやる」「おっ」伝七郎はとび退《の》いた、「き、貴様、おれを斬《き》る積りか」「おれには野心がある、しかもそれはもう手の届くところへ来ているんだ、邪魔になる者はどけてゆくより仕方がない」「よし！」伝七郎はぎゅっと唇を噛んだ、「よし、いいとも、これまでは貴様に頭が上らなかった、だが今はもう違うぞ、おれには貴様の正体がわかった、貴様のその汚れくさった性根で、嘘いつわりのないおれの正真正銘が斬れる道理はない、やってみろ銀之丞」伝七郎の声の尾を断ち切るように、銀之丞の腰から白い電光が飛んだ、ひゃっというような声をあげて、伝七郎は二三間うしろへすっ跳んだが、それでもすばやく刀を抜いて身構えをした。銀之丞は唇に冷笑をうかべながら、下段に刀をつけてじりじりと間を詰める、まるで獲物をねらう蛇のような云い知れぬ妖気《ようき》が、その全身から発する感じだ、これまでの伝七郎なら、それだけですくんでしまったろう、だがいま彼は銀之丞を上から見下ろしている、底の底まで軽侮し卑しめている、だからそんな妖気なんぞはてんで感じないのである、そして彼は大胆不敵にも刀を上段へすり上げた。えい、という気合がとび、銀之丞がさっと斬込んだ、伝七郎は上段の剣を力いっぱい振り下ろした。なんと、斬込んだ銀之丞はそのままつんのめり、伝七郎は刀を持って棒立になっていた、……勝負どころを見たのは三枝である、銀之丞の踏みだした第一の足が石に躓《つまず》いたのだ、そしてつんのめった銀之丞がそのまま起きないので、よく見ると頭から右の眼へかけて、すうっと斬られていた、「おい伝さん、傷は浅手だ、銀的はまだ生きてるぞ」忠太にそう呶鳴られて、伝七郎は振向こうとした、しかし体じゅうの骨や筋が硬《こわ》ばって身動きができない、だがそれより先に三枝が、「いいえもういけません、これで勝負はついています」と凜《りん》とした声で云った、「そして村松さまは、もうお死になすったのも同様でございます」そう云うのを聞いたのだろう、伝七郎はかなしばりが解けでもしたように、そこへくたくたと尻餅《しりもち》をつき、「斬った、銀之丞を斬った」と情けない声をあげて笑いだした、要するに彼は二ど笑ったわけである、だが二どめの情けない笑い声のなかに、どんなに豊かな力づよい自覚があったかということは、当人以外には知ることができないに違いない。

「おれは知ったよ」と、伝七郎は云う。暗がりの道を梁瀬川の渡し場の方へ歩きながら、忠太郎と三枝に向って彼は能弁に語る、「世の中で立ってゆくには銀之丞のようでなくてはいけない、相貌《そうぼう》も秀《ひい》で、学問にも武芸にもぬきんでていなくては駄目だ、おれのように愚鈍な生れつきの者は、隅にひっこんで首を縮めているより仕方がない、そう思っていた。だがそれは間違いだった、伝七郎は伝七郎でりっぱなものなんだ、忠太は忠太でそのままりっぱなんだ、いけないのは自分から駄目だと思うことなんだ、わかるか忠公」「いち言もねえ、おらあ世の中がまるで変ったようにみえらあ」「銀之丞はあれでおしまいだ、三枝どのの仰しゃるとおり、銀之丞はもう福山藩では生きてはゆかれない、なぜだ、……それに反しておれはこれからだ、おれの生涯はこれから始まるんだ、おれは今こそ生れて始めて大手を振って歩ける、なぜだろう、……こいつは大きな問題だぞ」「大きな問題はいいが、伝さんやっぱり渡し舟で海へ下るのか」「ああいけねえ、うっかり来てしまった」伝七郎はびっくりして足を止めた、「そうだ、三枝どのをお家までお送りしなければならなかった」「いいえ」と、三枝がさっきからの沈黙を破って、じっと伝七郎を見あげながら云った、「……わたくし、永井さまと御一緒に、どこへなりとまいりとうございます、お伴れ下さいますでしょうか」「それは御本心ですか」「だって……」と、三枝は眼のふちを染めながら面を伏せた、「こんな恥ずかしいことのあった後ですもの、いけないと仰しゃられれば尼になるより他はございませんわ」「えへん」と忠太が声をあげた、「ではおいらはここいらで……」「待て忠太」と声をかけてから、伝七郎は三枝の肩へ手をやった、「三枝どの、そのお言葉が本当なら御一緒に城下へ戻りましょう、城下へ戻って、新しく初めからやり直しましょう、伝七郎はもう逃げる必要はない、永井家の三男坊として、ま正面からやり直します」「わたくし、そのお言葉を待っておりました、うれしゅうございます」

「忠太は見ていませんよ」と、忠太郎は馳けだしながら叫んだ、「あっしには、なんにも見えませんよ、伝さん、お先にててんだ、ごめんよ、はあ、どろんとててんだ、い、い、い、どろんとててんだ……」

（「講談雑誌」昭和二十一年十月）

山《さ》茶《ざん》花《か》帖《ちょう》

一

その仲間はいつも五人づれと定《きま》っていた。こういう世界のことで身分の詮索《せんさく》はしない習わしであるが、おそらく三千石以上の家の息子たちに違いない、ときたま取巻きを伴《つ》れて来たりすると、遊び振《ぶ》りに育ちの差がはっきりみえる。ごくおっとりとした勤めよい座敷なのだが、井村と呼ばれるその男だけは初めから酒癖が悪く、芸妓《げいぎ》や女中たちをてこずらすので嫌われていた。——その夜は五人のほかに初めての客が一人加わっていた。年は二十五六であろう、ぬきんでた人品で、眉《まゆ》の凜《りん》とした、唇の小さい、羞《はに》かんだような眼の、どこかにまだ少年の俤《おもかげ》の残った顔だちであるが、時にびっくりするほど表情に威の現われるのが注意をひいた、彼はその仲間から「結城《ゆうき》」と呼ばれた。

——どこかで見たことのあるお顔だ。

八重は客のあいだを取持ちながら頻《しき》りに首を傾《かし》げた。幼な顔のほうだろうか、威厳の現われるほうだろうか、どちらともはっきりしないが慥《たし》かにどこかで会ったことがある。それもすぐに思いだせそうなのだが。——井村はひどく荒れていた。なだめると却《かえ》っていけないので誰も構わない、いつもならそのうちに酔い潰《つぶ》れるのだが、その夜はしつこく八重に絡《から》んできた。

「おい八重次、おまえいやに鼻がつんとしてると思ったら漢学をやるんだってな、たいそうな見識だ、いったいどういう積りなんだか聞かして貰《もら》おうじゃないか」

座にいる妓《おんな》たちの眼が自分のほうへ集まるのを痛いほどはっきり感じながら、八重はできるだけさばさばと笑って受けた。

「井村さんにかかっては手も足も出ません。お願いよ、もうこのくらいで堪忍して下さいまし」

「そいつはこっちで云う科白《せりふ》だ、芸妓のくせに漢学をやる歌を詠《よ》む、おまけに絵を描くというんだからやりきれない、どうせ跛《ちんば》の横跳びだろうが、おまえその手でいまに家老の奥へでも坐ろうという積りじゃあないのか」

「あら嬉《うれ》しい井村さん貰って下さるの」

わざとはすはに云ってすり寄り、椀《わん》の蓋《ふた》を取って相手に差した。この話題だけはすぐに打切らなければならない、そのためには酔い潰すよりほかに手はないのである。

「かための盃《さかずき》よ、はい受けて下さいまし」

「よし受けてやろう、だが肴《さかな》に望みがあるぞ」

注《つ》がれたのを三杯、ぐっぐっと呷《あお》ったが、さすがに上躰《じょうたい》がふらついて片手が畳へ滑った。顔色がさっきから蒼《あお》いところへ、眸子《ひとみ》の焦点が狂って相貌《そうぼう》がまるで変ってきた。

「八重次、おまえの三味線を持って来い」

はいと立って、隅に置いてあったのを持って来た。

かりん棹《ざお》のごくありふれた品であるが、七年まえ彼女が十四の年の秋に、この料亭「桃井」の主婦おもんが亡《な》くなるとき、八重へ形見にくれていったものだ。亡くなったおもんも二十年ちかく愛用したそうだし、そんな品にしては珍しく音色が冴《さ》えているので、八重は自分の持物の中でもなにより大切にして来たのであった。

「はい、なにを聞かせて頂けますの」

こう云って八重がその三味線を膝《ひざ》へ置くと、井村は「おれに貸せ」と云いながら手を伸ばして来た。避けようとしたが井村の手は早くも天神を摑《つか》んでいた。

「ああ乱暴をなさらないで」

「貸せばいいんだ」

「お貸ししますから乱暴をなさらないで」

「いい音を聞かせてやるんだ、文句を云うな」

井村は三味線を受取ると、八重の差出す撥《ばち》をはねのけ、片膝を立てて坐り直した。

「いいか、このぽんぽこ三味線のいちばんいい音を聞かせてやる、みんなよく聞いていろよ」

三味線をそこへ横にしたと思うと、いきなり足をあげて上から力任せに踏んだ。あっという隙もなかった。棹の折れる音と絃《いと》の空鳴りを聞きながら、人々はちょっと息をのむかたちで沈黙した。――井村は唇を歪《ゆが》めて笑い、紙入から小判を三枚出すと、まっ蒼《さお》になっている八重の前へ投げてよこした。

「取って置け、もう少しはましなのが買えるぞ」

そのとき結城と呼ばれるあの客が立って来た。静かにこっちへ来ると、投出された金を集めて井村の袂《たもと》へ入れ、片手で腕の附根のところを掴んだ。

「少々やり過ぎるな井村、おまえ悪酔いをしたんだろう、あっちへいって少し風に当るがいい、おれが伴れていってやる、さあ立て」よほど強く掴まれたのだろう、井村は低く唸《うな》り声をあげてよろよろと立上った。結城という客は片手でそれを抱えながら、

「済まなかったね」

と囁《ささや》くように八重へ云い、そのまま廊下へ出ていった。

八重はああと口のうちで叫びそうになった。今こっちを見て囁いた声、廊下へ出ていった後ろ姿、

——あの方だ、あの方だった。
思いだしたのである、その声とその後ろ姿から、はっきり八重はその人を思いだしたのである。彼女は云いようのない羞恥《しゅうち》のために、踏折られた三味線をそこに残したまま、逃げるようにその座敷から辷《すべ》り出ていった。

二

城下町の東に当る松葉ヶ丘に持光寺がある。永平寺系の古い禅刹《ぜんさつ》であるが、それよりも境内に山茶花《さざんか》が多いので名高く、季節にはそれを観に来る人のために茶店が出るくらいだった。八重はごく幼い頃からその花を知っていた。いちばん初めは五歳から七歳へかけてのことで、哀《かな》しさと恥ずかしさに今でも身の竦《すく》む思い出である。担《かつ》ぎ八百屋をしていた父に死なれ、八重をかしらに三人の子を残された母が、どのようにして生計を立てていたかは覚えていない。ただ持光寺に葬式があると八重は妹を背負ってお貰いにいった。葬列の左右に並んで投げ銭を拾うのである。それから会葬者の尻《しり》について、菓子とか饅頭《まんじゅう》などの施物を貰って帰るのだが、幼な心にもどんなにそれが恥ずかしかったか知れない——泣きむずかる背中の妹をあやしながら、施物の始まるまで境内で待っている。われながら哀れなよるべない気持だった。ふと気がつくと山茶花が咲いていた、まだ若木で高さも五尺そこそこである、おそらく初咲きなのだろう、純白の花が一輪、あとは綻《ほころ》びかかったのと蕾《つぼみ》と合わせて七八つばかりしか数えられなかった。

そこは講堂の裏に当る日蔭《ひかげ》だった。雪のように白い弱そうな、しんとしたその花を眺めていると、ふしぎに胸がしずまり、誰かに慰められているような気持になった。——あたしは可哀そうな子、おまえも可哀そうな花。そんなでたらめな言葉が口に出て、暫《しばら》くは哀しさよるべなさを忘れていた。どうしてそんなに強い印象が残ったのだろう、それからは葬式のない日もよく持光寺へいった、花の季節には雨の日にもいったことを覚えている。

八重が十歳になるまでの貧しい生活は、詳しく記すに耐えない。幾日も水のような粥《かゆ》を啜《すす》ったことがある、母は料亭の下働きに出たり、土工のようなこともしたらしい。腹をへらして泣く弟と妹を左右に抱きながら、時雨《しぐれ》空の街角の暗くなるまで、母の帰りを待つときの悲しさ、雨続きの日には小さな妹を負って、僅《わず》かな銭を借りるために何軒かの家をまわって歩いた。——彼女が十になった年の秋、はやり病で弟と妹をいっぺんに取られ、母が長患《ながわずら》いの床に倒れた。これらの入費をどうしてまかなうことが出来よう、人が中に立って料亭「桃井」から幾許《いくばく》かの金が渡され、八重は桃井へ住込んだ。母親は二年病んで死んだが、身のまわりの寂しさは別として、医者にも薬にもさして不自由はしなかったようだ。もちろんそれはみな八重にかかってきたのであるが、そのことに就いては少しも負担は感じていない。一流の腕にさえなればそのくらいの借を返すのは訳のないことだ。ただ「貧乏は怖い」ということだけは骨身にしみていた。どんなことをしても再び貧乏な暮しだけはしたくない。それには人にぬきんでなければならぬ、人と同じことをしていたのでは末が知れている。……子供ごころにも八重はかたく心をきめ、三味線や唄や踊りの稽古《けいこ》をするひまひまに、主婦のおもんについて仮名文字を習いだした。

年より長《た》けてみえる八重は十三の春から客席に出た。桃井は格式のある家で、客は身分のある武家が多い、どこか違うのであろう、八重は早くからその人たちに愛されたが、同じ理由で十二人いる抱え芸妓からは白い眼で見られた。客席へ出るようになれば外の使い走りはしなくともよいのであるが、八重はあね芸妓たちから暇もなく追い使われた。

――字なんか書いている暇があるんなら、ちょっと香林坊までいって来ておくれ。

こんな風によく云われた。それを庇《かば》ってくれたのが主婦のおもんであった、おもんは字のほかに算盤《そろばん》や針の持ちようも教えてくれた。主婦が亡くなってからは、主《あるじ》の平助が眼をかけてくれたが、男のことで細かいところには気がつかず、八重には辛《つら》い年月が続いた。――十六の年の冬のことである。吉弥というあね芸妓にひどく叱《しか》られて、ふらふらと外へ出たまま持光寺へいった。なんの積りもなかったのだが、講堂の見える処《ところ》まで来たときはっと昔のことを思いだした。あの施物を待つあいだに見た白い山茶花のことを、……八重は裏へまわっていった、するとそこの日蔭の沈んだ光のなかに、山茶花が白く雪のように咲いていた。八重は大きく育ったその木の側《そば》に近寄り、あふれてくる涙を拭《ふ》きながら別れた友をでも見るようにじっとその葩《はなびら》に眺めいった。

私は可哀そうな子

おまえは可哀そうな花

幼い日、でたらめに口にのぼった言葉が、そのまま舌の上にかえって来た。涙は後から後から溢《あふ》れてくるが、胸はふしぎにしずまり慰められるような気持になった。――そのときから八重はその花を写すために、たびたび持光寺を訪れたのである。

三

おと年の冬だった。朝もまだごく早い時刻に、八重は持光寺の講堂裏で、あの山茶花の前に跼《かが》んでいた。

紬縞《つむぎじま》のくすんだ着物に黒い帯、髪は解いて背へ垂れているし、もちろん白粉《おしろい》も紅も付けてはいない。——講堂の石垣の上に矢立硯《すずり》と水を入れた貝を置き、紙と筆を持って踞んだまま花を見ている。地の上には霜が白く、空気はきびしく凍《い》てて澄み徹《とお》り、深い杉の森に囲まれた境内には小鳥の声も聞えない。……八重は心を放って静かに眺め続ける、やがて気持がおちつき、頭が冴えて、すがすがしい一種の香気に似たものが胸に満ちてくる、そのとき初めて八重は筆を取る、すらすらと自在に筆の動くこともあるが、たいていは渋滞しがちで、思う半分もかたちが取れないでしまう、然《しか》しそれはそれで悪くなかった。八重は絵を描こうとするのではない、花の気品をさぐるのが目的であった。かたちは取れなくとも、その花のもっている気品が幾らかでもつかめていると思えるときは満足であった。

　その朝は珍しく筆の辷りがよくて、五枚ばかり続けさまに写した。咲き切ったのと、蕾を添えた半開の枝とを、——そのうちにどういうきっかけであったか、ふと後ろに人のけはいを感じて振返ると、そこに一人の若侍が立ってこちらを見ていた。際立《きわだ》った人品で、凜と張った眉と小さな口が眼を惹《ひ》いた。幼な顔でいて自然に備わる威があった。

「失礼しました」若侍はこう会釈《えしゃく》をした、「——あまり珍しい描きようをなさるので、お邪魔になるのを忘れてつい拝見していたんです、失礼ですが誰に就いて学んでいらっしゃるんですか」

「いいえほんの我流でございますの」

八重は恥ずかしさに全身が赤くなるかと思え慌《あわ》てて描いたものをまるめながら立上った。若侍もちょっと戸惑いをしたようすだった。彼は持っている扇で無意味に袴《はかま》をはたいた。

「四五日まえに江戸から来たばかりで、此処《ここ》の山茶花がみごとというから観に来たんです、貴女《あなた》はいつも来るんですか」

「いいえときたまでございますわ」

そこでまた話が途切れた。八重はなにかつぎほを焦《あせ》ったが、なにか云えば日頃の生活が出そうでどうにも口がきけなかった。――若侍は会釈をしてすぐにそこを立去った。八重はその姿が山門の彼方《かなた》へ隠れてしまうまで見送っていた。云いようもなくなつかしい後ろ姿であり、心に残る声であった。八重は自分の髪かたちをふりかえって、そのように地味づくりにして来たことをせめてもの救いに思った。

――どんな家の娘とお思いなすったかしら。

早朝の寺の境内で、ひとり山茶花を写している娘、なにも知らないあの人がそれをどんな風に想像するだろうかと、八重は飽きずに考え続けるのであった。——それから五六度も持光寺へいったが、その年はそれっきり会わず、忘れるともなく忘れていたのであるが、去年の十一月はじめ、いつものとおり講堂裏で山茶花を写していると、思いがけなくその人に声をかけられた。

「また会いましたね」

こう云って彼は近寄って来た。「——そしてまた山茶花ですか」

まったく思いがけなかったのと、去年の印象がいっぺんに甦《よみがえ》ってきた心の動揺とで、八重はちょっと膝の竦むような感動を受けた。その人は振返って山のほうを見ながら、

「こうたくさんあると、山茶花もうるさいですね」

そんなことを独り言のように云った。

こちらからはなにも話しかけることができず、あっけなく別れてしまったが、その人の俤《おもかげ》は八重の心にしみついて離れなくなった。花の終るまで、殆《ほと》んど毎日のように持光寺へいってみたが、その年も二度と会うことはできなかった。——そして今年になって、もう二十日ほどまえから、たびたび寺へ花を写しにいっているのであるが、まだその人の姿をいちども見なかったのである。もう花は間もなく終ってしまうのにどうなすったのだろう、……八重はおちつかない日を送った。こんど会えばなにかが

ひらけそうであった。なにがどうひらけてゆくかはわからないが、漠然とした新しい運命が感じられた。

――山茶花もこうたくさんあるとうるさいと仰《おっ》しゃった、それでもういらっしゃらないのかも知れない。

半ば諦《あきら》めかかっていたとき、まるで考えもしなかった場所でその人に会ったのである。その人にだけは会いたくない場所で、その人にだけは見られたくない姿で。――

四

雨の日が続いた。そのまま雪になるように思えた。八重は病み疲れた人のように、雨の音を聞いては溜息《ためいき》ばかりついていた。

――あの方は自分に気がついたろうか。

――自分だということがわかったとしたらどんな風にお思いなすったかしら。紬縞の着物に束《たば》ね髪の、町家の娘としかみえない姿で山茶花を写していた姿には、お心を惹かぬまでも好意はもって下すったに違いない。それが料亭の抱え芸妓《げいぎ》で、客に三味線を踏折られるような、みじめな姿を御覧になって、同じ人間だということをお知りになったらどうお考えなさるだろう。

――でも お気がつかずにいたかも知れない。余りに姿が変っていたし、お声もかけて下さらず、そんな容子もみえなかったから。そうも思ってみた、然しどう思ってみたところで心はおちつかず、絶えずものに怯《おび》えているような気持で日を送った。

結城新一郎はあの日から七日めの宵に独りで桃井へ来た。名指しで呼ばれたがその人とは思いもよらず、座敷へいってみてはっと息の止るほど驚いた。新一郎はかげのない眼で微笑した。疎《うと》からず親し過ぎず、然も温かな包むような微笑であった。

「今日は届け物があって来たんだ」彼はこう云いながら、側に置いてある桐の箱をこっちへ押してよこした、「――あけて見てごらん」

八重は挨拶《あいさつ》の言葉にも苦しみながら、すり寄って箱の紐《ひも》を解いた。中にはその頃まだ珍しい継ぎ棹《ざお》の三味線が入っていた。出してみろと云うので、そのとおり出して棹を継いでみた。紫檀《したん》のすばらしく高価な品らしい。八重が膝《ひざ》へ据えるのを眺めながら、新一郎は静かなさりげない調子で云った。

「私の亡《な》くなった母がつかったものなんだ、私に教えてそれをくれる積りだったらしいんだ、芸ごとの好きなひとでね、鼓《つづみ》だの笛だの色いろやったらしい、三味線がいちばんものになったようだって父は云っていたが、……私はまたてんでいけないんだ。弾いてみて気にいったらつかってくれ」

「勿体《もったい》のうございますわ、こんなお立派なお道具を、わたくしなどがお預かり申してもそれこそ宝の持ぐされでございます」

新一郎の眼に有るか無きかの陰影が現われて消えた。ほんの一瞬に掠《かす》め去るかげだったが、八重ははっとして眼を伏せた。

「済みません、頂戴いたします」

「酒を少し飲もうか」

彼はもう機嫌のいい眉《まゆ》をしていた。――それが井村の踏折った三味線の代りだということは疑う余地はない、彼はなにも云わなかったが八重にはすぐわかった。あの夜、井村の投げだした金を拾い集めて返し、廊下へ伴《つ》れだしてくれたとき、それだけでも……白い眼で見ている朋輩《ほうばい》たちの前だけに嬉《うれ》しかったが、彼のほうではもう代りを持って来る積りだったのに違いない。思いつきでない親切が感じられて、八重は柔らかく抱かれるような心の温《ぬく》もりに包まれた。

新一郎はそれから三日おき五日おきくらいに来た。やや親しく口をきくようになったのは四五回めからで、名前はそのとき初めて知った。――彼は酒が強くて、かなり飲んでも色にも出ないし崩すこともない。ただいかにも寛《くつろ》いだように、二時間ほど飲んで話して帰ってゆくのであった。かなり遠慮がとれてから、……もう年の暮に近い頃であったが、とうとう山茶花の話が出た。

「初めから持光寺で会った女だということを御存じでございましたの」

「井村が乱暴をしたときわかった。顔色が変って眼が据わったよ、すぐに山茶花の娘だなと気がついた。そうでなくってもその横顔は隠せない」

「おさげすみなさいましたでしょう」

「誰が、なにを……」

こう云ったとき彼の眼にまた一瞬あのかげがさした。八重はどきりとし、慌てて眼を伏せたが身が竦《すく》むように思った。

「あの三味線を弾いてみないか」

彼はすぐ穏やかにこう云った。救われた思いで三味線を取りにゆき、少し離れて坐った。大坂のなにがしとかいう名のある職人の作だそうで、怖いように冴《さ》えた音が出る。とうてい八重などに弾きこなせるものではなかった。

「もうこれで堪忍して下さいまし、これ以上は息が切れてしまいますわ」

「聞いているほうでも神経にこたえるよ」

こう云って彼は微笑した。「――母の弾くのはたびたび聞いたけれども、こんなことはなかったがね」

「それはお母さまがお上手でいらしったからですわ、このくらいのものになりますと相当の腕がなければ却《かえ》って、――」

「では少し稽古をおしよ」

新一郎は静かな眼でこう云った。

五

雪に埋もれて年が明けた。二月にはいる頃には二人の親しさもずっと深くなり、それにつれて朋輩の嫉視《しっし》も強くなっていた。

八重は二十一という年になって、あね芸妓の多くはそれぞれがおちつくようにおちついた。残った者はほんの二三で、いちおう姐《ねえ》さんということになってはいたが、日常の習慣の違いや座敷での客の応待などから、今でも白い眼で見られることに変りはなかった。

「結城さまって御城代家老のお跡取りでいらっしゃるんですってね」こんなことをあてつけがましくよく云われた、「――八千五百石の奥さまには及びもないけれど、せめてお部屋さまくらいにはなりたいわね」

「そう思って精ぜいてくだをつかうがいいのさ、よっぽどうまくいって槍持《やりも》ちか、土方人足の上《かみ》さんになるのがおちだろう、人間には分々というものがあるからね」

八重は黙って聞きながしている。自分にあてつけていることは明らかだ、その頃には新一郎の父の大学が城代家老で、八千五百石という大身であり、彼がその一人息子だということも知っていた。初めにそれがわかっていたら八重も身を引いたであろう。然し二人のあいだにはもうそんな片付けた気持の入る隙《すき》はなかった。八重は新一郎の眼をかすめる一瞬のかげを知っていた。不必要に卑下するとき必ず表われる不快そうなあの陰影は、彼女になにかを約束してくれるように信じられた。——この気持を信じていればいい。そのほかの事には眼も耳もかすな、こう自分を励ましていた。

「おまえ漢学をやるんだって」或る夜、新一郎はからかうように云った、「——いつか井村が云っていたが本当かね」

「嘘《うそ》でございますわ、七番町の裏に松室春樹と仰しゃる歌の御師匠さまがいらっしゃいますの、あるお客さまの御紹介で五年ほどまえから手解《てほど》きをして頂きにあがっているんですけれど、伊勢物語のお講義を伺っていたとき、家の朋輩の者がまちがえて漢学だなんて申したんでございますわ」

「まだ続けていっているのか」

「癖になってしまったんですわねきっと。いかない日はなんですか忘れ物でもしたようで」

「三味線より性に合っているらしいな」

「そんなことはございません」こう云ってからすぐに赤くなった、「――あら、でもあのお三味線が弾けるような方は、それこそ何千人に一人というくらいでございましょう。どうしたってわたくしなどには無理でございますわ」

「大坂に母の師匠の検校《けんぎょう》がいるが、習う気があるなら来て貰《もら》ってやるよ」

どういう積りでそんなことを云うのかと、八重は男の顔色をうかがったが、新一郎は漫然と微笑しているだけであった。――雪解けの季節までそんな調子で逢い続けた、あとで考えるとそれが二人にとっていちばん楽しい時期だった。過去も未来もなく逢っている現在だけに総《すべ》てを忘れる、逢っているだけで充分に仕合せだった。もう三味線を弾けというようなこともなく、唄をうたう訳でもない、酒を飲んで、とりとめのない話をして別れる、それ以上のことはなにもなかった。時には向合ったままぼんやりと黙って過すようなこともあるが、それでさえそれなりに心愉しい時間だったのである。

暖かい雨が降りだし、みるみる雪が溶けはじめると、誘われるように客が多くなり、桃井の広い座敷も夜ごと賑《にぎ》やかなさんざめきが続いた。——そんな一夜、井村をまじえたあの五人づれが飲みに来た。初めからようすがおかしいと思っていたが、盃がまわりだすとすぐ一人が八重に向って新一郎のことを云いだした。

「だいぶ噂《うわさ》が高いが、相変らず結城の若旦那はやって来るかね」

「今夜あたりも来ているんじゃないのか」

別の一人がそう口を入れると、井村が卑《いや》しめるように冷笑して云った。

「彼は江戸でも相当だらしなく遊んで、つまらない色街の花なんぞと出来たりしたもんで、予定より三年も早く追い返されたんだそうだが、いちどしみついた癖は治らないもんだ、こんどはどこへ追っ払われるかさ」

「心配はいらない。八重次が付いてる」

「竹の柱に茅《かや》の屋根といくか」

棘《とげ》のある言葉が続いた。みんな大身の息子たちで、これまでそんな風な口をきいたことがない、なにか理由がありそうに思えた。新一郎とかれらのあいだに、八重などに関《かか》わりのないなにかの事情が起ったように。……それから三日ほど間をおいて新一郎が来た。別に酔ったところもみえず、毎《いつ》ものとおり寛いで楽しそうに飲んでいたが、そのうちにふとさりげない調子で微笑しながらこっちを見た。

「少し足が遠のくかも知れないよ」

「なにかございましたの」

「いや大したことじゃない、ちょっと訳があって睨《にら》まれてるんだ、そう長いことじゃないから少し辛抱しよう」

さりげない云い方が却って八重には強く響いた。そしてはいと答えながら、暗い不吉な予感のために胸がふるえた。

六

訳があって睨まれていると云う。はたしてなにかあったのだ、然《しか》しなにがあったのだろう。まるで違う世界のことで、八重などにはどう推察しようもなかったが、それだけ不安も大きかった。——大したことではないと云ったけれど、もしもあの方の身に間違いでもあったら、こう思うと居ても立ってもいられないような気持に駆りたてられた。

中一日おいて、暖かく晴れた日の午後、川岸の「西源」という料亭から八重に呼状が来た。この土地ではよその抱え芸妓を呼ぶということは稀《まれ》である、殊《こと》に西源という家はあまり縁がなかったけれど、なにやら誘われるような気がしてでかけていった。——そこは町の西の端《はず》れで、川に面して広く庭を取り、まわりに椎《しい》や杉や松などの深い樹立がある。八重が入ってゆくと女中が出て来て、「そのままこちらへ——」と庭づたいに案内してくれた。川のほうへ寄って籔囲《やぶかこ》いをした別棟の離れが建っている、茶室めいた造りで、入口に苔《こけ》の付いたつくばいなどがあり、満開の梅がぬれ縁のさきまで枝を伸ばしている。その梅の脇《わき》に新一郎が立っているのを見て、八重は思わずあと声をあげた。

彼は微笑しながら頷《うなず》いて、先にぬれ縁から座敷へあがった。

「名を云わないんで来るかどうかと思っていたんだ、——驚いたかね」

「びっくり致しましたわ、まさか貴方《あなた》とは思いもよりませんでしたもの」

「あんなことを云った一昨日の今日だからね」

支度の出来ている膳の前へ坐ると、新一郎はこれまでに見たことのない眼で、じっと八重の顔を見まもった。——抑えかねた感情の溢《あふ》れるような眼である。それはまっすぐにそのまま八重の心へくい入ってきた。

新一郎は黙って手を差出した。同時に八重はそれを両手で握り、膝《ひざ》をすり寄せた。かっと頭へ血がのぼり、一瞬なにも見えなくなった感じで、気がつくと肩を抱緊《だきし》められていた。躯《からだ》じゅうが恥ずかしいほどわなわな顫《ふる》えた。

「山茶花を描いているのを見たときから」彼は囁《ささや》くように云った、「——あのときから八重の姿が忘れられなくなっていた。一昨日あんなことを云って、暫《しばら》くは逢うまいと決心してから、……初めてそれがわかったんだよ」

八重はむせびあげた。よろこびというより寧《むし》ろかなしく切ないような思いだった。彼は抱いている手を少しゆるめ、涙で濡《ぬ》れた八重の顔を仰向かせた。

「これ以上なにも云わなくてもわかるな、八重、……簡単にはいかない、色いろ障害があるだろう、もう暫く辛抱するんだ、いいか私を信じているんだよ」こう云ってそっと手を放しながら、彼は明るく微笑した、「——さあ涙を拭《ふ》いておいで、今日は悠《ゆっ》くりしていられないんだ、楽しく飲んで別れよう」

八重は夢のなかにいるような気持だった。陶酔と云ってもよいだろう。初めて持光寺で見たときから、——男のそう云った言葉がいつまでも耳に残り、それが譬《たと》えようのない幸福感で彼女を押包んだ。その日は半刻《はんとき》ほどして別れたが、翌日また西源から呼ばれ、それからは三日おきくらいに逢い続けた。

「こんなことを申上げるとまたお叱《しか》りを受けるかも知れませんけれど、わたくし段々こわいような気持になってきますわ、だってあんまり仕合せが大き過ぎますから」

「自分のものに気臆《きおく》れをしてはいけない、仕合せはこれからじゃないか」

「それが信じられなくなってゆくようなんですの、貴方のお心もよくわかっていて、このほかに生きる希望はないのですけれど、なんですか誰かの仕合せを偸《ぬす》んでいるような気持で——」

「人間は幸福にも不幸にもすぐ馴れるものさ、いまにもっと幸福を望むようになるよ」

そんな問答がときどき出た。八重は誇張して云っているのではなかった、新一郎が将来の約束をしてくれてから、日の経《た》つにつれてふしぎな不安がわいてきた。眼のまえに開けている運命がどうしても自分のもののように思えない。彼が愛を誓えば誓うほど、それだけずつ自分が遠くなってゆくような気持さえする、——いつかは醒《さ》める夢だ。そんな囁き声まで聞えるように思うのであった。

「もうたくさんだ、その話はよそう」

なんどめかに新一郎は語気を強くしてこう云った。

「悪いことばかり考えていると本当に悪い運がやって来る、私を信じることが出来るなら、そのほかのことはなんにも思う必要はないじゃないか、それは愚痴というものだ」

「ごめんあそばせ、もう決して申しませんわ」

八重は新一郎の手を求め、その手に頬を寄せながらあまえるように見上げた。彼は手を与えたまま庭のほうを見ていた。八重はそのとき彼の眼のなかにも、自分と同じ不安のかげが動くのをありあり見たと思った。

七

春の遅いこの土地では、梅の散るより早く桃や桜が咲きはじめる。西源の離れのぬれ縁に立つと、川の中に延びている二つのかなり大きな洲《す》が、林になっている松の木越しに見える。つい昨日まで白茶けた枯れ葦《あし》で蔽《おお》われていたのに、猫柳がいつか柔らかい緑の葉をつけ、葦の芽立ちが青みをみせ始めてきた。

「私の母は普通とは違う神経があったようだな」

或る日の昏《く》れ方、その離れの縁端に坐って、川波を眺めながら新一郎がそんな風に話しだした。それまでにも彼はよく親たちの話をした、殊に亡《な》くなった母のことはずいぶん詳しく、時には同じことを二度も繰返すほど楽しそうに話す。はじめは家庭の容子を知らせてくれるためだと思っていたが、聞いているうちにそのひとの人柄がありありと眼にうかぶようになり、こちらから話をせがむようにさえなっている。

「例えば雨が降るとか地震が揺れるとかいうときは、たいてい五拍子ばかり先にわかるんだ、ああ雨ですねと云う、冗談じゃない、いま見たら星が出ていたよ、父がこんなように笑うと間もなくぱらぱらと聞えてくるんだ」

「御自慢でございますね」

「あけっ放しで自慢するんだね、子供のように嬉《うれ》しそうなんだ、そらごらんなさい、降って来たでしょうって、……地震のときはもっと確実だった、さっと顔色が変る。こうやってすばやく天床を見あげてああ地震だと呟《つぶや》く、居合せた者がはっとしたように息をのむと、五つ勘定しないうちにきっと揺れてきたね、そう云われてもわからないくらい小さな地震でも必ず母にはわかるんだ」

「芸ごとに御堪能《たんのう》でいらっしゃったのですから、神経がそれだけ細かかったんですわ」

「もっとおかしいのは、この頃の陽気になると思いだすんだが、蛇が穴からぬけるのがわかると云うんだ、誰も信用しなかったが大まじめでね、なにかしているのを止《や》めて、ふとどこか遠くの物音でも聞くような眼つきをする、それからこういう具合にその眼をつむって、ああ蛇が――」

そこまで云いかけたとき、突然さっと彼の姿勢が変った。動作には殆《ほと》んど現われないが、なにか異常な事が起ったという感じは八重にすぐ響いた。新一郎は手招きをしながら立ち、座敷に附いた戸納《とだな》を明けて、この中へ入れと口早に云った。

「おれを跟《つ》けまわしている連中だ、ちょっと騒ぞうしくなるかも知れないが決して出ちゃあいけない、いいか」

夜具の積んである一隅へ、八重は身を縮めて入ったが、軀《からだ》がひどく震えた。——新一郎は八重の穿物《はきもの》を片づけたらしい、そのすばやい動作に続いて、ぬれ縁の先へ四五人の近寄る足音が聞えた。

「やあ、折角しけこみの邪魔をしたようだな」

こう云ったのは井村の声であった。

「午睡《ひるね》をしに来ていたんだ、お揃《そろ》いでどうしたんだね」

「美人は早くも雲隠れか」やはり井村のせせら笑う声だった、「——相談があって来たんだ、構わないからみんな上ろう」

「堅苦しい話は御免蒙《こうむ》るぜ」

「なに堅苦しかあない、例の問題から手を引いて貰えばいいのさ、来月は殿さまが御帰国なさる、こっちはそれまでに片を付ける必要があるんだ」

「まえにも云ったが、その話ならおれのところへ持って来たってしようがない、おれはまだ部屋住だよ、御政治むきのことにはまるで縁がないんだから」

「結城さんそれは本気で云うんですか」

聞いたことのない若い声である、少し嗄《しゃが》れて殺気立っているのがよくわかった。

「御帰国と同時に貴方が城代家老の席に直り、御改革とやらいう無謀な政治を始めるということは我われにはよくわかっているんです、貴方は江戸で勉強して来られたかも知れないが、一知半解《なまはんか》の机上論で、長い伝統を叩《たた》き毀《こわ》すようなことはして貰いたくありません」

「繰返して云うが私はなにも知らない」

新一郎は穏やかに制止した、「――私にそんな力があると思うのは誤解だ、御改革があるとすれば老臣一統の協議であって、その是非は殿さまが御裁決をなさるだけだ、そこもと達は拵《こしら》えられた風評に騙《だま》されている」

そこから問答は烈《はげ》しくなり、八重には理解のできない言葉の応酬が続いた。新一郎はできるだけ冷静にしようと努めるらしいが、相手は反対に熱狂的で、殊に嗄れ声の一人はしだいに暴言を吐きだしたと思うと、急にだっと畳を踏みながら絶叫した。

「逃げ口上はたくさんだ、議論では埒《らち》があかぬ、外へ出よう」

八

だだっと総立ちになったようだ。——八重は思わず手を握り緊めた、喉《のど》へなにか固い物がつきあげるようで、息が詰り、踞《しやが》んでいる膝《ひざ》が激しくおののいた。

「いやだね、そんな事はまっぴらだ」

新一郎の声は含み笑いをしているように静かだった。

「卑怯者《ひきようもの》、刀が恐ろしいか」

「人間の馬鹿のほうがずっと怖い、井村——おまえの友達なんだろう、伴《つ》れてってくれ」

「彼は真剣なんだよ」井村の嘲《あざけ》るような声がした、「——立合ってやるほうが早いじゃないか」

新一郎はちょっと黙った。井村の態度をみきわめたらしい、そうかと云うと静かに立上るけはいがした。

「そうか、その積りで来たのか、井村」

「なんの積りもないさ、おれはただの立会人だ」

「よかろう、それで責任が遁《のが》れられたら結構だ、諄《くど》いことは嫌いだからひと言だけ云って置くが、おれが結城新一郎だということ、そろそろ辛抱を切らしたということを忘れるな」

云い捨てて庭へ下りたらしい、殺気に満ちた足音と声が遠くなり、嗄れた叫びが聞えたと思うと、突然ぱったり物音が絶えた。――ぞっとするような緊迫した沈黙のなかに、空の高みで雲雀《ひばり》の鳴くのが聞えた。

――新一郎さま、……貴方。

八重はがくがくと震えながら、暗がりの中でひしと合掌した。相手は少なくとも四五人いるらしい、あの方は斬《き》られる、これでなにもかもおしまいになるのだ。絶望が胸をひき裂き、出てゆこうとして襖《ふすま》に手をかけた。――その瞬間にするどい絶叫が起り、人の倒れる響きと、ぬれ縁へ刀の落ちる烈しい音がした。

待て待てと喚《わめ》きながら二三人の人の駈《か》けつけて来たのはそのときであった。人の倒れる不気味な響きを聞いて、八重は殆んど失神しかかっていたが、駈けつける人の足音と、ずぬけて高い喚き声に、はっと眼の覚めるような気持で耳を澄ました。――二人か、せいぜい三人くらいであろう、走り続けて来たものとみえ、喘《あえ》ぎ喘ぎ叱咤《しった》するのが聞えた。短慮などとか、愚か者とか、侍の本分などと云う烈しい語調が、矢継ぎ早に響いてきた。あとで考えると、それが桑島儀兵衛だったのである。

「中老職として命ずる」りんりんと響く声でその人は云った。「――沙汰《さた》のあるまで双方とも居宅謹慎だ、違背する者はきっと申付けるぞ、引取れ」

そして誰かが座敷へ上って来た。新一郎であった、なにか取りに来たように装《よそお》ったものだろう、戸納の側へ寄って、低い声でこう囁《ささや》いた。

「暫《しばら》く逢えないかも知れない、心配しないで待っておいで、……悪かったね」

うっと八重は泣きそうになった。御無事でようございました、去ってゆく彼の足音を聞きながら、彼女は全身でこう呼びかけていた。

――貴方こそ八重のことなど御心配なさいますな、本当に御無事でようございました、わたくし大丈夫でございます。

惧《おそ》れていたことが現実になってあらわれたのは、それから僅《わず》かに七日後のことであった。桃井へ来る武家の客たちから、西源での諍《いさか》いの始末が聞けるかと思ったが、おもて沙汰にならなかったものかそんなような話は絶えて出ない、ただ老職のあいだに対抗勢力があって、城代家老は去就に苦しんでいるだろうというようなことを聞いた。

――あの日からちょうど七日めの午後、髪結いが終ると間もなく客があり、名指しで八重が呼ばれた。

客は一人で、六十ちかい肥えた老人であった。禿《は》げる性《たち》なのだろう、半ば白くなった髪が薄く、瞼《まぶた》のふくれた眼に鋭い光のある、赭《あか》い大きな顔をした重おもしい恰幅《かっぷく》の人だった。――肴《さかな》には手をつけず、黙って酒を二本ばかり飲んだが、そのうちにぐいとこっちを睨《にら》むように見た。

「八重次というんだな、ふむ、結城新一郎を知っておるか」

八重はぎくっとして眼を伏せた。

「わしは桑島儀兵衛といって、新一郎の外伯父に当る者だ、隠さずにすっかり云え、彼となにか約束したことでもあるか」

西源の諍いのとき駈けつけて来て喚いたあの声であった。八重はそれを思いだしたがどう返辞をしていいのかわからなかった。

「云えなければ云わずともよい、おまえが彼とゆくすえの約束をしたことは知っている、だがそれはならん、そんな馬鹿なことが許される道理はない、それはおまえもよく承知しているだろう」

「いいえ存じてはおりません」

八重は静かに顔をあげた。

「なに知らぬ、ふむ、知らぬと云えば沙汰が済むとでも思うのか」

「済むか済まぬかはあの方が御承知だと存じます、わたくしはただ新一郎さまをお信じ申しているだけでございますから」

「すっかりまるめ込んだという訳だな」

「それはどういう意味でございますか」

「問答は要らん」老人は吐きだすように云った、「――話は早いほうがいい、金は幾ら欲しいんだ」

九

八重の顔は額から蒼《あお》くなった。こういう境涯にいれば客に卑《いや》しめられる例も少なくはない、なかには妓《おんな》たちを辱《はずか》しめるのが楽しくて来るような人間もある。たいてい底が知れているので、それほど苦痛にも思わず受けながすことに馴れていたが、そのときは烈しく怒りがこみあげてきた。どうにも抑えようがなく、膝の上で手が震えた。

「失礼ではございますが貴方さまはお嬢さまをおもちでいらっしゃいますか」

「わしに娘があったらどうするのだ」

「お嬢さまがお有りになって、その方がいまわたくしのように人から辱しめ卑しめられたとしたら、貴方さまはどうお思いなさるでしょうか」

「折角だがわしの娘は芸妓《げいぎ》にはならぬ」

「それがわたくしの罪でございましょうか」八重は殆んど叫ぶように云った、「――わたくしは五つの年から乞食《こじき》のようなことを致しました、よそのお葬式へいって投げ銭を拾い、施物を貰《もら》うために、泣きむずかる妹を負って雪の氷《こお》る吹曝《ふきさら》しに半刻《はんとき》も一刻も立っていたことがございます、母は女の身で土工のようなことをしたり、料理屋の下働きや走り使いや、時にはもっとひどい稼《かせ》ぎまでしたようです、それでも食いかねて、人さまの家のお台所に立ち、僅かな銭を泣いて借りまわったことも度たびございました、こんなこともみなわたくしの罪でございましょうか」

こみあげこみあげする怒りと悲しさに耐えきれなくなり、ここまで云いかけて八重は泣きだしてしまった。――袂《たもと》で面を掩《おお》い、咽《むせ》びあげていると、持光寺の境内の寒い日蔭《ひかげ》がありありと眼に見えた、背中ではまだ乳呑《ちの》み児《ご》の妹がぐずっている、手も足も凍えていた、五つか六つの自分も泣きそうな顔で、施物の始まるのを辛抱づよく待っている、われながら哀れな、よるべないみじめな姿――それがいま痛いほど鮮やかに眼にうかぶのであった。

「わたくしがこんな育ちようをせず」

八重は涙を押拭《おしぬぐ》いながら続けた。

「貴方さまのようなお家に生れ、親御さまたちに大切にされて、なに不自由なく読み書きを習い、琴華《ことはな》の芸を身につけていましたら、決して卑しいとも汚《けが》らわしいともお考えはなさいますまい、――乞食のように貧しく育ったことで、芸妓などをして来たことで、ただそれだけで、このように卑しめ辱しめられなければならないものでしょうか」

つきあげてくる嗚咽《おえつ》で言葉が切れ、八重はまた歯をくいしばって泣伏した。儀兵衛というその客は間もなく立上った、こんこんと咳《せき》をし、冷やかな、突放すような調子で、「――わしは帰る」と云った。

「近いうちに来るから、それまでに思案を決めて置け、おまえは気の毒な育ちようをしたかも知れぬが、新一郎にその責任を負わせる理由はない筈《はず》だ、――もしおまえが本当に彼を愛しているなら、自分からすすんでも身を退く筈だと思う、そこをよく考えてみるがよい」

そして客は去っていった。

八重は数日まるで病人のようになった。食事も殆んど手をつけず、一日じゅう寝たまま、人さえいなければ泣いて過した。頭がどうかなってしまったように、纏《まと》まった考えは少しもうかばず、断片的な思い出や回想をとりとめもなく追っている。――小さな弟と妹を左右の手に抱えて、昏《く》れかかる冬の街角に立って母の帰りを待ったこと、料亭の厨口《くりやぐち》へいって残った飯や肴を貰ったこと、食べる物がなにも無くって、母が貰って来た蕎麦湯《そばゆ》を啜《すす》り、四人で軀を寄せ合って寝た夜のこと、桃井へ来てから肌の合わないあね芸妓たちに意地悪く追い使われたこと……。

——これが自分の運命なのだろうか、ここからぬけだすことは出来ないのだろうか。

桑島儀兵衛が二度めに来たとき、八重はげっそりと痩《や》せ、泣き腫《は》らした赤い眼をしていた。そしていきなり「あの方に逢わせて下さいまし——」と云って泣きだした。儀兵衛は冷酷な眼つきで、黙って泣くだけ泣かせて置いた。八重はすっかりとりみだし、身悶《みもだ》えをして訴え歎願《たんがん》した。……どんな条件でもいいから二人を引離さないで貰いたい、必要なら二年でも三年でも逢わずにいよう、この土地にいて悪ければ自分はよそへ移ってもよい、また結城家の正妻にならなくとも一生かこい者でもいい、ただあの方から自分を裂かないで貰いたい、あの方なしにはもう生きることが出来ないのである。——儀兵衛は頑《かたく》なに黙っていた、そして八重が哀訴のちからも尽きて絶え入るように泣伏してから、極めて非情な、突放した調子で口を切った。

「おまえはこんな暮しをしている女に似ず、読み書きにも明るく和学まで稽古《けいこ》をしたそうだ、絵も描くというから少しはものの道理もわきまえていると思ったのに、云うことを聞いてみるとどんな無知な女にも劣ったことしか考えられないのだな」

十

「人間には誰しも自分の好みの生き方がある、誰それと結婚したい、庭の広い家に住みたい、金の苦労をしたくない、美しい衣裳《いしよう》が欲しい、優雅に暮したい、――だが大多数の者はその一つをも自分のものにすることが出来ずに終ってしまう、それが自然なんだ、なぜなら総《すべ》ての人間が自分好みに生きるとしたら、世の中は一日として成立ってはゆかないだろう、人間は独りで生きているのではない、多くの者が寄集まって、互いに支え合い援け合っているのだ、――おまえは着物を着、帯を締めているが、それは自分で織ったのではなかろう、畳の上に坐っているがその畳も自分で作ったものではない、家は大工が建て壁は左官が塗った、百姓の作った米、漁師の捕った魚を食べている、紙も筆も箸《はし》も茶碗もすべて他人の労力に依《よ》るものだ、おまえにとっては見も知らぬこれらの他人が、このようにおまえの生活を支えている、わかるか」

儀兵衛はちょっと口を噤《つぐ》んだ。

八重はまだ嗚咽が止らなかったが、老人の言葉には明らかに心を惹《ひ》かれたらしく、耳を傾けて聞き入る容子だった。

「こうして多くの人に支えられて生きながら、他人の迷惑や不幸に構わず、自分だけの仕合せを願う者があるとしたら、おまえはいったいどう思うか、――新一郎は城代家老になる人間だ、藩では近く政治の御改革がある、それをめぐって新旧勢力の激しい諍いが既に始まっている、彼は中心の責任者として当然その矢表に立たなくてはならない、御改革に反対する一派は、彼を排して別の人物を据えようとしている。新一郎の身にどんな些《さ》細《さい》な瑕《きず》があっても、彼等はのがさず矛を向けて来るに違いない、新一郎の倒されることはそのまま御改革が挫《ざ》折《せつ》することだ、……おまえとの仲はもうかなり評判になっている、これ以上逢えばもう取返しはつかない、この事情をよく考えてくれ」

八重はいつか坐り直していた。まだ時どきせきあげてくるが、とりみだした気持は鎮《しず》まったようだ。

「こんどの御改革は大きな事業だ、五年かかるか十年かかるかわからない、殿も御一代の仕事だと仰《おお》せられ、特に新一郎を中心の責任者に選ばれたのだ、――彼の一身は無瑕でなくてはならない、後ろ指をさされるような事は断じて避けなければならない、おまえがもし新一郎を愛しているなら、彼を失脚させるような危険はさせない筈だ」

八重は儀兵衛の云うことを聞き終ると、静かに会釈《えしやく》をして立っていった、顔を洗い化粧を直しにいったのであろう、戻って来たときは唇に紅の色が鮮やかだった。

「よくわかりました、我儘《わがまま》を申上げて恥ずかしゅうございました。わたくし、……仰《おっ》しゃるとおりに致します」
「そうなくてはならぬ、それでわしも舌を叩いた甲斐《かい》があった」儀兵衛はやや顔色を柔らげながら、「――おまえの今後のことはわしがどのようにも力になろう、金のことも身の振り方に就いても、望みがあったら遠慮なく申し出てくれ」
「有難うございます。そのときはまた宜しくお頼み申します」
八重は唇に微笑さえうかべながら、こう云って静かなおちついた眼で儀兵衛を見上げた。――その夜、八重は更《ふ》けてから、描き溜《た》めてある山茶花《さざんか》の白描《はくびょう》を取り出して見た。十八の年から三年のあいだに、数えてみると百三十枚ほどあった。初めから絵にする積りはなかったので、布置も巧みもない稚拙な線描であるが、それだけに却《かえ》ってその時その時の印象がはっきり残っている。ああこれはあの朝だった。これはあの時だった。これを描いているときに粉雪が舞いだしたので、急いで描きあげて帰ったものだ。……こんな風にして見てゆくうち、次のような歌を書入れてあるのが出て来た。
さむしろに衣《ころも》かたしき今宵《こよい》もや
こいしき人にあわでわが寝ん
八重は思わず眼をつむった。新一郎から二度目に声をかけられた年のものだ、もういちど会えるかとひそかに待ったが、ついに会えなかった歎《なげ》きを、伊勢物語から抜いた歌に托《たく》して書入れたのである。かたくつむった眼から涙があふれ出て、白描の山茶花の上へはらはらと落ちた。

――可哀そうな子、可哀そうな花、……いっそあのまま二度と会わないほうがよかったのに。

十一

八重の性質は人の驚くほど変っていった。儀兵衛の言葉を聞いて新しく眼がひらけたという風だ。

乞食のような生立《おいたち》にも、芸妓だということにも、かくべつもう屈辱や卑下の感情は起らない、朋輩《ほうばい》たちともよく折合うようになった。おまえさん達とは違うという、これまでの気位がとれたせいかも知れない、みんな「八重次さん」「姐《ねえ》さん」とうちとけてきた。

――こんなに善い人たちだったのだろうか。

八重はこう思って吃驚《びっくり》することが度たびあった。一帖《じょう》の畳でさえ誰かの汗と丹精で作られたものだ、一本の柱も、一枚の瓦《かわら》も、人が生きてゆくために必要などんな小さな物も、誰かの汗と丹精に依らないものはない、……八重はいまそれを身にしみて理解する、そして自分がいかに多くの人に支えられて生きて来たか、これからもいかに多くの人の労力と誠意に支えられて生きてゆくかを思い、自分が決して孤独でもなければ閉め出された人間でもないということを感ずるのだった。

その年の秋ぐちに、「越梅《えちうめ》」という大きな絹物問屋の隠居から、八重を養女に欲しいという話があった。隠居は宗石という俳名で知られ、桃井では古い客でもあり八重も以前からひいきにされていた。よほど気性をみこんだのであろう、養女にして然《しか》るべき婿《むこ》を選び、ゆくゆくは絹物店を出してやろうということだった。――八重は桑島儀兵衛に相談をした、儀兵衛はもちろん異議なしで、

「絹物店を出す出さぬは別として、今のような稼業《かぎよう》からぬけるだけでもよかろう」こう云ってから、ふと八重の眼をじっと見た、「――これでわしも本当に安堵《あんど》した。よく思い切ってくれたな」

八重は黙ってすなおに微笑していた。

話はすぐに纏まった。十月にはいると間もなく八重は桃井をひき、笠町という処《ところ》にある宗石の住居へひき取られた。そこは城下町の東郊に当り、附近には武家の別墅《しもやしき》や大きな商人の寮が多く、松葉ヶ丘へはほんのひとまたぎでゆける。――その家は野庭

づくりで、櫟林《くぬぎばやし》や竹囲いのなかに五間ほどの母屋《おもや》と、別棟の茶室とがある。櫟林の中には川から引いた細い流れがあって、澄み徹《とお》った秋の水の上へ櫟の落葉がしきりに散っていた。

　家人は宗石夫妻のほかに下男下女が五人いた。もよという妻女はたいそう肥えた明るい賑《にぎ》やかな人で、初めから「八重さん八重さん」とうるさいほど親身に世話をやいてくれた。――おちついた静かな生活が始まった、琴を稽古するがいいということで、盲人の師匠が三日に一度ずつ教えに来る、また歌の道をもう少し続けたいと頼んだら、「外出はしないほうがよかろう」と、松室春樹にもこちらへ来て貰うようにしてくれた。

「これではまるで大家のお嬢さまのようでございますわ」

「越梅といえば京大坂から江戸まで知られた大家ですよ」もよ女は大きな胸を反らせながら云った、「――養女と云えば娘なんですから、大家のお嬢さまに違いないでしよう、でもあたしのように肥《ふと》ることはありません」

　八重はそれをもすなおに受容《うけい》れた。

　その年は持光寺へはゆかなかった。ついひとまたぎの処ではあるが、もし新一郎が来でもして、彼と逢ったらこの気持が崩れるかも知れない、そうなっては桑島へ義理が立たぬと思ったからである。持光寺へはゆかぬ代り茶室の横に若木の山茶花が一本あるので、その花を写した。まだ花は多くは付かないが、やはり雪のように白く、然も葩《はなびら》がみごとに大きい。こんどは時間にいとまがあるので終るまで五十枚ほど写し、その中のもっとも気に入ったのへ、やはり伊勢物語からぬいて次のような歌を書入れた。

すみわびて今はかぎりと山里に
　身をかくすべき宿をもとめん

いちばん終りの一輪を写しているときだった。まっ白に霜のおりた早朝、凍える手を息で温めながら、殆《ほと》んどわれを忘れて描いていると、後ろへそっと近づいて来る人の足音がした。宗石か、それとも妻女かと思っていたが、いつまでも声がしないので振返った。そして振返るなりああと叫び、持った筆をとり落して棒立ちになった。

結城新一郎であった。新一郎がそこに立っていた、寒さに頰を赤くし、幼な顔の残っている柔和な表情で、包むように微笑しながらこっちを見ていた。――八重はくらくらと眩暈《めまい》におそわれ、総身の力がぬけるようによろめいた。「ああ危ない」新一郎は駈け寄って両手で八重の肩を抱いた、「驚いたんだね、堪忍《かんにん》してくれ、済まなかった」

「放して、どうぞ放して、――いけません」

「いや放さない、いけなくはない、なにも心配することはないんだよ、八重、私の顔をごらん、これはみんな私と宗石とで相談したことなんだよ」

八重は失神したような眼で、半ば茫然《ぼうぜん》と新一郎を見上げた。彼はその眼をしかと捉《とら》え明るく微笑を送りながら頷《うなず》いた。

「そうなんだ、宗石が養女にひき取ったのはおれと相談のうえだ、この次は殿村右京という大寄合の家へ養女にゆく、いいか、殿村から中老柏原頼母の養女になる、その次は結城新一郎の妻になるんだ、――桑島の伯父はひとりで肝を煎《い》ってる、苦労性でごく小心な、そして人の好い単純な伯父貴だ、然し世の中はそう息苦しいものじゃない、そんな些細《ささい》なことにびくびくして、御改革などという大きな事業が出来る訳はないんだ、……八重、眼をあげてよく私の顔をごらん」

肩を抱いた片手で、彼は八重の顎《あご》を支え、やさしく仰向かせて眼と眼を合わせた。

「今おまえの見ている人間は、この国の城代家老結城新一郎だ、そして私はおまえに云ったろう、信じておいで、私を信じておいでって……」

「あなた」

八重は双手《もろて》を彼の頸《くび》に投げかけ、頰へ頰をすり寄せ、全身をふるわせて泣きだした。

「あなた」

（「新青年」昭和二十三年十一、十二月合併号）

半之助祝言《しゅうげん》

一

折岩半之助が江戸から着任した。

その日、立原平助が桃の咲きはじめたのを見た。次席家老の前田甚内の家の桃である。平助はそれについて次のような感想を述べた。

「南枝一輪、桃などもそう云っていいものかどうか、ともかく南面の枝に三つ四つ、ふっくらと咲いていたよ、こんなふうにさ」

彼は両手でそんなふうな恰好《かっこう》をしてみせた。

「――私は思わずどきりとしたね」

そこで葵《あおい》太市が訊《き》いた。

「桃が咲いてなぜどきりとするんだ」

「一種の前兆、といったものかどうか、なにかしら起る、これは単に桃が咲いたというだけのものじゃない、吉か凶かわからないけれどもとにかくなにか起る、こうしてはいられない、といった感じだねえ」

葵太市はそうかねえと云った。ほかの者は聞いてもいなかった。

着任した折岩半之助を見て、重役の人々はその若いのに驚いた。

この異動には相当むずかしい重要な使命がある。経験に富み、老巧にして円滑、才気縦横、大胆不敵といった人材でなければならない。それには半之助はいかにも若すぎた、二十六だというが二十二三にしかみえない。背丈は五尺六七寸、まる顔でおちょぼ口で、梟《ふくろう》のような眼をしている。人品はなかなかである。しかしどう値ぶみをしても、世間知らずで気立てのよい坊ちゃん、ぐらいにしかふめなかった。

「どうですかなこれは、どんなものですかな」

「さよう、どんなものでしょうか」

前田甚内はじめ重役たちは首をひねった。念のために「使命」の点をたしかめると、

「ええ知っています」

彼はあっさり頷《うなず》いた。あんまりあっさりしているので、それ以上なにも訊く隙《すき》がなかった。もちろんそれで安心したわけではないが、藩主の任命でもあるし、とりあえず住居を与え、実情査察のため半月の休暇を出した。

着任して五日めに、玄武社の幹部たちが、折岩半之助を招いて会食した。

玄武社は青年たちの自主的結社であって、十七カ条にわたるいさましい盟約があり、裄丈《ゆきたけ》を一般より三寸短く裁縫した衣類を着るのと、頰髯《ほおひげ》をたくわえるのとで眼立つ存

在だった。社中は三十七人、没頭弥九郎という剣術のうまい、頬髯の誰よりみごとな男がその指導者で、彼は「社長」と呼ばれた。

会食の席には没頭社長のほかに五人出席した。久保大六、葵太市、野口、仲木。そして、桃の花になにかの前兆を感じた立原平助。つまり玄武社の幹部である。

酒ぬきの、ごく質素な食膳を見たとき、折岩半之助はいやな顔をした。それは躾《しつけ》の悪い喰《た》べざかりの子供が、嫌いな物を出されたときの表情によく似ていた。没頭社長は予期していたとみえ、あだ黒いようなその飯に向って箸《はし》を突込みながら、

「私どもは剛健の気を昂奮《こうふん》させるために、日常こういう食事をしておるのですが、江戸などではどんなあんばいですかな」

こう云って、なるほど剛健の気に昂奮しているような眼をした。その飯は麦六、稗《ひえ》二、もろこし一、米一の割だそうである。

半之助は社長の問いにも答えず、自分は満腹だからと云って箸も取らなかった。

食事が終るとすぐ、その会食の目的である密談に移った。

「貴方《あなた》の赴任された使命については、もう論議の余地はないであろうが」

没頭社長がおもむろに云った。

「――私ども玄武社同人としても、無関心ではおられぬので、いちおう貴方の方針も

聞き、私どもの意見も申し述べたいと思う」

「どうぞ云って下さい、聞きましょう」

半之助は軽く頷いた。

弥九郎は咳《せき》をし、幹部たちの顔をすばやく見まわし、それから、大いに意気ごんで言葉を続けた。

彼は能弁ではあったが、要領を把《つか》む術《すべ》に欠けていた。むやみに埴谷図書助の非を述べ、慷慨《こうがい》し、そして笙子《しょうこ》という令嬢を警戒せよと云った。令嬢のことは前後五回も云った、そしてまた埴谷城代の非をならし、慷慨し、額の汗を拭《ふ》いて反った。

半之助はつまらなそうに聞いていたが、令嬢のことは特にうるさく感じたとみえ、ぶっきらぼうにこう反問した。

「そんなにむずかしいとすると、その娘は縹緻《きりょう》の悪い売れ残りか、出戻りとでもいうわけですか」

「とんでもない、冗談じゃない」立原平助が眼を丸くして叫んだ、「――そんなことを仮にも貴方、いや冗談じゃないですよ」

葵太市が側から説明した。

笙子嬢は埴谷城代の一人娘であり、類《たぐ》い稀《まれ》な美貌《びぼう》と才気で、家中の青年たちぜんたいのあこがれの的である。但《ただ》しひじょうに勝ち気が強く、少しでも機嫌に障《さわ》ることがあると、それこそ眼球がとび出すようなめにあわされるので、さすが父親の図書助も彼女だけには頭があがらないというのであった。

「そこには些《いささ》かの誇張もないのです」没頭社長が念を押した、「――貴方はやがて埴谷邸へ日勤するわけであるから、この点をくれぐれもお忘れにならぬよう、いいですか、どんなばあいにも決して令嬢の機嫌を損ぜぬように、さもないと……おわかりでしょうな」

その日の会食はそれで終った。

「ばかな話があるものだ」

外へ出た半之助は独り言を云って、さも気にいらぬというふうに首を振った。

彼が江戸から来た役目は、城代家老を辞任させることにあった。埴谷図書助をその職から去らせ、政治に容喙《ようかい》しないようにさせる。これは十余年このかたの懸案であって、そのためには従来あらゆる手段を講じた。玄武社という自主的結社もそのために組織されたといってよかろう。

しかしすべて徒労であった、城代家老はその座に泰然とすわって、今日に至るまで微動もしないのである。もちろんそれには理由があった。

　まず埴谷図書助は先代の藩主の弟である。十六歳で埴谷五郎左衛門の養子になり、二十三歳のときからずっと城代家老の席を占めて来たが、現藩主の志摩守正列には叔父に当るし、家臣ぜんたいとは主従関係ということになる。

　次に彼は人物として第一級であった、明晰《めいせき》な頭脳、胆力、識見、そして堂々たる風貌《ふうぼう》、すべてが群を抜いていた（筆者の所有する資料に白描《はくびょう》の肖像が載っているが、それは英国の前首相ウインストン・チャーチル氏に瓜《うり》二つである）。もし彼が幕府の大老にでもなっていたら、古今の名宰相といわれる業績を挙げたに違いないと思う。

　要するに蓋藩《がいはん》の力を集結しても、とうてい敵し難い人物であった。それがたかだか四万三千石の城代家老。世は泰平。その程度の藩政ならばかでもこけでもやってゆける。

　――なにもそれほどの人物の出る幕ではないじゃないか。

　こう思うかもしれない。しかし城代家老は少なく見積っても城代家老である、その席にいれば多少の慰安がないわけではない。すなわち埴谷城代の施政方針は、おおむねその方面から執行されて来た。

　その内もっとも藩の問題となり、領民からも不平を買った例を、参考のために書き抜いてみよう。

一、竜神川の堤防工事。
一、城下町筋の区劃《くかく》整理。
一、外壕《そとぼり》埋立とその耕作制度。
資料には他に十数件あるが、右の三例が彼の性格と好みをよく表わしているので、ここにはこれだけを紹介しておく。

「おわかりでしょうな、か、呆《あき》れた連中だ」

半之助は歩きながらまた独り言を云った。むろん笙子嬢を恐れる玄武社幹部に対する感想であろう。続いて彼はふんと鼻で笑い、見そこなっちゃいけねえ、などと呟《つぶや》いた。

風のない暖かな、いい午後だった。

半之助は城の大手へ出て、埋立てた外壕沿いに、三の丸のほうへと、ぶらぶら歩いていった。すると一条町(ということはあとでわかったのだが)の角のところで、その町ぜんたいを占める広大な邸《やしき》をみつけた。高い築地塀《ついじべい》を三方にまわして、森々たる樹立のあいだに、三層楼の附いた御殿造りの屋根が見える。

半之助は立停って、やや暫《しばら》くその壮大な構えを眺めていた。

「殿さまの別殿かなにかだな」

彼はそう呟いた。そしてまたぶらぶらと塀に沿って歩いていった。

築地塀は三方だけで、南側は野茨《のいばら》を絡《から》ませた四つ目垣になっていた。そこから南方は林や野や田畑がうちひらけて、遠く国境の山まで見わたすことができる。つまり展望のためにそこだけ四つ目垣にしたらしく思えた。

「すると邸の中も見えるだろう、田舎は暢気《のんき》なもんだな」

半之助は垣根につかまって邸内を見ようとした。ところがつかまった垣根がかたりと向うへ倒れた。ちょっと驚いたが垣根が倒れたのではなく、実はそこは木戸であって、掛金が外れていたのであった。

彼はあたりを見まわしてから、そっと中へと入っていった。

初めはひと眼だけ見るつもりだったが、ひろびろとした芝生や、丘や、森のような樹立や、大きな泉池や茶屋など、爽《さわ》やかに手入れのゆき届いた庭で、つい知らず奥へ奥へと惹《ひ》かれていった。実に漫然と進んでいったのが、ふと気がつくと泉池の側に一人の老人がいて、なにか頻《しき》りに口小言を云いながら、鯉に餌《えさ》をやっているのが見えた。

老人は肥えた大きな軀《からだ》であった、肩も厚いし胸も厚いし、腹もたっぷりふくれている。頭部も大きい、太い首の中へめり込みそうである、顔は四角い感じで、これも充分に肉が附いている。高い鼻、への字なりの唇、小さいが澄んでよく光る双眸《そうぼう》。すべてが堂々として威圧的で、しかも人間味ゆたかな感じであった。

半之助は側《そば》へ寄っていった。

二

老人は池畔の石の上に跼《かが》まって、まるっこいすべすべした手で、なにかの餌を摘《つま》んで水面へさし伸ばした。すると下に群れている鯉どもは、水中からわれ先に立ちあがって、（正しくそう見える）なかには軀の三分の二も水面へのびあがって、口をぱくぱくさせるのであった。

「きさまじゃない、黒だ、きさま今、……ちょっ、きさまじゃないと云うに」

老人は舌打ちをする。

赤いのや白いのや、赤白の斑《まだら》などのなかに、一尾だけ黒いのがいる。見ているとそいつだけが水面へ出て来られない、老人の手の餌を狙《ねら》ってとびあがろうとするのだが、ほかの鯉どもに押っぺされたり突きとばされたりして、忽《たちま》ち下積みになってしまうのであった。

「そいつは臆病《おくびょう》ですね、その黒いのは」

半之助はじれったくなってそう云った。

「臆病でもないんだが」

老人が答えた。

「ぶきようで、腰が弱いんだな、もうひと息というところがうまくいかん、そら来い、黒」

「なるほど、うまくないですな」

半之助はこう云ってふと笑った。

「しかし人間にもこんなのがいますね、へまでぶきっちょで、なにをさせても失敗ばかりする、そして蔭《かげ》でぶつぶつ泣き言を並べる、といったようなのが」

「うんいるな」老人もつい頷いた。

「前田甚内などもその組だろう、あれはいつも落し物をしたような顔をしておる」

「前田って家老の前田さんですか」

「似ておるだろう」老人はこう云って半之助のほうへ振向いた。

「おまけに彼は胆石もちときている、自分では消化不良だなぞと云っておるが、……おまえ見たことのない顔だな」

「そうでしょう、まだ来たばかりですから」

「ではよく見てみろ、わしは保証するが甚内は胆石もちだ、あの顔色は……お？」

老人はとつぜん眼を光らせ、半之助の頭から足のほうまで訝《いぶか》しげに見おろし、それからへの字なりの唇をひきむすんで、石の上に立ちあがった。

「おい、おまえはいったいなに者だ」

半之助はぎょっとし、初めて自分の立場に気づいて、あいそ笑いをしながら手を振った。

「いやべつに、なんでもないです、どうぞ気にしないで下さい、ほんのちょっとした者なんですから」

「ちょっとした者とはなんだ、いったいどこから来たんだ」

「あちらです、あちらの」半之助はうしろさがりにそろそろと退却しながら、「――あの折戸があいていたものですから、お庭もきれいでしたし、鯉もいるし、貴方は失礼ですが、その、鯉の方面では専門家でいらっしゃるらしいですな」

だいたい距離はいいらしい、半之助はもういちどあいそ笑いをし、向き直って、木戸のほうへ悠然とたち去った。

「おうへいな口をきく爺《じじ》いだ」

外へ出ると、彼はこう呟いた。

「猛犬みたような顔をして、こんなふうな眼つきで、おまえはなに者だなんて、……

たぶん庭番の元締かなにかだろうが、ふざけた爺いだ」

中一日おいて、玄武社の連中が誘いにやって来た。それは埴谷城代のむちゃな治績を、実地に当って説明するのだそうで、まず初めに竜神川の堤防へ伴《つ》れてゆかれた。そこは城下町の東北一里ばかりの処《ところ》にあり、きわめて諧謔《かいぎゃく》的な、自然を揶揄《やゆ》するかのような景観を呈していた。

「竜神川などといえば誰しも奔流渦巻く大河を想像するでしょう」没頭弥九郎が堤防の上に立って云った。

「――ところがよく見て下さい、事実はこれです、これが竜神川そのものです、見えますか」

彼が手で示すところ、すなわち大堤防の内側は、いちめん枯れた葭《あし》や雑草の茂みで、小松や灌木《かんぼく》がよく繁殖し、川というよりまったく原野としか見えなかった。それでも仔細《しさい》に見ると原野ではない、幅三尺ばかりの水が、その間を曲りくねって、見え隠れにちょろちょろ流れていた。

「見えます」半之助は頷《うなず》いた。

「――たしかに見えました」

「これは昔は単に堰《せき》といわれていたのです」

久保大六がしゃがれ声で云った。ひどいしゃがれ声で、こっちの喉《のど》がむず痒《がゆ》くなるようだったが、……堰とは要するに田圃《たんぼ》へ水を引く用水堀のことで断じて「川」ではなかった。それを埴谷城代がいつか魚釣りに来て、(今でもよく来るそうであるが)これは大洪水の危険があると主張し、すぐさま自分で堤防の設計をし、さっさと工事にとりかかった。……延長七里二十町、総体石で築きあげ、底面の幅五間、高さ三間という、実に壮大無比の大堤防である。これに投入した金員や労力はともかく、工事のために五軒の農家が潰《つぶ》れ、首を吊《つ》った者、娘を売った者、親子離散などいろいろな悲劇が起った。

「いいですか」大六はしゃがれ声を励まして云った、「――このちょろちょろ流れの用水堀のために、そんな犠牲を払ってですね、このべらぼうな堤防を拵《こしら》えたのですぞ、この大べらぼうな堤防をです、わかりますか」

半之助はできる限り深刻な表情をして、笑いたいのを懸命にごまかしながら、その人をばかにしたような景色を眺めやった。

「そうするとつまり、この堤防が出来てから竜神川という名が附いたわけですか」

「さよう、それも御城代の撰《せん》ですよ」

半之助は溜息《ためいき》をついたが、城代のやり方を非難するというよりも、ひそかに羨望《せんぼう》するといった感じのものであった。

かれらは城下へ戻った。

こんどは町筋の区劃整理である。まず大手広場に立って見ると、幅十六間の大道路が、まっすぐに東北へ、城下町のまん中をつきぬけている。

だいたいどこの藩でも、城下町の道というやつは狭くて、必ず突当っては曲り突当るものだ。それはいざ合戦というとき、攻込んで来る敵軍の数を制し、速度を妨害し、要所に伏勢を配するためだともいわれる。

しかるに埴谷図書助は城の大手門からまっすぐに、大道路を城下外まで通じ、それを中心としてすべての道を碁盤目に直してしまった。

「どうですこのありさまは」

葵太市が大道路を指さして云った。

「たとえば合戦という場合、敵の軍勢が押して来たとすれば城下外一里半の地点から城の大手門まで見通しじゃないですか、しかも道幅十六間、敵は兵馬一体の大突撃がやれますよ」

「城の守り、といったものか、機密といったものかどうか」立原平助が云った、「——

これではまったく、われわれとして防戦の責任がもてないと思いますねえ」

「単にそれだけではない」弥九郎が頬髯《ほおひげ》をそよがせた、「――この道筋改修のために、古くから老舗《しにせ》として繁昌していた店が五軒も没落し、井戸へ身を投げて死ぬ者、自暴自棄、やけくそになって放蕩《ほうとう》に耽《ふけ》る者、夫婦離別、親子わかれ、実に悲惨な出来事が数えきれぬほどあった」

半之助はかれらの説を神妙に聞いていた。ときに眉《まゆ》をしかめたり首を傾《かし》げたりしたが、自分からはついになにも云わなかった。しかし、そこを終って、外壕の埋立て耕地へいったときは、そう神妙にばかりしてはいられなかったのである。

外壕は大手の西、二の曲輪《くるわ》の下から乾口《いぬいぐち》へかけて、幅二十五間、長さ五町三十一間という面積を占めている。深さは路面から水底まで三丈二尺あったそうで、埋立てた今でも道からは六尺以上も低くなっていた。――埴谷城代は七年まえにこれを埋立て、夏は稲田、冬は畑として、おめみえ以上の青年たちに、一年交代で耕作させて来た。土の鋤《す》き返しから種蒔《たねまき》、苗代から施肥、収穫、脱穀、俵詰めまで、すべてかれらがやるのだそうである。

玄武社の社中はみなめみえ以上であって、しぜんこの勤労奉仕の徴用はまぬがれないから、悲憤の情もまた強烈であった。

「こんな状態がもう四五年も続けば」と、仲木小助が、（彼はこれまでずっと沈黙していたが）まなじりをあげて叫んだ、

「――私は保証するが、われわれはみな本職の百姓になってしまうよ」

「四五年も待つことはないさ」久保大六も憤然と云った。

「――去年の米の出来には百姓どもが舌を巻いて感心したじゃないか」

半之助は思わず誘われて、

「それでは浪人しても食う心配がなくていい」

こう云って、つい笑ってしまった。かれらはぴたりと口をつぐみ、恐ろしいような眼をして、一斉に半之助を睨《にら》みつけた。

半之助の役名は、「城代家老司書」という、従来にないもので、勤めは埴谷図書助に直属の秘書官、というぐあいのものだった。これは埴谷城代が近年いっそう我儘《わがまま》になり、城へは殆《ほと》んど上らず、老職事務も自邸で執るというふうなので、藩侯が特に命じて設けた役目であった。

事前のうちあわせやなにかで、半之助はしばしば前田老職と会った。この次席家老は瘦《や》せてしなびたような軀に、しなびた猿のような顔をして、いつも精のない、悲観的な調子でものを云う癖があった。

――なるほど。と半之助はたびたび思ったものである。いつかの庭番の元締みたような爺いが云ったが、まったく落し物をしたような顔だし、胆石もちかもしれない、うまいことを云う爺いだ。

前田甚内はいろいろ注意をしてくれた。笙子嬢のことも云ったが、特に図書助は顔を見られるのを嫌うから、できる限り顔を見ないように、と念を押した。

「しかしそれはぐあいが悪いですね、いつも側にいて顔を見ないというのは」

「会えば尤《もっと》もだと思うでしょう」

甚内は低い声で云った。

「――若い者どもはおっとせいなどと、いや、会えばわかる筈《はず》です」

三

初めの日は前田甚内に伴れられて埴谷邸へいった。驚いたことに、それは一条町の、彼が藩侯の別殿かと思ったあの壮大な邸宅であった。

二人は控えの間で支度を直し、第一の取次ぎに案内されて第一の接待の間へ通され、そこで四半刻《しはんとき》ばかり待たされてから、第二の取次ぎによって、第二の接待の間へ通った。そこでも同じくらい待ち、第三の取次ぎが第三接待へ導いた。こうして第五の接

待の間へ通されたとき、前田老職がようやく愁眉《しゅうび》をひらいたという顔で、

「やれやれ有難い、この接待まで辿《たど》り着けば、お眼にかかれる、今日はまことに幸運だ」

こう云って汗を拭《ふ》いたのには、半之助は少なからず驚かされた。聞いてみると、第四の接待の間まで来て、そこで「面会時間が切れた」といわれる例が多いのだそうである。次席家老である甚内でさえ、そんなふうに三時間も待たされたうえ、時間切れで会えずに帰ることがたびたびあるということであった。

「――たいへんな代物《しろもの》だな、それは」

半之助は口の中でこう呟《つぶや》いた。甚内は吃驚《びっくり》して、彼の袖《そで》を引きながらしっと制止した。

やがてようやく、二人は客間へ案内された。書院造りの十二畳の座敷に、床間を背にして城代は坐っていた。右側に蒔絵の大きな文台《ぶんだい》があり、左に青銅の部屋あぶりを置いて、そして当人は厚い敷物の上に坐っていた。こちらにはむろん敷物などはない。

――まるで殿さま気取りじゃないか。

こう思ってふと図書助を見たとたん、半之助はわれ知らずあっと声をあげた。その声で図書助はこっちを見たが、これまたううと妙な声をもらした。

あの爺いである、あのおうへいな口をきく、庭番の元締みたような、鯉の専門家の爺いである。さすが半之助はぎくりとしたらしい、慌《あわ》てておじぎをし、あいそ笑いをして、

「これはどうも、その節はどうも」と気分を柔らげるように云った、「――知らなかったものですから、まさか貴方が御城代だなんて、なにしろ偶然ですし、鯉が……あの鯉で思いだしましたがあの黒はまだあれですか、やっぱりまだ、その……」

半之助は黙った。

図書助は睨み殺すような眼つきでまばたきもせずにこっちを見ている。鯉なんぞくそくらえという顔だった。そして、半之助が黙ると、天床板がびりびりするような、ずばぬけて大きな咳《せき》をし、

「これが折岩と申すやつか」

と前田甚内に向って叫んだ。半之助は思わず首を縮めておじぎをした。

半之助は勤めだした。といっても格別なにも用はない、公務関係の仕事にはその係りの者が五人、べつに部屋を宛《あ》てがわれていて、城中との連絡も必要な事務もすべて処理する。半之助はただ図書助の側にいればいい、勤務時間は午前九時から午後五時。

休日は月二日という定めであった。

就任の挨拶《あいさつ》に出た翌日のことであるが、半之助は午《ひる》の弁当のあとで夫人の部屋を訪ねた。もちろん図書助の許しを得たのであるが、菊枝夫人はきれいに身じまいをし、点茶の用意をして待っていた。

「やあ困ったな、私は茶は知らないんですよ」

彼は坐るなりそう云った。挨拶ぬきで、にこにこ笑いながら、片手で頸《くび》のうしろをぐいと撫《な》で、ひと懐《なつ》っこい眼で夫人を見た。

「三男坊のひやめしなもんですからね、こんな贅沢《ぜいたく》な芸当は習わして貰《もら》えなかったんです、済みませんが煎茶《せんちゃ》にして下さいませんか」

「芸当とは仰《おっ》しゃること」

夫人は笑った。こんなあけっ放しな人間は初めてである、しかし悪い気持ではなかったらしい、やさしい眼で彼を睨みながら、

「なにもむずかしいことはないんですよ、楽に召上ればそれが作法なんです、わたくしだって真似ごとですから」

「そうですか、それなら無礼講ということで頂きますか」

「無礼講の点茶なんて」夫人はまた笑った、

「――貴方はいちいち変ったことを仰しゃるのね」

菊枝夫人はかなり美しい。おそらく四十前後であろうがどうしても十は若くみえる。ふっくらとしたおもながの顔で絖《きぬ》のようになめらかな、しっとりと白い膚《はだ》をしている、眉は薄墨で描いたような柔毛であるが、それが細いやさしそうな眼とよくうつって、温かい気品と、包むような情味を感じさせた。

半之助はひどくぶきように、一椀の茶を啜《すす》り、菓子を摘《つま》みながら、夫人の姿をそれとなく、だが、相当大胆にちらちらと眺めまわした。

「なにをそんなにごらんなさるの、わたくしの顔になにか附いていました？」

「いや、その、私は」半之助はちょっと吃《ども》ったが、

「――実はいま御城代のことを考えていたんです」

「わたくしの顔と主人となにか」

「いいえこうなんです、うちあけて申しますけれども」彼は声を低くした。

「――御城代についてですね、私はこれまでずいぶんばかげた蔭口《かげぐち》を聞きました、もちろんお顔のことなんですが、失礼にもおっとせいなどという、実にたわけた」

「似ていますわ」夫人は声を忍ばせて笑いながら、

「――絵で見るのとそっくりでしょう」

「貴女《あなた》はふざけていらっしゃるんですか、それとも」半之助は屹《きっ》となって云った。

「——それともまじめにそんなことを仰しゃるんですか」

急に半之助の態度が変ったので、夫人はちょっと吃驚して戸惑ったように彼を見た。

「私は反対です」彼はきっぱりと云った。

「——反対どころではない、私は御城代ほどの美男をこれまで見たことがありません」

「美男ですって？」

「それも天下第一級のです」

菊枝夫人はたじろいで、それから少し気を悪くしたように云った。

「貴方こそからかっていらっしゃる」

「おわかりにならないんですね」半之助は怒ったように、

「——あの威厳と深みと、智、情、意のそなわったこのうえもない美しさ、あれこそ男として典型的な美男ですよ、私は二十六歳の今日まで江戸で育ち、ずいぶん大勢の人に会いました、評判の歌舞伎役者も見ていますが、御城代に比べればどれもこれも、……ああお願いです、どうかよく眼をあいてごらん下さい、世間のばか共はともかく、貴女までがそんなことを仰しゃらないで下さい」

「だって折岩さん」夫人は困惑の微笑をうかべながら、「——いくらなんでも主人が美男だなんて、……それはあんまり」

半之助は夫人の眼を射抜くように見た。そして少なからず嘲笑的《ちようしようてき》な口ぶりで、

「すると奥さまも世間のばか共と同じなんですか、のっぺりした、女の出来そこないのような、くにゃくにゃしたやつを美男という、……いやらしい、よして下さい、失礼ですが私ははっきり云います、もし本当にそう思っていらっしゃるとしたら、貴女は盲人《めくら》ですよ」

そして彼は憤然として、あっけにとられている夫人をあとにその部屋を出ていった。

盲人とは暴言である。出てゆく態度も無礼であった。菊枝夫人は感情を害したであろうか？　否《いな》そうではないらしい。

夫婦の情というやつは微妙なもので、このばあい自分がけなされたことなど、彼女にとっては問題ではなかったようだ。

「奥が会いたいと云っておるぞ」

翌日の朝、半之助が出勤するとすぐ図書助が渋い顔つきでそう云った。半之助はむっとふくれてそっぽを向き、さようですか、答えたまま動かなかった。

「どうした、ゆかんのか」

図書助は暫《しばら》くしてこう促した。

「ええまいりません、御免蒙《こうむ》ります」

彼はにべもなく答え、それから口の中で独り言のように、なんだ女なんぞ……と呟いた。

城代はどこかしら痒《かゆ》いような表情で、横眼にちらちらと彼を見た。なにか云いたそうでしかし云いかねるらしい。やがて苛々《いらいら》しはじめ、ふいに立ちあがって、

「釣りにまいる、六兵衛に支度を命じてくれ」

と叱《しか》りつけるように云った。

六兵衛とは家扶和田六兵衛のことで、支度というのを見ると釣竿《つりざお》らしい長い包みのほかに、小さな葛籠《つづら》ほどもある風呂敷包みが二つもあった。半之助はこれを持たされるのかとうんざりしたようだが、それは下僕が二人で背負った。

釣り場は例の竜神川であった。

いつも来る処とみえて、川柳の茂った流れの岸に、白木で作った腰掛と台が出来ている。そこはむろん堤防の内側で、川床の中央に近い場所だった。半之助は擽《くすぐ》ったそうに、脇《わき》を向いてにやにやした。

あれだけの大堤防を築造したのに、河原のまん中にこんな物を拵《こしら》えて、これが流さ

れもせずにいるのがなんとも皮肉にみえたらしい。だが彼はそんなことは云わず、黙って枯草の上に腰をおろした。

図書助は肚《はら》を立てたように、午の弁当まで口をきかなかった。魚も本当に釣る気かどうか、下僕に餌《えさ》を付けさせ、浮木《うき》下のあんばいもなにもなく、鉤《はり》を放《ほう》りこみ、思い出したようにあげてみて、餌を替えさせてまた放りこむ。あとはまわりを眺めまわり、もう一人の下僕に煙草《たばこ》をつけさせて喫《す》ったり、また河原で湯を沸かさせて、茶を啜ったり菓子を喰べたりした。

午の弁当のあとで、図書助はふきげんな眼で半之助を見ながら、

「男が容貌《ようぼう》のことなど口にするものではないぞ」

と云った。

半之助は平気な顔で、いやにあっさりとやり返した。

「容貌のことであろうとなんであろうと、間違ったことを云う者があれば、それは間違いだと私は云います」そしてちょっとまをおいて、例のようにまた口の中で呟いた、「——此処《ここ》には盲人でばかな人間が実に多い」

図書助は眉《まゆ》をしかめ、口をへの字なりにしたが、こんどはなにも云わなかった。

四

だがそれから四五日すると、半之助は自分から夫人の部屋を訪ねた。まえぶれなしだったので、なにか書き物をしていた菊枝夫人は慌てて、小間使を呼んで自分用の客間へ案内させようとしたが、彼は構わず坐りこんで、

「お詫《わ》びにまいりました」と神妙におじぎをした、

「先日は無礼なふるまいを致しまして申しわけありません、お赦《ゆる》し下さい」

「来て下されればお詫びには及びませんわ」夫人はきげんよく微笑した。

「——あのときはわたくしも悪かったのですから、わたくし貴方が冗談を云ってらっしゃるとばかり思ったんですの、でもあとで考えてみると仰しゃることがよくわかりましたわ、それでいちどわたくしからお詫びを」

「ちょっと待って下さい」

半之助はもじもじしながら、夫人の言葉を遮《さえぎ》って、そして吃りながら云った。

「どうもそう仰しゃられると困るんです。実に困るんです、というのがですね、やっぱり私はお詫びをしなければならないんですから」

「あら、どうしてですの」

「それはですね、先日、御城代を美男だと申上げたときのことですが」彼はそこで臆病そうに鳩のような眼で夫人を見た。

「——あのまえは貴女のことを不躾《ぶしつけ》にみつめて、貴女からお咎《とが》めを受けました」

「ええそうでしたわ、それで？……」

「あれは、実は御城代のことを考えていたのではないのです、もちろん御城代が天下第一級の美男だということには変りはありませんが、あのとき考えていたのはべつのことなんです」

夫人は疑わしげに頷《うなず》いた。

「正直に申上げますが」半之助はひと懐っこい表情で、じっと夫人を見まもりながら、しんみりした声で言葉を継いだ。

「——私は此処へ御挨拶に伺って、初めて貴女のお姿を見たとき、いきなりお手を握るか、お膝《ひざ》へ縋《すが》りつくかしたくなって、頭がぐらぐらするような気持でした」

菊枝夫人の顔が赤くなり、すぐにさっと白くなった。ぶしつけにこんな告白を聞くのもまた初めてである。赤くなったのは羞恥《しゅうち》であり、白くなったのは怒りに違いない。

だが半之助は眼をうるませながら、

「それは貴女が私のいちばん好きな、私を誰よりも愛してくれた、かけ替えのないたった一人の人にそっくりだったからです」彼の声は濡《ぬ》れてゆくようだった。

「——私は三男の暴れん坊で手のつけられない悪童だと云われました、父や兄はもちろん母でさえ私にはやさしくしてくれませんでした、私はいつも叱られたり罰をくったり、折檻《せっかん》されてばかりいました、……そのなかで唯《ただ》一人、その人だけは私を庇《かば》い、私の味方になり、私を慰め、愛してくれました、私が罰をくうとき、折檻されるとき、その人だけは詫びてくれたり、一緒に泣いてくれたりしました、……この世で私のたった一人の人、忘れることのできない、懐かしい、たった一人の人、お許し下さい、貴女がその人に瓜《うり》二つといってもいいほど似ていらっしゃるんです」

半之助は懐紙を出してそっと顔を掩《おお》った。夫人もたいそう感動したようすで、幾たびも頷きながら包むように彼を見た。

「そしてそれは、貴方にとってどういう方でしたの」

「姉でした」彼は低い声で答えた、

「——私の口から云うのはへんですけれど、非常に美しい人で、それはもう非常に美しくって、私は子供ごころにも姉の美しいのが自慢だったのです」

「その方はもうお嫁にいらしったのね」

「いいえ亡《な》くなりました、十九の年に、嫁入りを前にして死んでしまったんです」

「まあお嫁入りまえに……」

夫人は深い太息をして、きれいな指で眼がしらを押えた。するとそのとき、廊下に足音がして、お母さま、と呼ぶ声がした。夫人はちょっとまが悪そうに、居ずまいを直して、おはいりなさいと答えた。

障子をあけて、際立《きわだ》って美しい令嬢が、尾羽根を拡《ひろ》げた孔雀《くじゃく》のように、気品高く、しずしずと入って来た。

令嬢は背丈も、軀《からだ》の恰好《かっこう》も申し分がない。眼鼻だちは母親に似て遥《はる》かに美しく、凄《せい》艶《えん》といいたいくらいである。まったく非の打ちどころのない美貌であるが、唯一つ、自分で自分を美しいと認めていることが、(誰にもすぐわかるように)欠点といえばいえた。

「ちょうど宜《よろ》しかったわ、おひきあわせしましょう」笙子《しょうこ》嬢が坐るのを待って、夫人がそう紹介した。

「――こちらは江戸からいらしった折岩半之助さま、それからこれはむすめの笙子でございます」

半之助は相手を見てやあと云い、笙子嬢はつんとして、僅《わず》かに眼だけで会釈《えしゃく》した。軀はもちろん頭も動かさない、半之助はさも訝《いぶか》しいという表情で、夫人のほうへ訊《き》いた。

「するとこの方はお妹さんですか、それともお姉さまのほうですか」

「どうしてですの」夫人は吃驚《びっくり》して、「――うちにはむすめは一人きりですわ」

「はあそうですか、お一人、……本当ですか」

「まあいやだ、どうしてそんなことを仰しゃいますの」

「それがあれなんです」

半之助は冷やかに笙子嬢を眺めた。

「その、江戸でもよく聞いたんですが、お宅にはその、絶世の美人というくらいきれいなお嬢さんがいらっしゃる、眼のさめるようなお嬢さんだなどというもんですから、……しかし世間の評判などは実にでたらめで」

云いかけて、半之助は口をつぐんだ。

令嬢が怒ったのである。すばらしく怒って、まなじりを屹《きっ》とつりあげ、殆《ほと》んど座を蹴《け》たてるようにして、この部屋から出ていった。半之助はとぼけた顔でわけがわからないというように夫人を見た。

「どうしたんでしょう、なにかお気に障《さわ》ったんでしょうか」

「もちろんですよ」夫人は呆《あき》れてこの無作法者を睨《にら》んだ。

「――あれではまるで笙子が美しくないようじゃございませんか、貴方にはあのひとがきれいにはおみえにならないんですか」

「いや、心配なさらなくともいいですよ。絶世の美人なんてやはり頭が悪いにきまってますからね」彼は夫人を慰めるように、やさしく云った。「――たいていばかなんですから、お嬢さんが美人でなくったってちっとも気になさることはないですよ」


彼はついに敵を作った。

この邸内でもっとも恐るべき一人、主人の図書助でさえ遠慮すると、玄武社はじめ次席家老にも警告された、恐るべき敵を。……だが当の半之助は平然たるものであった。

口笛でも吹きかねない顔つきで、その後も笙子嬢と出会ったりすると、相手がつんとそっぽを向こうが、嚙《か》みつきそうな眼で睨みつけようが、いっさいお構いなしにあいそ笑いをし、

「やあ、いい日和《ひより》ですなあ」

などと声をかけるのであった。

桜が散り卯《う》の花が散り、五月雨もことなく過ぎた。このあいだに、玄武社から頻《しき》り
に催促があった。いったいどんなぐあいであるか、そろそろ工作は進んでいるか、う
まく運びそうかどうか。

かれらとしては気が揉《も》めてやりきれないらしかった。

「うまくいってます、大丈夫」半之助はいつも悠然と答えた。

「——近いうちにいい知らせが耳にはいるでしょう、もう暫《しばら》くです」

「笙子嬢を怒らせたそうですねえ」

立原平助がそう云ったことがあった。

「あれほど注意しておいたのに、実にまずいことをしたものですねえ」

「まあ見ていらっしゃい、あれも計略の一つですから」半之助は笑って答えた。

「——そのうちなるほどと思うときが来ますよ」

そしてまた笑った。揃《そろ》って頰髯《ほおひげ》を生やした壮漢たちが、一人の娘をまじめに恐れて
いるらしいので、つい笑わずにはいられなかったのである。

六月中旬の或る日。

竜神川のいつもの場所で、図書助は釣糸を垂れていた。腰掛のうしろにすばらしく
大きな唐傘が立ててあり、城代はその日蔭《ひかげ》にはいるわけで、現今のビーチ・パラソル

と一緒である。半之助はその脇の、川柳の蔭のところで、草の上に腰をおろし、さもいい気持そうにお饒舌《しゃべ》りをしていた。

「まったくですね、まったくいつもなにか落し物をしたような顔つきですよ」彼はくすくす笑う。

「――おまけに、私はよく知りませんが、胆石もちというのはあんなものかといった感じです、好人物なんでしょうが、どうも可笑《おか》しくっていけない、……あんな消化不良の胆石もちなどが、どうして次席家老を勤めているんですかね、尤《もっと》もみんなばか揃いで、これはと思うような人間はいませんがね」

図書助は苦い顔をして黙っている。半之助は愉快そうに続けた。

「まったく此処の連中ときたら、どいつもこいつも頭が悪くて近眼で、女のように気が小さくて、……早い話がこの竜神川です、これがかれらには理解できない、元は堰《せき》と云ったものです、なんて、……ばかばかしい」

彼は巧みに立原平助の口まねをした。

「――わが藩の城下の東北には竜神川が流れておる、こう云ってごらんなさい、実に堂々として、百万石の大藩のおもむきがあるじゃないですか、これをもし、東北には堰がある、などと云ったらどうでしょう、まるで申しわけでもしているようじゃありませんか、……かれらにはこのくらいの理窟《りくつ》もわからない、したがってこの堤防の意味なども、ぜんぜん理解ができないわけです」

「堤防についてなにか申しておるのか」

図書助が初めて振返った。

五

「申すもなにもなってないです」

半之助はちらと左のほうを見た。

そちらでは二人の下僕が火を焚《た》いて頻りに弁当の支度をしていた。こちらの話など聞えもしないといったふうに、……半之助はにっと唇で笑い、さらに元気な声で言葉を継いだ。

「やれ金が何十万何千両かかったとか、そのための重税や土地立退《たちの》きで百姓が何軒かつぶれ、誰が首を吊《つ》ったとか誰が娘を売ったとか、やれ一家離散の悲劇があったとか、くだくだと泣き言ばかり並べるんです、しかもこの堤防の意義についてはなにも知らず、知ろうともしないんですからね、まあひとつごらんになって下さい」

彼はこう云って片手をその大堤防のほうへ振ってみせた。

「あの壮厳な、不易の大磐石《だいばんじゃく》のような、古今無類の大堤防、あれなら天地のひっくり返るような大洪水でもびくともしやあしません、百年、千年、万代ののちまで微動もしないですよ、これでこそ政治というものです、これだけの川に対してこの大堤防、これが百年の政治というものです、……金が何千万かかろうとなんですか、金なぞはどしどし租税を取立てればよろしい、そのために百姓が首を吊ろうと、娘を売ろうと一家離散しようと、へ、……いったい百姓とはなんですか、百姓とはなんですか、百姓などというものはそこいらの雑草か虫けら」

「ばかも休み休み云え、黙れ」

図書助が低い抑えたような声で遮《さえぎ》った。

「農は国の基《もとい》、百姓は国の宝というくらいだ、この堤防工事については多少のむりがあり、わしも考える点がないわけではない。零落した農家などには、賠償という法もとるつもりである」

「これは驚きました、御城代はそんなことを気にしていらっしゃるんですか」

「わしのことを申すな、うるさい」

図書助はどなって、なおなにか云おうとしたが、ふきげんに口をひきむすび、竿《さお》をあげて「餌《えさ》を替えろ」と叫んだ。

彼は一方で、菊枝夫人の部屋を毎日のように訪れた。茶菓子のもてなしを受けながら、例の調子でお饒舌りをし、頻りに夫人を笑わせる。夫人はまったく彼を甘やかしていた、彼の身の上話、特に亡くなった姉の話に心を動かされたようで、自分がその姉に代ってやる、といったふうな態度さえみせた。

だが三度に一回ぐらいの割で邪魔がはいった。彼が頓狂《とんきょう》な話をし、夫人が若やいだ声で笑っていると、障子の向うで「お母さま」と笙子嬢が呼ぶ、つまらない用事なのだが、部屋へは絶対に入って来ない。

「お母さま、なになにはどこにありますの」

などと障子の向うから訊くのである。

そうかと思うと廊下を通る、わざと足音を立てて通り過ぎたり咳《せき》をしたりする。明らかに示威運動であるが、半之助はぜんぜん黙殺の態度であった。

雨の降る午後、半之助は図書助と碁を打っていた。

広い芝生の庭も、林のような樹立《こだち》も、築山も、紗《しゃ》をとおして見るように緑ひと色に濡《ぬ》れていた。ときどき泉池で鯉のはねる音がし樹立のなかで蒼鷺《あおさぎ》の鳴く声が聞える。それが静かな雨のしじまにいっそう森閑なおもむきを添えるように思えた。珍しく半之助は饒舌らない、どうやら苦戦のもようである。そこへ笙子嬢がはいって来た、し

ずしずとはいって来て縁側へぴたりと坐って、

「お父さま、拝見いたします」

と審判官のような声で云った。

半之助などには眼もくれない、おそろしくつんとして、しかも相当に挑戦的な姿勢で、そうして冷やかに、じっと盤面を睨んだ。……彼女は碁が上手だという、父親でさえしばしば負けこむそうである。彼女がいま観戦に現われたのは、父親から半之助の腕前を聞いて、愚弄《ぐろう》するこんたんだということは明らかだ。

「お父さま、これは囲碁でございますか」

はたして彼女は攻撃の矢を放った。

「それともなにかほかの競技でございますか」

「どうしてまたそんなことを訊く、囲碁に定《きま》っているではないか」

「まあこれがですか」嬢は軽侮に耐えないといったふうに笑った。

「――これが囲碁、……まあ珍しい、こんな妙な布石を拝見するのは初めてでございますわ」

「それはおれのせいじゃない」

図書助はこう突っぱねた。令嬢はそれはもちろんというふうに微笑し、さらに次の攻撃に移ろうとした。そのとき半之助が沈黙をやぶって、甚《はなは》だ明朗に饒舌りだした。

「この碁盤を見ると思いだすんですが、城下町の道路改修をよく断行なすったですな、あれは実にすばらしい」令嬢の皮肉など痛くも痒《かゆ》くもないという顔である。

「――ところが愚劣な人間がいるもので、あれは戦略上不都合だなどと云う、道路が曲折していてこそ、いざ合戦のときその角々で防戦ができるというんです、へ、……それは戦争をどう思ってるんでしょう、生死を賭《と》した合戦に、敵の軍勢が曲りくねった道を曲りくねったなりに進んで来るでしょうか、そんなばあいに交通道徳を守る軍隊があるでしょうか、……知れたことです、風上から火をかけて焼き払いますよ、碁盤目も曲折もへちまもありゃしません、さっぱり焼き払って攻めますよ」

「たいへん失礼ですけれど、貴方《あなた》のお手番ではないでしょうか」

「かれらはまたこんなことも云います」笙子嬢の注意などまったく無視して、彼は平気な顔で言葉を続けた。

「――道路を変行したために古くから繁昌していた老舗《しにせ》がこれこれ倒産し、これこれの人間が井戸へ身を投げ、自暴自棄になり、夫婦別れをし、身をもち崩して一家ちりぢり、実に無惨《むざん》だの滑ったの転んだの、女の腐ったような愚痴泣き言を並べるんです、いったいかれらは政治をどう考えているんでしょうか、……こんな劃期《かっき》的な都市改造、歴史的な大改修に当って、老舗の五十軒や百軒がなんですか、町人どもの百人や千人、倒産しようが井戸へ跳び込もうが、夫婦離別一家ちりぢり、当然すぎて可笑しいくらいのものです、鳥や魚や虫けらなんぞは毎日もっとたくさん踏み潰《つぶ》されたり叩《たた》っ切られたりしていますよ」

「無法なことを云う」図書助は啞然《あぜん》と眼をみはった、「――大切な領民を魚や虫けらと同一に扱うやつがあるか」

「わかっていますわ、お父さま」

笙子嬢が刺すように口を入れた。

「こちらは、笙子がお邪魔で碁をお打ちになりたくないんです、それでただ用もない話をなすっているだけなんですわ」

「おやおや、お嬢さんまだそこにいらしったんですか」

半之助は初めて令嬢を見て、にこにこと笑って、そうしてごくやさしい声で、幼い子供を騙《だま》すような調子で云いなだめた。

「いまね、お父さまと大事なお話があるんですよ、貴女《あなた》には興味のない御政治のことでしてね、お父さまもたぶん貴女にはお聞かせしたくないでしょう、ひとつあちらへいらしって下さい、貴女は聞きわけがおありですねえ」

「笙子、あっちへいっておいで」

図書助がそう口を添えた。なぜなら、笙子嬢はさっと蒼くなり、両手をぎゅっと拳《こぶし》に握ったからである。……だがむろんはしたなく喚《わめ》きだすことなどはできない、侮辱に対する怒りと口惜しさで涙がぽろぽろこぼれるのを、袂《たもと》で押えながら立って、そうして駆け足でこの部屋から出ていった。

「御城代のお言葉ですけれど、領民や家臣たちの大切なことと政治とはべつじゃないでしょうか」

半之助はすぐさまこう続けた。

「例えば外壕《そとぼり》埋立てと輪番制の耕作ですが、あれには閑地利用と遊休労力の活用という大きな意味があるでしょう、そこをもっと押し進めて全部の侍に耕作させ、百姓なんか領内から追っ払ってしまう、ということも考えられる、ところがかれらにはわからないんです、現在の輪番制でさえもかれらは怒っているんです、かんかんに怒っているんですから、貴方がごらんになったら腹を抱えてお笑いになりますよ」

「どうしてまたおれが笑うんだ」

「だってかれらの無知は底抜けで、三歳の童児も同じことですからね、そうじゃないですか御城代」

半之助は一種のめくばせをした。

「政治は決して慈善じゃありません、百姓町人のためにあるのでもなければ、領民の幸福のためにあるのでもない、政治は政治、かれらはかれらです、一般人民というものは勤労して租税を納めればいい、政治は取るものであって断じて与えるものではない、そこがわからないんです、かれらには。つまり無学無知、まるで歴史を知らないということでしょう」

城代がなにか云おうとした。だが半之助はぜんぜん無視して、にこにこと笑って、さも愉快で堪まらないというふうに云った。

「歴史のどの一頁でもあけてみればわかる、腕力の強いやつ智恵のまわるやつが勝つ、勝ったやつが政権を握る、べえ独楽《ごま》に勝ったやつがべえ独楽をふんだくるようにです、そしてふんだくったべえ独楽が彼のものであって、泥溝《どぶ》へ捨てようとしまって置こうと叩っ毀《こわ》そうと彼の自由であるように、政治もまたそれを握った権力者の自由でしょう。

ただ違うところはべえ独楽は物質だが人間は生きてますからね、べえ独楽は泥溝へぶち込もうと叩っ毀そうとなんにも云わないが、人間は首を吊ったり身投げをしたり、親子夫婦が別れたり泣いたり喚いたりします、それでいてやっぱり勤労するし、愚痴をこぼしながらいかなる重税でも納めます、それがかれらの運命なんですから、……なんのふしぎがありますか、政治は権力者の玩具《おもちゃ》であり、趣味、道楽、気なぐさめ、決して一般愚民どものためにあるものじゃありません。とんでもない、かれらは奉仕するものではないのです、それがいやならべえ独楽に勝って」

「そのべえ独楽をひっこめろ、そして黙れ」

埴谷城代は片手で膝《ひざ》を打ち、口をへの字にし、恐ろしい眼で半之助を睨《にら》みつけた。

「これからすぐ前田へいって、明日登城するからと申してまいれ」

六

城代家老、埴谷図書助は何年ぶりかで登城しはじめた。しかも精力的に事務を執りだしたので、全藩は失望と脅威に陥った。従来あらゆる手段を尽し、こんどは江戸からそのための特使さえ赴任して来たのに、結果は却《かえ》って逆になった。

——いったい折岩はなにをしたのか。

老職の人々は非常に不満であったし、玄武社の壮士たちは激怒した。かれらは埴谷邸に情報網を張っており、彼の言動をつぶさに知っていたから、これは明らかに裏切りであると認められ、すべからく問罪すべし。

ということになった。

そんな物騒なことは知らない。或る日、半之助は埴谷城代から先に帰れと云われ、一人でお城を下って来た。暑いさかりの午後二時、扇で陽をよけながら、彼はいとのびやかに歩いていた。彼はなぜ図書助が「先に帰れ」と云ったか知っていた。

城代はこの半月あまりのあいだ、竜神川の堤防工事と、町筋改修の犠牲になった人々に対して、賠償と慰藉《いしゃ》の方法を立案して来た。それはまじめなものであった。そうして今日はこれまでの締め括《くく》り、最後の締め括りをつける筈《はず》なのである。

半之助がのびやかに歩いているのは、そういうわけであったが、それは二条町の馬場のところまでしか続かなかった。馬場の脇《わき》まで来ると、その馬場のまわりを囲んでいる桜並木の蔭《かげ》から、とつぜん十五人の青年たちがとびだして来て、彼の前後左右を取巻いた。……これは思いがけなかった、少なからず吃驚《びっくり》して、いったいどうしたことかと見まわす眼の前へ、かの没頭弥九郎と玄武社の幹部たちが進み出た。

「この裏切り者」

と葵太市が喚いた。それに続けて「卑劣漢」とか「恥知らず」とか「ぺてん師」などという罵詈《ばり》が唾《つば》と一緒に飛んだ。半之助はあいそよくにこりと笑い、静かにかれら

を見まわしながら、

「どうしたんです、なんですいったい」

「黙れしれ者」没頭社長がもう一歩前へ出た。

「――しらばっくれるな、われらはみんな知っているんだ、きさまは埴谷城代を隠退させるために来た、にも拘《かかわ》らず、きさまは城代におべっかを使い、ごまをすり、逆に城代を居据わらせてしまったではないか」

「私が城代におべっかを使った?」

「竜神川の堤防を莫大な功績だと褒めたろうが」

仲木小助がしゃがれ声で叫んだ。

「――町筋改修は歴史的大事業、百姓町人は虫けら同然と云ったろうが」

「しかもわれわれを無知無学、ばかで盲人で近眼で、女の腐ったのとぬかしたではないか」

「ええ面倒だ、抜け」

没頭弥九郎が刀の柄《つか》に手をかけて呶号《どごう》した。

「――きさまはわれわれを侮辱し、一藩の信頼を裏切った、玄武社としては断じて赦《ゆる》すことができん、制裁を加えてやるから抜け」

半之助は頷《うなず》いた。頷いて答えた。

「わかった、諸兄は剛健の気に昂奮《こうふん》しているらしいから、弁解をしてもむだだろう。しかしこんな処《ところ》で勝負はできまい」

「逃げを打ってもその手は食わんぞ」

「笑わしてはいけない」半之助は眼の前にいる弥九郎の胸のあたりを見ながら、にこっと笑って云った。

「——おまえたちの十五人や二十人、こう見えてもおれは江戸では」

そう云いかけて、突然「えい！」と叫んだ。叫んだと同時に彼の手が閃《ひらめ》き、ぱちんと刀の鍔《つば》が鳴った。みんなあっと息をのみ、弥九郎はうしろへとび退《しさ》った。……半之助は微笑しながら、弥九郎の胸を指さして云った。

「おまえの着物の衿《えり》を見ろ」

弥九郎はそこへ手をやった。前衿の縫い目が切れてぱくぱくしている。弥九郎は仰天して、大いに慌《あわ》てて刀を抜いた。

「江戸ではおれの抜刀流はちょいとしたものなんだ」半之助はみんなを眺めまわし、「——おれの逃げることを心配するより、おまえたちの肚《はら》をきめるほうが先だろう、場所と時刻を知らせて来い、なるべく早いほうがいいな」

そして悠《ゆっ》くりとそこを去った。

図書助の帰ったのは夕方であった。着替えをして居間へはいると、すぐに半之助を呼んで、妙に皮肉なうす笑いをしながら、

「おれは今日、辞職の届けを出した」

「な、なんですって、御辞任？……」

「これでおまえも本望だろう」

「とんでもないことを仰《おっ》しゃる」半之助は眼をまるくした。

「――御城代のような無双の才腕をもち、第一級の」

「美男か、わかった、なにも云うな、おれは手続きを済まし老職は受理して、明日は江戸表へ届けの使者を出すことになった」

「それは大変、これは一大事です」

「嘘《うそ》をつけ」図書助はなお皮肉に、

「――おまえいやにおれを褒めたり、賞讃《しょうさん》するようなむやみなことを云って、それでもっておれに辞職の決心をさせたではないか、なにが一大事だ」

「なにがと云って玄武社の連中と喧嘩《けんか》です」

半之助はせかせかと馬場脇の話をした。自分がかれらと果合いを承知したのは、埴谷城代というろしろ盾があったからで、城代が辞職したとなれば迚《とて》もそんな事はできない、とうていそんな自信はないと告白した。すると図書助は、すでにその出来事を聞いていたとみえ、騙されんぞという眼で彼を見て、

「しかしおまえ抜刀流の名手で、現に弥九郎の着物の衿を眼にもとまらず」

「とんでもない」半之助は手を振った。

「――あれはごまかしです、あの衿は初めから綻《ほころ》びていたんで、それを見たものですからちょいと鍔を鳴らして、だって御城代、衿の縫目を正面から切るなんて、そんな手づまみたいな芸当ができるわけがありません」

「なんとこの、実におまえというやつは」

「しまった」半之助は口を押えた、

「――この家には玄武社へ内通する者がいるんです、今のも聞かれたに違いありません、もうだめです、私はこれから江戸へ帰ります」

「よかろう、そのほうが土地が静かになる」図書助はにやりとした。

「――望みなら辞職届けの使者ということにしてやるぞ」

「ぜひお願いします、但《ただ》し今夜のうちに出立しますから、すぐお手配をして下さい」

半之助はこうたたみかけ、それから坐り直して、きまじめに相手の眼を見た。

「ついては一つお願いがあるのですが、というのはです、……江戸へ帰るのにですね、その、あれです、お嬢さまを頂きたいんですが」

「なんだと、笙子を、江戸へ？……」

「私の妻に頂いて帰りたいんです」

「あれは埴谷の一人娘だぞ」

「私は三男ですから婿《むこ》にゆけます」

図書助のへの字なりの口がだらっとあいた。脳震蕩《のうしんとう》でも起こしたようなぐあいであるが、続いていきなり笑いだした。

べらぼうに笑いながら、拳で膝を打ち、躯《からだ》を曲げ、それから途切れ途切れに、

「いって申込め、自分であれに話せ」ひっひと笑いながら、

「――おまえはわる賢い、機転も利《き》く、しかし肝心なところが抜けておる、肝心なところが、まあいってみろ、玄武社の連中もくそもない、誰よりおまえを憎み、おまえに復讐《ふくしゆう》しようとしているのは笙子だ、それを嫁に欲しい、ああ堪まらん、腹が痛い、苦しい」

図書助は片手で腹を押え、なおこみあげる笑いのために膏汗《あぶらあせ》を流した。……あまり

の騒がしさに吃驚したのだろう、菊枝夫人が入って来て良人《おっと》の側《そば》へ坐った。

「どうあそばしました、そんなに大きな声でお笑いなすって、いったいなにが」

「こいつがな、この折岩が」こう云いかけて、そこを見ると誰もいない、半之助は早くも姿を消していた。

いったいどこへいったか、図書助は笑いやんで、太息をついて、涙を拭《ふ》きながら妻にわけを話し、

「さすがに気がついて、早いところ逃げだしたんだろう、どんな面《つら》をしておるか」

そのとき障子があいた。

図書助はびくっとして振返った。

夫人もそちらを見た。筐子嬢である、……筐子嬢はひどく羞《はにか》んで、俯向《うつむ》いて、肩をすぼめるような姿勢で（これまで曾《かつ》て見たことのない）嫋々《なよなよ》とした身ごなしでそこへ坐り、しなしなと両手をつき、甘い、溶けるような声で云った。

「お父さま、お母さま、お願いでございます、どうぞわたくしを、折岩さまとご一緒に、江戸へゆかせて下さいまし」

廊下で半之助がえへんと咳《せき》をした。

城下町の外れの畷道《なわて》に、玄武社の幹部たちが集まって、道の彼方《かなた》を睨みつけていた。かれらのお揃《そろ》いの頰髯《ほおひげ》が、爽《さわ》やかな早朝の風にいさましくなびき立った。

「狡猾《こうかつ》と云ったものか、すばしっこいと云ったものかどうか」立原平助が云った。

「——あいつは江戸から来て、さんざっぱらわれわれを愚弄して、おまけに笙子嬢までひっ掠《さら》って、そうして、ひらりといっちまったねえ」

彼は手をひらりと振ってみせた。かくて折岩半之助は、江戸へ帰任した。

（「キング」昭和二十六年七月号）

雨の山吹

一

母の病間をみまってから兄の部屋へゆくと、兄も寝床の上で医者と話していた。医者はすぐに帰り、兄は横になった。

「どうなさいました」

「ちょっと胃のぐあいが悪いんだ」兵庫は眉《まゆ》をしかめた、「――四五日よく眠れなかったところへ、いやな事が起って、ゆうべちょっと酒をすごしたのがいけなかったらしい、明け方に血のようなものを吐いた」

もとから痩《や》せていたほうだが、そう云われて見ると頬がこけ、眼がくぼんで、血色もひどく悪い。唇が乾くとみえて、頻《しき》りに舐《な》めるが、その舌の色も悪かった。

「貴方《あなた》が酒をすごすとは珍しいじゃありませんか、いったいなにがあったんです」

兵庫は枕《まくら》の下から封書を出して、黙って弟に渡した。ひらいてある手紙で、宛名《あてな》は兵庫、裏には汝生《なお》という妹の名が書いてあった。

「汝生がどうかしたんですか」

「読んでごらん」

又三郎はひらいてみた。かなり長いものであり、まったく意外な文面であった。彼はそれを二度読み返した。

こんどの縁談でいろいろ心配をかけたが、自分はどうしても嫁にはゆけない、西牧という人に不満があるのではなく、自分の身にとつぐことのできないわけがあるのである。五歳のとき孤児になり、葛西家《かさいけ》にひきとられてから、御両親にも兄さまたちにも、しんじつ肉親のように可愛《かわい》がられて来た。その御恩と義理を思えば耐え難いが、縁談はもう断われなくなったし、とつぐわけにもゆかず、身の処置に窮したので、死ぬ決心をした。御病床の母上や兄上さまたちはさぞお怒りであろう、西牧という方にも相済まないが、ほかに思案がなかった、愚かなやつだと思ってゆるして頂きたい。一日も早く母上が御恢復《かいふく》なさるよう、また御一家の幸福と御繁昌を祈っている。——

つまり遺書であった。

「いつのことですか、これは」

又三郎は兄を見た。それから封書の裏に、小松町 柊屋《ひいらぎや》と書いてあるのを読んだ。

「ここに小松町とありますが」

「文代が来る、聞かれては困るんだ」

兵庫が云った。又三郎は手紙を巻いた。あによめの文代が、茶を持ってはいって来た。嫁《か》して五年になるが、こんど初めて妊娠し、帯の祝いをしたばかりである。健康そうに肥えて、膚《はだ》も艶《つや》やかに色づき、眼にはおちつきと満足感があふれているようにみえた。……彼女はあいそよく三浦のようすを訊《き》き、さも済まなそうに云った。

「御用も多いでしょうに、とんだ事をお願いして申し訳ございません」

「これから頼むところだ」兵庫が遮《さえぎ》った、「――いま手紙をみせたばかりなんだ、ここはいいから向うへいっておいで」

茶を注ぎ、菓子鉢をすすめて、文代は去った。又三郎は兄の話すのを待った。

「八日まえに、紅梅会の者五人と粟津《あわづ》へいったんだ」兵庫は云った、「――もうまもなく祝言《しゅうげん》だし、西牧へゆけば当分は出られないだろう、母上もぜひやってやれと仰《おっ》しゃるので、出してやったんだ」

城下の寺町に、小館《こだて》梅園という女史の経営する女塾があり、藩士の娘たちに学問や諸芸を教えていた。紅梅会はその塾生たちの集まりで、毎年春と秋の二回、有志が組をつくって粟津へ旅行をする。粟津は名だかい温泉場であるが、往復の道に四日、中三日滞在の日程にはきびしい規則があり、行楽よりも、塾でならい覚えたことを実地にためす、というのが主眼になっていた。

汝生はその旅行にでかけたのであるが、昨日の夕方、いっしょにいった娘の一人が、栗津から帰って、汝生の帰りがおくれるということを告げに来た。小松の宿で腹痛を起こしたそうで、その柊屋という家は紅梅会の定宿であり、治ったら宿の者が送って来る、という話であった。

「そうしてこの手紙を、汝生から預かったといって置いていったんだ」

「こんな手紙を、まさか悪戯《いたずら》に書くこともないだろうが、そんなけぶりでもあったんですか、死ぬなどという」

「なかったろうね、あれば誰か気がつく筈《はず》だ、ただ」兵庫は眉をしかめた、胃の気持が悪いらしい、だが続けて云った、「――ただ動木《ゆるぎ》のことではずいぶん悩んで、食事も満足にしないようなことがあったそうだ」

「あれは喜兵衛が好きでしたからね」

「彼が出奔したあと暫《しばら》くは、半病人のようになっていたが、……しかしそのために死ぬということも考えられない、たぶん、自分の身にとつげないわけがある、というのが本当なんだろう、どういうことかわからないけれど」

「とにかく小松へいってみるんでしょう」

「そのつもりで来て貰《もら》ったんだが、三浦のほうの都合はいいだろうか」

「都合もくそもあるものですか、私は婿《むこ》にいったんじゃなく母親ごと松枝を嫁に貰ってやったつもりなんですからね、これからすぐ井波《いば》の馬を借りてとばせましょう」

「まあ待て、もうひとつ相談があるんだ」

兵庫はちょっと障子のほうを見て、それから声を低くして云った。もし汝生が死んでいたばあいには、病気で急死したということにし、その手筈をとること。自分たち二人以外には、誰にも事実を知れないようにすること、などである。

「わかりました、ではいって来ます」

又三郎は元気な声で云った。立つまでは顔つきも明るかったが、廊下へ出ると急に眉をひそめ、苦痛を感ずるもののように、強く唇を嚙《か》んだ。

「待て、汝生」彼は呟《つぶや》いた、「――おれがゆくまで待て、死ぬんじゃないぞ」

二

馬を乗り続けて、小松へ着いたのは午《ひる》ちかい時刻だった。柊屋という宿を訪ねると、汝生はもういなかった。

「皆さまがお立ちになって一刻《とき》ばかりすると、もう治ったから駕籠《かご》でゆけば追いつくだろうと仰しゃいまして、急にお立ちなされました」

宿の者はそう云った。供を付けようとしたが、駕籠でゆくのだからと断わって、独りで出ていったそうである。又三郎はすぐに駕籠屋へまわってみた、すると、寺井の宿《しゆく》まで送って、宿はずれでおろした。ということで、そのあとどうしたかはわからなかった。

昼食の時刻を過ぎたが、食欲もないし気もせくので、彼はそのまま寺井まで戻った。そこは手取川に近い小さな宿場であるが、付近に陶器を多く産するのと、川上の鶴来《つるぎ》へゆく道の岐《わか》れる処《ところ》で、小さいながら繁昌している土地だった。又三郎は立場《たてば》へ馬を預け、かいばを頼んでから、帳場で訊き、駕籠かきや馬子たちに訊いてみた。

——年は二十一であるが若くみえる。背丈は五尺一寸ばかり、まる顔で色が白く、左の眼の下にかなり大きな黒子《ほくろ》がある。武家そだちの娘一人。

五軒ある宿屋や、街道の茶店なども、こういって訊いて歩いた。顔かたちや年などを云うたびに、又三郎は胸が痛くなり、涙がこぼれそうになった。三浦家へ婿にいってから半年、汝生とは暫く会っていない、——まる顔の白いふっくりした頬、泣き黒子など、思いだしては挙げていると、姿かたちばかりでなく、やや鼻にかかる声や、あまえた話しぶりや、いつまでも子供らしかった表情まで、まざまざと眼にうかんできて、どうしようもないほど哀憐《あいれん》のおもいを唆《そそ》られた。

おそい昼食を済ませてから、再び馬で、鶴来の町までゆき、また引返して川を越え、松任《まっとう》のあたりまで戻ってみた。しかしそれらしい者を見かけた、という程度の消息も得られなかった。一本街道のことで往来も多いが、娘一人の旅というのは稀《まれ》だから、見た者があれば覚えている筈である。

——もうだめだろうか。……いや諦《あきら》めるには早い、ことによると思いかえして、どこかの宿で途方にくれているかもしれない。

こんな自問自答を繰り返しながら、又三郎は寺井の宿へと戻った。そこまで来たことは慥《たし》かだし、手取川を越したようには思えなかったのである。もう日が昏《く》れかかっていた。馬屋のある能登屋という宿で草鞋《わらじ》をぬいだ。

——明日は海辺のほうを捜してみよう。

夕食を済ませて、茶を啜《すす》りながらそう思うと、疲れて感情が脆《もろ》くなっていたためもあろう、涙があふれてきて、止めることができなかった。

午後から吹きだした西北の風が、まだかなり強く、海ではしきりに波の音がしていた。又三郎は窓の障子をあけ、雨戸をあけた。冷たい風が松籟《しょうらい》の音といっしょに、激しく吹き込んで来た。そちらは宿の裏手で、砂丘と松林が展望を遮っている、そうでなくとも海までは二十町あまりもあるのだが、波の音は高く、松風を凌《しの》いですぐま近のように聞えて来た。

「どこにいるんだ、汝生」彼は海のほうに向って呟いた、「——まだ生きているのか、それとももう死んでしまったのか」

吹き千切られた松の葉が、ぱらぱらと飛んで来た。空はきれいに晴れて、いちめんの星が生きもののようにまたたいていた。彼はながいこと窓に倚《よ》って、波の音に聞きいりながら、涙の乾くままに任せた。

寐《ね》るまえに兄と三浦の妻へ、手紙を書いた。

汝生の病状が悪化して、どうやら危篤《きとく》らしいから数日滞在する、追ってようすを知らせる。という簡単な文句である。兄へ宛てたほうには、（そこだけ破棄できるように）余白を多くとって、——捜しまわった事実と、絶望らしいこと、また今のところでは、自殺したとしても幸い人に知られていないこと、などを書き添えた。

明くる朝、又三郎は食事のまえに手紙を頼み、草履を買わせた。そして朝食を済ませるとすぐ、海のほうを歩いて来ると云って、着ながしに脇差《わきざし》だけ差して宿を出た。

そこの浜は「加賀の舞子」と呼ばれるくらいで、荒磯の多い北の海辺には珍しく、砂浜の広い汀《みぎわ》があり、松林が砂丘に沿って延びていた。風は弱くなったが、九月といえばもう海の荒れだす季節で、濃い碧色《あおいろ》のうねりが高く沖のほうにも白い波がしらが頻りに立ち、汀は絶えず砕け散る波の泡《あわ》で、雪白にぎらぎらと輝いていた。砂浜がゆるく彎曲《わんきょく》してゆき、やがてしだいに岩の多い磯になると、近くに潮の流れでもあるとみえ、波はさらに荒あらしく、岩礁を嚙んでは激しく飛沫《しぶき》をあげた。そのあたりには、漁夫の子供たちが、鉤《かぎ》の付いた長い竿《さお》で、流れて来るなにかの海草を拾っていた。

又三郎はその子供たちや、みかけた人々に呼びかけて、この付近で溺死《できし》した者はなかったかどうか、と訊きながら、すっかりうちひしがれたような気持で歩いていった。

三

又三郎は五日めに金沢へ帰り、またすぐでかけていって、こんどは四日後に、櫛《くし》笄《こうがい》の包みと、小さな遺骨の壺を持って帰った。

武家にはいろいろやかましい規則があって、自殺などはそのまま発表できないばあいが多かった。汝生の死も、葛西の家名に関するばかりでなく、婚約者に対する遠慮もあるので、どうしても病死ということにしなければならなかったのである。

兵庫がまだ医者に注意されていたので、三七日の法事まで、又三郎は施主の役の代行で忙しかった。そして、その法事を済ませた夜、彼は初めて兄とおちついて話した。兵庫はまだ一日の大半を寝床にいたし、食事もようやくゆるい粥《かゆ》になったばかりであるが、胃のほうは快方に向っているらしく、血色がずっとよくなり、眼にも活気が出ていた。又三郎はできるだけ、兄を驚かさないように話したが、兵庫は初めのひと言で殆《ほと》んど色を変えた。

「壺の中が遺骨ではないって」

「黙っているつもりだったんですが、それも無責任じゃないかと思って、お話しするわけなんですが、じつは死躰《したい》があがらなかったんです」

「では死んでいるのかどうかも」

「いや、海辺に遺品があったんです」又三郎はいそいで云った、「——手取川の河口の近くでした、汀から一段ばかりうしろの松林の中でしたが、結い付け草履を揃《そろ》えてぬぎ、その上にあの櫛笄を紙に包んで置いたのを、石で押えてありました」

「おまえがみつけたのか」

「子供たちがみつけて騒いでいたのを、銭を遣《や》って引取り、すぐに能登屋をひきはらって、松任へ宿を変えたのです」

「——ではあの壺の中には」

「遺品のあった場所の小石と、汀の砂と、それから結い付け草履を焼いて、その灰をいっしょに入れました」

そう云って、とつぜん、又三郎は言句に詰ったように口をつぐみ、下を向いて暫く沈黙した。ひとりで草履を焼いたときの、汝生を哀れむ思いが胸にこみあげてきて、危うく涙がこぼれそうになったのである。……浜の者にきくと、そこは手取川の水勢が沖へ強く押出すので、水死者などはしばしば越前のほうまで流される、ということであった。事情が事情だから、それでは死躰を捜す方法も時間もない。やむなくそんな手段をとったのだが、壺の中へそれらの物を入れるときの哀れさは譬《たと》えようがなかった。

「それでは、なるべく早く埋葬するほうがいいな」

と兵庫が云った。それから溜息《ためいき》をついて、

「寐ついてから、いろいろなことを考えたよ、一家の運とか、人間の一生などについてね、……葛西家はこれまで平穏無事だった、私もおまえも、殆んど不自由ということを知らず、父上の亡《な》くなったとき以外は、悲しみや苦しみも知らずに育って来た、それがこの一年ばかりまえから、……母上が病気になられてからこっち、動木の問題で迷惑をし続け、ようやく片がついたと思うと、汝生、そして私が胃をやられた、不幸は重なってくるというから、この次またどんな事が起るかわからないが、葛西の家にもそんな運がまわってきた、という感じがしきりにするんだ」

兵庫には珍しく、感傷的なことを云いだした。それは気の弱りですよ、と又三郎はうち消しながら、心のなかではやはり同じような予感がするのを、否《いな》めなかった。

——そうだ、これまであまりに順調すぎた、こんなに平穏無事な生活はなかった、そろそろ崩れだす時期がきたのかもしれない。

人間の一生は、思わぬ災厄や悲嘆や、困苦なしには済まないらしい。そういう例は飽きるほど見たり聞いたりしてきたが、自分たちがいま同じようなまわりあわせに当面している、と想像するのは、相当たまらないことであった。

「動木に対しても、少し同情が足りなかったような気がする」兵庫はしまいに云った、「——あれも苦しかったんだということが、少しずつわかってくるようだ、汝生のばあいもそうだけれど、そんなにつきつめている気持を感づかなかったというのは、みなこっちが至らなかったからだと思う、……自分が非運になって、はじめて他人の苦しみがわかるというのは、たまらないことだな」

その言葉はつよく又三郎の頭に残った。

紅梅会からは梅園女史が三度来た。汝生と同行した四人はもちろん、他の塾生たちもしばしば来て、霊前で思い出ばなしをしては泣いた。ずいぶん好かれていたらしい、おもいやりのある情の篤《あつ》いひとだったと、それぞれが例を挙げて語り、いかにも諦めきれないというようすだったが、もちろん病死について疑う者は一人もなかった。婚約者の西牧陽之助のほうも了解がつき、すべては無事におさまると思えたが、又三郎の気持は、日が経《た》っていっても、この出来事からはなれられず、悲しいような、不安なような気分に、つきまとわれるのであった。

――しかし、汝生は本当に、結婚できないという理由だけで、死んだのだろうか、ほかにもっと隠れた意味があったのではないか。

こういう疑問も、だんだん強くなってゆき、それがしだいに、動木喜兵衛とむすびつくようになった。

――二人は身の上も似ていたし、汝生は彼にひじょうな好意をもっていた。汝生の好意はむろん恋というものではなかった。恋ならば隠すことを誰の前でも平気で口にし、態度にあらわした。

喜兵衛は葛西の家士、動木伊平次の子であった。汝生と似ているのは彼も伊平次の実の子でなく、三歳のとき貰《もら》われて来て、十二歳で孤児になったことである。動木は三代も葛西の家士を勤めていたし、喜兵衛は温和《おとな》しい気はしのきく少年だったので、そのまま葛西のほうへ引取られ汝生や又三郎と同じように育てられた。同じようにというのは、葛西のほうの家族同様という意味で、寐起《ねお》きにも、学問や武芸の稽古《けいこ》にも、まったく差別をつけなかったのである。

兵庫はそのとき十八歳で、又三郎と喜兵衛は同年、汝生は二人より四つ下の八歳だった。喜兵衛が引取られて来ると、汝生はたちまち喜兵衛になついた。それも年下のくせに姉ぶって、庇護者《ひごしゃ》を気取り、またいつも代弁者になった。そのころ彼はまだ喜市といっていたが、その名が汝生の口から出ない日はないくらいだった。

——喜市さまの足袋が切れましたわ。

——喜市さまのお草紙がなくなりましたわ。

——喜市さまはお風邪らしゅうございますわ。

といったふうである。

又三郎は大いに不満だった。彼は初めから汝生が好きで、そのためにいつも彼女を泣かせてしまうほど可愛がって、よく兄や母に叱《しか》られた。おまえのは可愛がるのか憎がるのかわからない、と云われたものであるが、汝生にはこっちの気持がわかるのだろう、いくら泣かされても、又三郎には誰よりも遠慮がなく、物をねだったりあまえたりした。

喜兵衛がいっしょになってからも、その点には変りはなかった。又三郎にはやはり誰よりも親密で、自由にあまえたり付きまとったりした。喜兵衛に対しては、それとはまったく違うので、文句を云うわけにはいかなかったが、不満なことはどこまでも

不満で、ときどき喜兵衛に鬱憤《うっぷん》をはらした。いちどは殴って、

——おまえは家来だぞ、いばるな。

と云ったことがある。喜兵衛は決して反抗はしない、罵倒《ばとう》されても殴られても、黙って頭を垂れているが、そのときは父がひどく怒って、

——黙って殴られているやつがあるか、構わないから殴り返してやれ。

こうどなりつけた。又三郎も、家来だぞと云ったことで、例のないほど叱られ、拳《げん》骨《こつ》の痛いやつを一つ貰った。そんなことは前にも後にもただ一度きりであったが……。

四

又三郎が二十一歳の年、兄の兵庫が結婚した。そして、それを機会に喜兵衛は家を出たが、父の奔走で作事方に勤めることになり、御小屋を貰って独立したのである。

又三郎はそれからのち、殆んど彼と交渉がなかった。明くる年、父が死んだとき一度、泊りがけで手伝いに来たことがある。また喜兵衛が結婚したときには、兄に代って又三郎が式に出た。そして四年、喜兵衛の妻は男の子を産んでから弱くなり、ずいぶん療養につとめたが、ついに今年の一月死んでしまった。……ちょうど又三郎は縁組みが定《きま》り、三浦家へ婿《むこ》入りした直後のことで、詳しい事情は知らなかったし、また

知りたいとも思わなかったが、とつぜん喜兵衛が訪ねて来て、十五両という借用を申し込まれて、びっくりした。

——冗談じゃない、まだ婿に来たばかりでそんな余裕があるものか、いっそこっちで欲しいくらいだ。

喜兵衛は葛西へいった。あとで聞いたのだが、兵庫は幾らか都合してやった。するとまた日をおいて借りにいった。理由を訊《き》くと、妻のながい療病や葬儀のために、つい役所の金を使ったのが返せない、ということだそうで、泣いたりしたらしい。兵庫はきちんとした人だから、

——そういう事をうやむやに済まそうというのは悪い、すでに公金を使った以上、その罪はまぬがれない筈《はず》だ、まずその責任をはっきりさせてからの相談にしよう。

こう云ったそうである。それから三十日ばかりすると、喜兵衛は二歳になる子を伴《つ》れて、出奔してしまった。乏しい家財など売ったらしい、幾らかの金に添えて、手紙が残してあった。それは兵庫に宛《あ》てたもので、——父祖の代からの縁故に縋《すが》って頼む、どうか不足を補って、役所のほうの片をつけて頂きたい、恩義は死んでも忘れない。という意味の文面であった。

兵庫は怒って、そのまま届け出ようとした。しかし病母や汝生がとりなすし、動木

については葛西家としての責任もあるので、結局はあと始末をしなければならなかった。

七夕の宵のことであるが、又三郎は久しぶりに葛西を訪ね、母の枕許《まくらもと》で兄といっしょに酒を飲んだ。そのとき喜兵衛の話が出て、又三郎がつい軽い調子で、あんなだらしのない男とは知らなかった、と云った。すると給仕をしていた汝生が、いきなり激しい調子でそれに応じた。

――三浦のお兄さまの仰《おっ》しゃるとおりですわ、あんな僅《わず》かな不始末にうろうろして、いっそ切腹でもなさればいいのに、幼い子を伴れて逃げだすなんて、いったい逃げた先でどうするつもりでしょう、しまいには乞食《こじき》にでもなる気でしょうか。

――ひどく怒ったもんだね、もういいよ。

又三郎が制止した。汝生は眼にいっぱい涙を溜め、唇をふるわせて今にも泣きだしそうにみえた。

――喜兵衛のことより自分のことを考えるがいい、ぜんたいいつまで嫁にゆかないつもりなんだ、もう二十一じゃないか。

そんなふうに話をそらしていった。

あとから思うと、汝生の怒りは喜兵衛を責めるのでなく、深い哀れみのためであったと想像されたのである。そのとき又三郎が結婚のことなど云いだしたのは、三浦のほうの知人から、——西牧陽之助へどうか、というはなしがあり、汝生が相変らずしぶっていると聞いたからであった。

いったい汝生は人に好かれるたちで、十五六のころからよく縁談があった。縹緻《きりよう》は十人なみだが、ふっくりとまる顔で愛嬌《あいきよう》があり、明るくて陰のない性分が好かれるらしい。泣き黒子《ぼくろ》は顔をさみしくする、といわれるのに、汝生のは却《かえ》って表情をやわらげるようにみえた。……縁談は初めのうち母が断わっていた、せっかく女の子ができたのだから、もう少し側に置いておきたい。というのである。自分の腹を痛めた子でなくとも、女親はやはり娘が惜しいのであろう。汝生はまた汝生で、

——わたくしちいい兄さまのお嫁になりますの。

などと云ってけろっとしていた。そして、やがて母の気持が変りだすと、こんどは汝生が首を振るようになり、一生お母さまの側《そば》にいるのだ、などと云い張って、ずっと断わりとおして来たのであった。

「——そうだ、慥《たし》かに動木のことも原因の一つになっている」

仔細《しさい》に思い返してみて、又三郎は独りそう呟いた。

「——身の上もよく似ていたし、あんなに好きで、姉のように劬《いたわ》り庇《かば》っていたのが、

結局は不幸なみじめなことになってしまった、心のなかでは、おそらく自分の不幸よりも悲しく、辛《つら》いおもいをしていたに違いない」

世をはかなんだ汝生の気持が、又三郎はよくわかるように思えた。そして、こんなときもし母が実の母親であり、兄や自分が肉親であったら、あるいは独りで思いつめるようなこともなく、死なずにも済んだのではなかろうか。などと考えて、哀れさ不憫《ふびん》さがいっそう増すばかりであった。

「――あの波の荒い、冷たい色をした海へ、……どんな気持で身を沈めたことだろう」

彼は眼をつむって、「加賀の舞子」と呼ばれる浜辺を想《おも》った。すると、耳の奥にあの松風や波の音が聞えて、どうしようもなく涙がこぼれた。

五

兵庫は三十日ほどして全快し、十月の中旬から勤めに出はじめた。

――葛西の家に不運がまわって来たのではないか。

こういう疑惧《ぎく》はまだ去らなかったが、年の暮には母も床上げの祝いをするようになり、また正月の下旬には、あによめの文代が女の子を産んだ。母はまだ当分は医者の手からはなれられないそうであるが、一家を掩《おお》っていた二年越しの暗い影が、ともかくも晴れて、やわらかい春の風でも吹き込むかのような、温かい恵まれた気分に包まれた。

その年の十一月に、三浦でも又三郎の妻が男の子を産んだ。

葛西では母がすっかり健康になり、また兵庫は年が明けてまもなく納戸《なんど》役《やく》から奥家老に挙げられて、五十石ばかり加増された。それまで無役だった又三郎も、秋になって定出仕を命ぜられ、表祐筆《おもてゆうひつ》に席を与えられた。

こうして無事に月日が経った。むしろ幸運な月日といってもいいだろう、あの不安な悲しい日の記憶も、しだいに薄れていって、今はもう思いだすことも稀《まれ》になった。あしかけ五年、……汝生の出来事があってから、まる四年めの三月はじめに、それまでの仕合せな年月を転覆させるような、まったく意外な知らせがやってきた。

南風の吹くなま暖かい宵のことだったが、葛西からすぐ来るように、という急の使いがあった。ちょうど夕食を済ましたところなので、又三郎はそのままでかけていった。兵庫は居間にいて、彼が坐るのを待兼ねたように、

「汝生が生きているそうだ」

と云った。まるでこちらの罪でも責めるような、尖《とが》った鋭い調子であった。又三郎

はびっくりして、暫《しばら》く兄の顔をみつめた。

「それは、どういうことですか」

「駿河《するが》の府中に汝生が生きている。しかも動木喜兵衛といっしょにいるらしいんだ」

「まさか、……あの汝生が」

「動木というのは私の想像だが、汝生のことは間違いはない、なぜなら梅園女史が見て来たんだから」

「小舘さんがですって、どうしてまた」

その年は藩主前田侯の賀の祝いに当っていた。梅園女史はその祝儀《しゅうぎ》に献上する目的で、東海吟行一巻を作るために、遠江《とおとうみ》から駿河、相模《さがみ》のくにと旅をした。駿河の府中で風邪をひき、十日ばかり宿で寐こんだが、そのとき汝生を見たというのである。汝生は三日に一度ずつ、順に宿屋をまわって花を活《い》ける。つまり稼《かせ》ぎの一つらしいが、そのまわって歩く姿を、女史は二度みかけた。女史の部屋へは来なかったし、死んだ筈の者なので、二度めにはよくよく見たが、紛れもなく汝生であった。もちろん事情のあることだろう、呼びかけては悪いと思って、宿の女中にそれとなく身の上を訊いてみた。すると、名はおその、結城伊兵衛という浪人の妻で、三年まえにその土地へ来た。子供が二人ある。良人《おっと》は病弱のため自宅で読み書きを教え、妻女は茶の湯の稽古に出たり、宿屋をまわって花を活けたり、また賃縫いなどもして、親子四人の暮しを立てている、という話だったそうである。

「そうでしょうか、私にはどうしても本当とは思えませんがね」

「さっき女史が自分で来て話してくれた、他人のそら似かもしれないし自分は決して他言はしないが、ともかく念のために、……と云ったが、それはこちらへの親切だろう、また浪人の名の結城伊兵衛は、動木喜兵衛と音がよく似ている、偽名はどこか似るものだというが、私にはどうも動木だという気がするんだ」

「事実だとすると、捨ててはおけませんね」

とうてい信じられなかったが、又三郎はそう云って兄を見た。兵庫の頰がぴくぴくとひきつった。

「こんどもまたおまえに頼みたいんだが、勤めのほうの都合はつくだろうか」

「遠いですからね、日数のかかるのが問題だが、しかし殿の御在国ちゅうではなし、多少の無理をすれば暇を貰《もら》えると思います」

「私からも願いを出そう、理由をなんとするかだが……」

「それは私が考えますが、いってみて、慥かに二人だったとしたら、どうしますか」

「わかってるじゃないか、動木はもちろん汝生も国法を犯している、おそらく二人で自決するだろうが、みれんなまねをするようなら斬《き》るほかはない」

「――汝生もですか」

「あれはいちど死んでいる筈だ」兵庫の声は怒りのために震えた、「――これがもし世間に知れたらどうなる、葛西の家名はもちろんおまえの身も無事には済まぬぞ」

動木は公金を使って出奔した。捉《つか》まれば切腹はまぬかれない。汝生の死は又三郎が確認し、遺骨まで持ち帰って埋葬した、これも発覚すれば又三郎の罪になる。

「両親の恩義はともかく、同じ家の中できょうだい同様に育ちながら、こんな迷惑をかけて生きていられる筈はない、そんなことは許される道理がない、自決させるか斬るか、どちらか一つだ、わかったな又三郎」

又三郎は黙って頷《うなず》いた。

六

役所の許可を得て、その翌々日に、又三郎は金沢を立った。

旅にはいい季節であるが、気がせくので、途中の風景も殆《ほと》んど眼にとまらなかった。駕籠《かご》と馬を乗り継ぎにして、信濃路を伊那へ入り、天竜川に沿って（舟便も利用しながら）遠江へと下った。二俣《ふたまた》という処で川と別れ、東海道の掛川へぬけたが、七日間ぶっとおしの旅でさすがに疲れたし、府中まではあと十里余りなので、掛川の宿で一日躯《からだ》を休めた。

――ひと違いであってくれ。

彼は祈るような気持でそう思った。また一方では、裏切られたという怒りが、しだいに強くなっていた。それは汝生に対する愛情の深さを証明するように強く、激しい怒りであった。

――もし本当に動木と二人でいるとしたら、そうだ、それが事実としたら。

生かしてはおけない、少なくとも喜兵衛だけは斬らずにはおけない。又三郎の気持はしだいにはっきりしてきた。ひと違いであってくれ、という願いはまだ消えなかったけれども……。

府中へ着いたのは、十六日の午後二時ころであった。彼は両替町の越木屋という宿に泊った。そこは脇《わき》本陣だから、花を活けに来ることはまちがいあるまいと思ったが、念のために訊いてみると、今日がその日で、もうまわって来るじぶんだということであった。

「お客さまはおそのさんを御存じでございますか」

「知っているわけではないが、まえにいちどみごとに活けたのを見たものだから」

「皆さんがよくそう仰しゃいます、よろしかったら此処《ここ》へ来て活けるように申しますですよ」

「そうだな……」

住居を訊いて、じかに訪ねるつもりだった。しかしひと違いのばあいもあると思い、そうしてくれるように頼んだ。

泊り客も少ないとみえ、宿の中は静かだった。造り直したばかりらしい、新しい広い風呂に、悠《ゆっ》くり浸っていると、雨の音がし始めた。ひっそりした降りようであるが、あけてある高い小窓から見ると、紫色に芽をふくらませた桐の枝が、たちまちしっとりと濡《ぬ》れていった。

風呂から出て二階の座敷へ戻ると、まもなく女中が茶をはこんで来た。そのうしろから活け花の道具を持った、一人の女がついて来て、隅のほうに慎《つつ》ましく手をついた。

「おそのさんといいます、どうぞごひいきに」

女中はそう云って、茶をすすめ、なおそこへ茣蓙《ござ》を敷いたり、水盤や水差を揃《そろ》えたりして、それから出ていった。

女は汝生であった。幾たびか縫い直したらしい、じみな縞柄《しまがら》の着物にも、古びた厚板の帯にも見おぼえがある。しかし面ざしは変った、ふっくりとまるかった頬も瘦《や》せ、額の生《は》え際《ぎわ》も薄くなった。膚《はだ》には艶《つや》がなく日にやけて、眼尻《めじり》や鼻のわきには皺《しわ》がめだった。そしてあの泣き黒子がびっくりするほど大きく、なにか物でも付いているように見えた。

――こんな姿になって。

又三郎は軀がふるえた。

――喜兵衛め、汝生をこんな姿にして。

怒りが新しく、非常な激しさでつきあげてきた。そして、声をかけようとしたとき、道具をひろげていた汝生が、初めてこちらを見た。又三郎は黙っていた。汝生の眼が大きくみひらかれ、唇があいた。声も出ず、身うごきもできないようだ。尖った肩がしだいに荒く波うち、顔が乾いた土のような色になった。

「まさかと思ったのに」又三郎が云った、「――本当だったんだな、生きていたんだな、汝生、そして本当に動木といっしょなのか」

汝生は眼をつむった。同時に軀がぐらぐらと揺れ、危うく両手をついたが、支えきれそうもないほど力弱くみえた。

「私が来た意味はわかるだろう」

汝生は微《かす》かに頷いた。

「小舘さんが見かけて、知らせてくれたんだ、他言はしないと云われたそうだが、しょせん知れずに済みはしまい、……葛西の兄も、私も、おまえの遺書を信じた、私は小松へいったし、寺井の浜では、櫛笄《くしこうがい》と草履をみつけて、……おまえが死んだものと思い、遺骨の壺を拵《こしら》えて帰った、旅さきで病死したと届け、私たちはもちろん世間もそう信じている、ここでもし、おまえが生きていること、しかも動木喜兵衛といっしょに暮していることがわかったとしたら、葛西の家やこの私がどうなるか、云わなくともおまえにはわかる筈《はず》だ」

「――わたくしはいちど死にました」

汝生は云った。聞きとれないほど細く、かすれた低い声である。両手をつき頭を垂れたまま、……だが言葉はしっかりしていた。

「――あの浜で草履をぬぎ、髪道具を包みましたとき、あのときわたくしは死にました、ここにいるのは汝生ではございません」

「そしてそれがおまえの望みなのか、そんなに痩せやつれて、みじめな姿になるのが、汝生でいるよりも望ましいことだったのか」

「――あのひとには、わたくしが付いていてあげなければなりませんでした、小さいじぶんからずっと、いつもそうだったんです、いつも、……葛西の兄上さまや、あなたにはわかって頂けないでしょうけれど」

「わかるまいとは、なにがだ」

「なにもかもでございます」

ようやく汝生は身を起こした。膝《ひざ》の上で両手の指を組み合せ、固く絞るようにしながら、顔は俯《うつむ》けたままで、静かに続けた。

「――葛西のお家は温かく平和で、悲しみや不幸などは影ほどもございませんでした、兵庫兄さまもあなたも、不自由とか辛《つら》いとかいうことは、おそらくいちどもお感じになったことはございませんでしょう、……あのひとは御家来の出であり、みなしごでした、御両親のお情けで、御家族と同じように育てて頂きましたけれど、家来の出であり、みなしごだということには変りはなかったのです」

「それは差別をつけたということか」

「いいえ決して、……御両親もあなた方も、本当によくして下さいました、差別などということは少しもなかったのですけれど、……叱られるとき、褒められるとき、あのひとの顔には、亡《な》くなった二た親を想《おも》う色が、ありありと表われるのです」

しんじつの父ならこう叱ってくれるだろう、しんじつの母ならこう褒めてくれるだろう。その父や母にはもう会えない、どんなことをしてももうその袖《そで》に触ることもできない。……そういう想いが、かなしいほどはっきり表われる、自分はそれを見ると、いつも胸が裂けそうに痛んだ。そして、どうしたらその悲しみをまぎらわしてやれるか、どう慰めてやったらいいかと、いつも幼い知恵をしぼったものである。と汝生は云った。

「――兵庫兄さまにも、あなたにも、こういう気持はおわかりにはなりませんでしょう、ゆたかで温かな家庭と、やさしい立派な御両親をもって、仕合せに暮していらっしゃる方には、悲しく傷ついた者、不幸な者の、傷の痛みや不幸の深さはわからないと思います」

汝生は云う、喜兵衛は気が弱く、あまりに善良であった。独立して一家をたて、妻を迎えたとき、彼は初めて幸福を手に入れたと思った。しかしその妻は子を産んで健康をそこね、やがて病むようになった。把《つか》んだと思った幸福は、彼の手の中で脆《もろ》くも消えようとする。彼は狼狽《ろうばい》した、みじめに狼狽した。妻の病気を治し家庭の幸福をとり戻すためには、どんな代価をも払おうとした。

兵庫や又三郎には、ただみれんでめめしいとしか、思えないであろうし、話しても理解はできないにちがいない。結果としては妻に死なれ、役所の金を使ったという事実だけが残った。彼は金のくめんに狂奔したが、ついにそれだけの都合がつかなかった。そして兵庫には、名乗って出て責任をはっきりさせろ、と云われた。

「あいつ、そんなことまで饒舌《しゃべ》ったのか」

又三郎が堪まりかねて云った。けれども汝生はそれを聞きながして続けた。

「兵庫兄さまには当然のことでしょう、でもあのひとにはできませんでした、ようやく歩き始めたばかりの子を置いて、自分の罪を名乗って出ることは、あのひとにはできなかったのです、そして、わたくしもそうなさるようにとは云えませんでした」

「汝生は動木と会っていたのか」

「塾を早退《はやび》けして、家事をみてあげに毎日いっておりました、だってそうしなければ、男手に子を抱えて、あのひとはどうすることができたでしょう」

「出奔のことも知っていたんだな」

「あのひとは切腹しようとしたのです、危ないときにゆき合せて、止めました、そして、わたくしたち三人で、新しい生活を始めましょうって、泣いて頼んだのです」

喜兵衛はそうする気力もないほど、まいっていた。しかしついには決心し、ひとまず福井へ身を隠した。それは四月のことで、汝生は溜めていた小遣や、物を売った金を持たせてやった。そして九月の紅梅会の旅に、うちあわせていっしょになり、参覲《さんきん》の道筋では家中の人の眼につくので、遠く近江路《おうみじ》をまわって東海道へ来た。

「住みついてから三年、次郎という二男も生れました、貧しゅうはございますけれど、親子四人たのしく暮しております、……動木喜兵衛も汝生も、もうこの世にはいません、どうぞわたくしたちをそっとしておいて下さいまし、此処にいて悪ければもっと遠い処へまいります、決して御家中の方の眼につかない処へ、……お願いでございます、ちい兄さま」

汝生は両手をつき頭を垂れた。そして激しく泣きだした。

七

暫《しばら》くして又三郎が云った。

「今ここでは返辞ができない」

「兄は二人に自決させるか、さもなければ斬れと云った……、私もこう思う、おまえが喜兵衛を庇《かば》う気持はわかるが、喜兵衛はそれを受けてはならぬ筈だ、汝生をこんなみじめな姿にし、これからも、いつ終るかわからない苦労を、汝生に負わせる権利は彼にはない筈だ、それだけは私にもゆるせない」

「やっぱりわかっては頂けませんのね」汝生は泣きながら頭を振った、「――わたくしたちはこうするよりしかたがなかった、そして、今は仕合せなのだということが、ちいい兄さまにもわかっては頂けませんのね」

「明日いって返辞をしよう、彼に少しでも男の意地があったら、こんどは卑怯《ひきょう》なまねはするなと云ってくれ」

汝生は泣きやんで、涙を拭《ふ》きながら、じっと息をひそめた。肩がおち、仮面のように無表情な顔になった。ちから尽き、絶望して、なにを考えることもできないというようすだった。それが又三郎の眼につよく残った。

——哀れな汝生。

その夜寐《ね》てから、又三郎はそう呟《つぶや》いては幾たびも涙を拭いた。喜兵衛に対する怒りは、ますます強くなるばかりだった。それは殆《ほと》んど憎悪《ぞうお》にまで昂《たか》まった。

「ひどいやつだ」

彼は夜具の中で拳《こぶし》を握りながら云った。

「なんというひどいやつだ」

朝になっても雨はやまなかった。

まさか逃げはしまいが、彼は念のため、朝食まえに宿をでかけた。ゆうべ汝生が花も活けず、泣いた顔で帰ったので、宿の者は不審に思ったのだろう、傘を借りるとき、女中はなにやら敵意のある眼でこちらを見た。

住居は浅間《せんげん》神社の西で、井宮という処だと云った。駿府城の外曲輪《そとくるわ》をまわり、武家屋敷の裏をぬけてゆくと、まもなく向うに賤機山《しずはたやま》の緑がけぶるように見えてきた。……金沢に比べると町そのものも小さいし、家並も低く狭かった。そして、十丁ばかりも歩くと、その家並もまばらになり、左にひろく、荒地や畑や、安倍《あべ》川の流れなどが眺められた。

又三郎はふと立停った。

道の右側に一軒だけ離れた家があり、垣に添って山吹の花が咲いていた。その鮮やかな色に眼をひかれたのである。彼はわれ知らずそっちへ近よった。山吹は竹の四つ目垣の中にあるのだが、枝は垣の外まで伸びていた。誰かが——笠に挿《さ》すべき、とよんだとおり、しなやかにたわんだ枝々は、雨に濡れていっそう重たげにみえた。若い浅緑の葉も、弁の大きなひと重咲きの花も、雨に濡れて、やはり重たげに、たわんでいた。

彼は放心したように立っていた。

——自分に非運がまわってきて、初めて他人の苦しみがわかる、というのはたまらないことだ。

そういう言葉が耳の奥で聞えた。それはいつか兄の云った言葉である、どういう連想作用かわからないが、まるで現実のように、はっきりと聞えた。

彼はなお山吹の花を見ていた。さし交わす枝の中で、或る二つの枝が絡《から》みあうようなかたちで伸びていた。重たげに濡れて、たわんだなりに、寄り添って花をうけていた。彼はその二つの枝を見ていた、それは他の枝のようではなかった、それは汝生と喜兵衛のようであった。

——自分に非運がまわってきたとき……。

又三郎はふと顔をあげた。

庭の中へ人が出て来たのである、そちらに菜でもあるのだろう、傘をさして、目笊《めざる》を持った女だった。

「まことに申しかねるが」と又三郎が呼びかけた、「——この山吹を少し頂きたいのだが、どうでしょうか」

女はこちらを見た。まだごく若い、娘のようにみえるが、眉《まゆ》をおとしかねをつけていた。女はあいそよく微笑して答えた。

「はい、どうぞ、お好きなだけどうぞ」

それからすぐに、

「ああ、お召物が濡れますからわたしが切ってさしあげましょう、ちょっとお待ち下さいまし」

女は家へ戻って花鋏《はなばさみ》と紙を持って来た。そして柴折戸《しおりど》をあけて、こちらへ出て来ると、片袖をぐっと絞り、垣の間へ手を入れて、巧みに花枝を切った。

——その二た枝でいいのだが、

彼はこう云おうとしたが、黙って見ていた。

女の腕は柔らかに肉付いて白く、健康な若い血に満ちていた。こころよい鋏の音につれて、散りかかる花びらが幾つか、その白いなめらかな肌に貼《は》りついた。

——兄へなんと云おう。

又三郎は解放されたような、すがすがしい気持で、そう思っていた。

（「講談倶楽部」昭和二十七年九月号）

いしが奢《おご》る

一

六月中旬のある日、まだ降り惜しんでいる梅雨のなかを、本信保馬が江戸から到着した。

保馬は江戸邸の次席家老の子で、その名は国許《くにもと》でもかなりまえから知られていた。俊才で美男で、学問も群を抜いているし、柳生《やぎゅう》道場では三傑の一という、誂《あつら》えたような評判であった。こんど来た目的がなんであるかは公表されなかった。じつは勘定吟味役だという説もあり、嫁えらびだという噂《うわさ》もあった。勘定吟味役だというのは限られた一部の説であったが、慥《たし》かな筋から出た情報のように云われた。そのためであろう、保馬が亀岡の宿所にはいると、旅装を解くよりも早く、いろいろな客が挨拶《あいさつ》に来た。多くは藩の用達をはじめ商人たちであったが、各役所からの使者も少なくなかった。――勘定吟味役は（いうまでもないだろうが）現今の会計監査官に当り、それよりもさらに広範囲の権限をもっていた。またそのときは藩の財政が極度にゆき詰って、政策の大きな転換が予想されていたから、挨拶に来る人たちの「挨拶」の内容も単純ではなく、それぞれがなんらかの意味を含むものであった。保馬はかれらには会わなかった。保馬の供をして来た仲田千之助と堀勘兵衛とが応待に出た。そのうちに外島又兵衛という客が来ると、保馬はちょっと考えてから、客間へとおすように命じた。又兵衛は四年まえまで江戸邸にいた、中老佐藤市兵衛の三男であったが、こちらの年寄役、外島伊左衛門と婿《むこ》養子の縁組みができて、以来ずっとこの宮津にいるのであった。——年は保馬と同じ二十六歳になる。軀《からだ》は小柄で、色が浅黒く、頬骨が尖《とが》ってい た。話しぶりも表情も才ばしって、なめらかで、少しも隙《すき》がないという感じだった。

保馬が入ってゆくと、又兵衛はにこにことあいそよく笑い、軽く目礼をして、ひどく親しそうに話しかけた。

「どうもしばらく、道中御無事でおめでとう」

保馬は頷《うなず》いて坐った。又兵衛の狎《な》れ狎れしさを承認するようでもなく、また拒むふうでもなかった。

「その後どうですか」保馬は巧みな無関心さで云った、「もう子供さんがあるのでしょう」

「それがまだ独身でしてね」又兵衛はすぐに答えた、「外島の娘が死んだんですよ、私が来て半年ばかり経《た》ってからですが、それでいちどは江戸へ帰ろうと思ったんですがね、外島がどうしても放さないし、なにしろこっちは暢気《のんき》なもんだから、それに、……じつを云うと見当をつけた娘もいたりするんでね」

保馬はほうと云ったきりで、自分の右の手をうち返し眺めた。彼は評判ほどではないが、色の白い、ととのった、品のいい顔だちで、眉《まゆ》と眼のあいだがかなりひろくあいていた。眉ははっきりと濃く尻上《しりあが》りであったが、眼はやさしく尻下りであった。ときどき唇をむすんで上へ歪《ゆが》める癖があり、そうすると調和がこわれて、親しみのある顔になるが、すましているときは、あまりととのい過ぎていて、ちょっと近よりにくい感じを与えた。いま又兵衛には保馬の態度がよくわからなかった。うちとけていいようでもあるし、そうしては悪いようでもあった。そして、そんなばあいには、早く引上げるほうがいい、ということを又兵衛は知っていた。

「ちょっとお耳にいれたいことがあったんですよ」と又兵衛は調子を変えた、「お耳にいれておくほうがいいと思うんですが、貴方《あなた》が来られるというので、いろいろな噂が出ているのを御存じですか、例えば貴方が勘定吟味役として来たのだというような……」

保馬はにが笑いをしただけで、肯定もせず否定もしなかった。

「むろん私には関係のないことですが」と又兵衛は続けた、「その噂がいちばん信じられていて、事実とすれば当然ですが、ひじょうな反響をよび起こしています、かれらは貴方が来たばあいに備えて、それぞれもう手段をめぐらしているくらいですよ」

「そうのようですね」保馬は云った、「もうだいぶ進物を貰《もら》いましたよ」

又兵衛は一種のすばやい眼つきで、保馬を見た。しかし、保馬の表情からは、なんの意味をもさぐり出すことはできなかった。

「どうか注意して下さい」又兵衛は少し声を低めて云った、「どこにどんな罠《わな》があるかしれませんからね、よかったら私がお役に立ちますよ、狭い土地だし四年もいるので、たいていな事情には通じているつもりです、ことに商人関係のことならですね、……どうか不審なことがあったら遠慮なく呼びつけて下さい、なにを措《お》いてもとんで来ますよ」

「そんなことにならないように望みますね」保馬はあいまいに答えた、「もしそんなことがあったら、意見を聞かせてもらいますよ」

又兵衛はまもなく帰っていった。その夜、仲田と堀とは、夥《おびただ》しい進物の記録を作った。贈り主と品物の名数、中に金の入れてあるものはその金額など。ひどく念いりな記録であった。それが終ってから、はじめてみんな寝所にはいった。

明くる日、保馬は登城して、重臣の部屋へ挨拶にまわった。

もちろん形式だけであるが、城代家老の部屋には原田監物《けんもつ》という筆頭年寄がいて、半刻《はんとき》ばかりも保馬をひきとめた。城代の河瀬主殿は五十二歳、監物も同じくらいの年配で、どちらも北陸人らしくおちついた温厚な人柄であった。二人は保馬からなにか聞き出すつもりのようで、(特に監物が) 話の合間にそれとなくかまをかけるようなことを云った。

「べつにさしたることもありません」保馬は軽く答えた、「早く云えば、まあ見合に来たようなものです、むろん御存じでしょうが」

「いやそれはまだ」と主殿が少し慌《あわ》てて云った、「まだはっきり定《きま》ったわけではないので、まだ誰にもその話はしていないのだ」

主殿はかなりばつが悪そうであった。そうして、監物に向って釈明するように、まだ確定はしていないが娘の花世と保馬とのあいだに縁談が進んでいる、ということを語った。

「すると御息女は……」監物はちょっと訝《いぶか》しそうに口ごもったが、すぐにそれを打消して祝いを述べた、「いや、それはそれは、少しも知りませんでしたが、それはまことにめでたいことで、ぜひ一日も早くそうありたいものでございますな」

「ともかくもう暫《しばら》くのあいだ御内聞に」

主殿は煮えきらない口ぶりでそう云った。

保馬は主殿から晩餐《ばんさん》の招待をうけて下城した。

二

河瀬の招待に続いて、重職の人々が次々に保馬を招いた。おそらく監物からもれたのであろう、みんな縁談のことを知っているようで、口には出さないがそれとなく祝いの言葉を述べた。

「いや遊びに来たんですよ」保馬はどこでもそう云うのであった、「こんなことを云うと怒られるでしょうね、江戸ではちょっと羽根を伸ばしてもすぐ眼につくもんですから、……どうか面白いところがあったら案内して下さい」

しかし人々は信じなかった。人々の頭には「勘定吟味役」という言葉がひっかかっていた。

——縁談というのは少しおかしい。

重職の人たちはそう話しあった。

——なるべく当らず触らずがいい。そしてじっさい、かれらは不即不離の態度をとった。江戸の家老の子であり、美貌《びぼう》の俊才であり、また城代家老の女婿になるかもしれない。そのうえ秘密の使命を帯びているという評もあるのだから、保馬の立場はまったく自由であり、殆《ほと》んど不拘束といってよかった。

保馬はそれを慥かめた。そうして、ひとわたり招待が済むと遊びに出はじめた。

初めて天の橋立へいったときのことであるが、切戸文珠の内海がわにある「掬水亭《きくすいてい》」という料亭で休んだ。もう梅雨はきれいにあがって、風のない暑い日が続いていた。堀には命じた用があり、仲田千之助だけ伴《つ》れていたが、少し酒を飲んだあとで妙なまちがいが起った。――与佐の内海の汀《みぎわ》に建っているその料亭には、水の上へ張出した床があった。屋根を掛け、手摺《てすり》をまわして、一部には（舟に乗るためだろうか）梯子《はしご》が付いていた。保馬はそこへ出ていった。彼は酒に弱いたちで、盃《さかずき》に五つばかり飲むと酔ってしまう、ちょうど千之助が給仕の仲居と話し始めたので、一人で風をいれに出たのであった。

日が落ちたばかりで、油を流したように凪《な》いでいる内海の上は、いちめんに鬱陶《うっとう》しく靄立《もやだ》っていた。帰ってゆく漁舟《いさりぶね》の影もかすんでいたし、帯のように延びている天の橋立も、薄墨でぼかしたほどにしか見えなかった。保馬は床の端のところに蹲《かが》んでぼんやりと下の水を眺めていた。水は浅く、底の砂地が見え、なにかの稚魚らしい小さな透明な魚の群れが、水面すれすれに泳ぎまわっていた。

そのとき彼のうしろへ、娘が一人そっと忍び寄った。十七か八であろう、おもながのすっきりした顔だちで、背丈が高く、胸も腰もまだ少年のように細かった。少し酔っているらしい、うるみを帯びた眼のまわりや頰のあたりが赤く、忍び寄って来る動作にも、浮き浮きした悪戯《いたずら》っぽいようすがみえた。保馬は片手に扇子を持って、踊んだまま水を眺めていた、娘の来たことにはまったく気がつかなかった。娘は笑いたいのをけんめいに堪《こら》えながら、そっと保馬のそばへ近寄り、「わっ」と叫んで背中を叩《たた》いた。おどかすつもりだったのだろうが、足もとが慥かでなかった、背中を叩いた手に力がはいり過ぎて、あっと云ったが、まにあわなかった。前のめりになる保馬を止めようとして、絡《から》みあったまま、水の中へと転げ落ちてしまった。

保馬はすぐ起きあがった。水は腰までしかなかったが、さかさまに落込んだので頭からずぶ濡《ぬ》れになった。驚くよりもわけがわからず、どなりつけようとする眼の前へ、これも水浸しになった娘が起きあがった。そうして、顔へ垂れてくる水を両手で拭《ふ》きながら、さも可笑《おか》しそうに声をあげて笑いだした。

「やりそこなっちゃったわ」と笑いながら云った、「もう少しで心中するところだったわねえ」

しかし娘は眼をまるくした。相手をまちがえたらしい、あらと云って口をあけた。保馬は黙っていた。娘はおろおろし、べそをかいて、濡れている保馬のほうへ手を伸ばし、帷子《かたびら》の袂《たもと》のところを撫《な》でた。

「済みません、堪忍して下さい、人違いなんです。こんなに濡らしてしまって、ほんとに済みません、あたししみ抜き代を出しますから」

保馬は黙って梯子のあるほうへ歩きだした。娘は慌てて呼びとめた。彼の半開きにした扇子が、そこに浮いていたのである。

「あのう、これをお忘れになりました」

そして扇子をひろげてみせたが、ひろげるにしたがって紙と骨とがばらばらに剝《は》がれてしまった。娘はすっかりまごついて、そのばらばらになったのをさし出しながら、おじぎをした。

「こんなになっちゃいましたわ」

保馬はちょっと見たばかりで、手を出そうともせずに床へあがった。——話しこんでいた千之助と仲居（おたけという名であったが）とは、保馬の姿を見て吃驚《びっくり》した。保馬はただ水へ落ちたとだけ云った。おたけはすぐに風呂の支度をしに立った。

「八幡屋の連中だそうです」

おたけが去ると千之助がそう云って、別棟になっている座敷のほうへ眼をやった。そちらでは二人があがるまえから騒いでいる客があった。三味線や太鼓をいれて、相当はでに騒いでいたのである。

「外島さんが客だそうです」

千之助はそう付け加えた。濡れた帷子を脱ぎ、軀を拭いていた保馬は、千之助の言葉を聞いていたのかどうか、ふと喉《のど》でくすくす笑いだした。千之助は不審そうに保馬を見た。

「いやなんでもない」保馬は首を振った、「あんまりばかなことを云うものだから、いや、いいんだ、べつの話なんだ」

千之助は戸惑ったように保馬を見ていた。

保馬は殆んど毎日のように出て歩いた。たいてい堀か仲田を伴れて出たが、一人のこともあった。二人には為《な》すべき仕事があるので、だんだん一人で出るほうが多くなり、そのうち商人たちとの交渉が始まった。——初めに知りあったのは能登屋伊平という者で、湖月という料亭で偶然いっしょになり、それから伊平の紹介で角屋仁右衛門、作間忠太夫、渡島屋六兵衛などを知った。かれらは四人共同で、また一人ずつべつに、保馬を招いて酒宴をひらいたり、舟遊びをしたりした。それが暫く続くと、こんどは藩の用達をする商人たちが近づいてきた。

これよりまえ、外島又兵衛がしきりに保馬を訪ねて来た。ときには日に二度もやって来たが、保馬はずっと会わなかった。家にいるときでも居留守をつかった。すると或る日、又兵衛のほうで謀《はか》ったらしいが、湖月で角屋仁右衛門と飲んでいるとき、廊下で彼と出会い、強引に彼の席のほうへと誘ってゆかれた。そこには八幡屋万助と青木重右衛門がいて、日の昏《く》れるまで附きっきりで接待した。又兵衛は明らかに仲介役らしく、しきりに座を取持っていたが、暗くなってくると、独りで承知して駕籠《かご》を命じ、橋立楼というのへ席を移した。おそらく知らせておいたのだろう、そこには米穀商の島屋真兵衛が待っていて、これも一座になり、夜の十時ころまで賑《にぎ》やかに騒いだ。

三

八幡屋は海産物、青木は廻船《かいせん》と問屋を兼ね、島屋とともに藩の御用商人であり、各自の業で独占株を許されていた。したがって、その利権と富の点で他を抑え、料亭なども掬水亭は島屋、望湖庵は青木、橋立楼は八幡屋と、それぞれが経営するものであった。

能登屋、角屋らの四人は、かれらに対抗する新しい勢力であり、かれらの独占株を開放させるため、ひそかに江戸の重臣へはたらきかけていた。このことは三人の御用商人にもだいたいわかっていた。独占株を許されたかれらは、しぜん藩との財政的つながりが深く、藩に対する貸金は巨額なものになり、殆んど限度に達するほどであった。これはかれらの位置を安全にするようでもあるが、同時に極めて危険な状態でもあった。むずかしいことを云うまでもない、江戸幕府でも数回にわたって、「借上げ」という手を打った。在来の借財を棚上げにすることで、そのために倒産する者さえ少なくなかった。——宮津のように地方の藩では、重臣と商人とのあいだに個人的な情《じょう》誼《ぎ》もあるから、幕府でするほど非情にはできないであろう、しかしそれも程度によるので、ぬきさしならぬ場合となれば問題はべつであった。

保馬はこういうときに来たのである。対立する両者がなにを考えたか云うまでもあるまい、両者はそれぞれの立場から、保馬を籠絡《ろうらく》し、宮津へ来た理由を知ろうとした。保馬のほうはいっさい無抵抗であった。相手が誰であろうとも、招かれればゆくし、どんなにはでな遊びでも拒まなかった。いかにも大身の育ちらしく、おっとりと任せきって遊び、進物を出されれば黙って受取った。

六月になった或る日。島屋の手代に伴れられて望湖庵へいった。

「誰か一人きまった者のいたほうが宜《よろ》しゅうございましょう」

手代の弥吉はそう云って、六人ばかり若い女を呼んだ。粒《つぶ》選《よ》りの仲居たちで、たいていもう馴染《なじみ》であったが、そのなかの一人が、保馬の顔を見てあっと声をあげ、袂でさっと顔を掩《おお》った。

「あらあら、ごらんなさいよ」とほかの女たちがみつけて囃《はや》したてた、「珍しいことがあるじゃないの、おいしさんが顔を隠したわ」

「きっとなにかわけがあるんだわ」

「これはただでは済ませません」お春という女が咳《せき》ばらいをして云った、「衆人の前でそういう振舞いをするからには」

「ええ、いいわ、いしが奢《おご》るわ」

顔を掩った女がそう叫び、袂を放して、女たちのほうへ向き直った。

「今日はいしが奢るから、みんな好きな註文《ちゆうもん》をして頂戴、今日は一世一代よ」

女たちはきゃあと声をあげ、手を叩いた。保馬もわれ知らず苦笑した。はじめて気がついたのだが、それはいつか掬水亭で誤って彼を水へ突落したあの娘であった。

「この望湖庵の養女のいしという者ですが」と手代の弥吉が云った、「本信さま御存じなのでございますか」

うんと保馬が頷《うなず》くと、娘はこっちへ向いて、顔を赤くしながらおじぎをした。

「なまいきなことを云ってはいけない」保馬が云った、「客がいるのに奢るということがあるか、僭上《せんじよう》というものだぞ」

いしは吃驚したような眼で保馬を見て、はいと云って、こくんと少年のように頷いた。

「済みません、取消します、堪忍して下さい」

保馬はてれて赤くなった。そんなつまらないことを云った自分にてれたのである。彼は少なからずあがりぎみで、持っていた盃をいしにさした。その手つきがぎこちなかったし、受けるいしのほうもへどもどしていたので、またしても女たちがやかましく囃したてた。

「とうさまに云いつけるわよ」

などと云う者もあった。するといしは眼尻をさげ、唇《くち》をだらしなくあけてへへへと笑い、斜交《はすか》いに保馬を見た。

「唇をしめろ、なんというだらしのない顔だ」保馬が云った、「まるで紐《ひも》がほどけちやってるじゃないか」

「ごめんなさい」といしが云った、「でもこれでいいって云う人もいるんですの」

女たちが嬌声《きょうせい》をあげた。保馬はしげしげといしを眺め、それからゆっくりと云った。

「しみ抜き代はその人が出すのかい」

いしははっとし、急に赤くなったと思うと、また袂で顔を掩った。女たちはますます騒ぎだし、お春がいしの肩を打った。

「しみ抜き代ってなんですか、さあ勘弁しませんよ、人の眼のまえで二度も顔を隠したりして、しみ抜き代とはいったいなんのことですか」

「話してやろうか」

保馬が云うといしはきゃっと叫び、顔から放した手を合わせて、軀《からだ》をよじった。

「ごめんなさい、このとおりです、どうかあのことだけは仰《おっ》しゃらないで下さい、本当にあのことだけは」

むきな表情であった。女たちのやかましい声のなかで、保馬は笑いながら黙った。

「本当にないしょにして下さいましね」いしは囁《ささや》くように云った、「一生の御恩に衣《き》ますわ」

保馬は頷いた。

誰か一人きまった者を、という弥吉のはなしはそのままになったが、それ以来、保馬の席には必ずいしが出るようになった。――望湖庵は青木重右衛門が経営しているので、養女といえば重右衛門の娘分であろう。料亭を切廻しているのはおかねという名の、肥えた五十歳ばかりの女であるが、いしは彼女からも他の仲居や雇人たちからも、いちように愛されていた。望湖庵の者だけでなく、知っている者はみんないしを愛しているようであった。——いしは明るくさっぱりした、そして思い遣《や》りの深い性分だった。不自由のないせいもあろうが、仲居や雇人で困っている者などには、蔭《かげ》へまわってよく面倒をみた。それも年に似合わない巧者なやり方なので、世話をされた当人がそれと知らず、あとで気がつくといったようなことが多かった。

むずかしい客、酒癖の悪い客などは、いしがさばくものにきまっていた。酒も飲ませればかなり飲むし、少し酔うと笑い上戸になって、

——ようし、いしが奢る。

と云うのが口癖であった。保馬にも三度ばかり云ったが、そのたびに保馬は手厳しくはねつけた。

「あら、どうしてですか、あたし奢りたいんですもの奢らして下すってもいいでしょう」

保馬は「あまくみるな」などと云ってとりあわなかった。

六月から七月へかけて、殆《ほと》んど三日に一度ぐらいずついしと会った。能登屋や角屋たちと飲むときは、湖月か田川屋という料亭であるが、酌に出る仲居たちから聞くのだろう、「あとで来てもらいたい」などという手紙を使いに持たせてよこした。

「よさないか、みっともない」保馬はいつもにがい顔をした、「わけもなにもないの

に、人がなんだと思うじゃないか」

「あら、いしはちっとも構いませんわ」

「いい人に聞えてもか」

「もちろんですわ」云いながら赤くなる、「いしは信用があるんですもの」

眼尻《めじり》が下り、唇がゆるんで、ばかばかしいほどあまったるい顔になる。すると保馬は舌打ちをし、にがにがしげに云うのであった。

「なんというだらしのない顔だ、紐を緊《し》めろ」

保馬はいしにだけは荒い口のきき方をした。遠慮なく悪口を云い、ぴしぴしとやっつけた。いしに向うとしぜんにそうなるのであった。彼女に末の約束をした恋人があるということは、みんなが知っていた。いし自身でもときに失言することがあり、赤くなって顔の紐を解くのだが、それが少年のようにすなおな嬌羞《きょうしゅう》で、まわりの者の気持をなごやかに楽しませるのであった。

七月中旬の或る日、もう燈のつくじぶんであったが、保馬が酒に労《つか》れてふと庭へ出ると、いしが追って来てそっと囁いた。

「お願いですから掬水亭へ伴れていって下さいまし、ね」

いしはいつもとは違う眼つきをしていた。保馬は頷いて、脇《わき》の木戸から、いしといっしょにぬけだした。

「駈落《かけお》ちみたいですわね」

いしは嬉《うれ》しそうに囁いた。

四

望湖庵は玄妙ヶ岡の中腹にあった。文珠へは裏道づたいにゆくことができる、北陸は秋が早いのだろうか、松や雑木林のある山道には、もう芒《すすき》が穂を出しはじめ、栗の木の下では熟れた実のはぜて落ちる音がした。

「このまま、こうして」といしが低い声で云った、「どこまでも、どこまでもゆけたら、どんなにいいでしょう」

「逃げだしたくなったのか」

「ごいっしょにいたいんですの」

「人違いは一度でたくさんだ」

「またそんなふうに」そう云いかけていしは眼を伏せた、「でもそうですわね、いしには大事な人がいるし、本信さまは御城代のお嬢さまを迎えて、江戸へお帰りなさるのですものね」

保馬は声をださずに笑った。

「城代の令嬢は嫁にゆけない軀なんだろう」

「あら」いしは眼をみはった、「そのことはご存じだったんですか」

保馬は逆に訊《き》き返した。

「いしのいい人というのは誰なんだ」

いしは口ごもった。

保馬はすぐにうち消した。

「いや、いいよ、ちょっと口が辷《すべ》ったんだ」そして足を早めた、「早くゆこう、夜になってしまう」

掬水亭へ着くと、いしは例のとおりはしゃぎだした。いつかの床の上へ席の支度をさせ、今日はこっそり逢曳《あいびき》に来たのだ、などと云って仲居たちを遠ざけ、二人だけで膳《ぜん》に向った。

「あれからもう二た月になりますわね」

「心中のしそこないか」

「あのときはお客に伴れられて来て、いい気になって飲んだもんですからすっかり酔ってましたの、さもなければ間違える筈《はず》はなかったんですけれど」いしはこう云って、床の端のところをなつかしそうに見やった、「――そこの処《ところ》でしたわねえ、貴方《あなた》はこんなふうにしゃがんで、なにか考えごとをしていらっしゃいましたわ」

「水を眺めていたんだ、小さな魚がつながって泳いでいたよ」

「こんなふうにしゃがんでいらっしゃいましたわ」といしは続けた、「あたしまったく人違いをして、おどかしてあげるつもりで、そっとうしろから忍んでいったんですの、それが酔っているものだからつい」

そう云いかけていしは自分でふきだした。

「つい力がはいり過ぎて、よろめいちゃって」

そう云いながら身を跼《かが》めて笑いだした。そしてとつぜん保馬の膝《ひざ》へ俯伏《うつぶ》したと思うと、笑いがそのまま泣き声に変り、背をふるわせて泣きはじめた。保馬は黙って、片方の手でその背中を撫《な》でてやった。いしはなにかを訴えたいようであった。保馬にも云ってやりたいことがあった。しかしどちらも、口にだしてはなにも云わなかった。泣き声はしだいに鎮《しず》まったが、そうしていることがいかにも楽しいようすで、かすかにしゃくりあげながら、なお暫《しばら》くのあいだ、いしは膝に凭《もた》れたままでいた。

「これで願《がん》がかないましたわ」

やがて起き直ったいしは、袂《たもと》で涙を拭《ふ》きながら微笑した。

「いちど思いきり泣いてみたかったんです、なんにもわけはないんですけれど、……これでさっぱりしましたわ」それからいつもの明朗な表情で保馬を見た、「人間って悲しくなくっても、ときどき泣かないと軀に悪いんじゃないでしょうか」

保馬は黙ったまま、劬《いたわ》るように頷いた。

その夜（だけではないが）宿所へ帰った保馬は、仲田や堀たちと夜半過ぎまで調べものをした。二人の分担していた仕事は、この六十余日のあいだにめざましく進んでいた。――それは八幡屋以下三人の御用商人の実態調査であって、その取引状態や、年間の利潤や、資産について、（これには能登屋ら四人の商人たちの助力があったが）詳細な事実があげられていた。むろん、保馬への進物や、接待の費用なども、そのつど入念に計算されているので、今その明細書を見ながら、保馬は頭を振って苦笑した。

「この分は返さなければならないんだからな、江戸でなくって幸いだよ、江戸だったら破産してしまうぜ」

「此処《ここ》でも財布が空になるそうじゃありませんか」堀勘兵衛がそう云ってから、ふと眼をあげて、「あのおいしという娘ですね、あれは注意なさらないといけませんよ」

「――なにかあるのか」

「外島又兵衛です」と勘兵衛が云った、「あれは青木重右衛門の養女ですが、もとは加賀藩の浪人の遺児だそうで、外島と結婚する約束ができている……どうかなさいましたか」

「いや、なんでもない、続けてくれ」

「縁組みの裏には八幡屋、島屋、青木の三人連合の契約があるんですね、かれらは外島を勘定奉行か、できれば筆頭年寄に据えて、自分たちの位置を確保しようとしているんです」

「外島には無理だな」

「どうせ操り人形でしょう」

表向きには不可能のようであるが、じっさいには有り得ることであった。かれらは財政の実権を握っているといってよかった。藩そのものが借財に苦しんでいたし、家臣たち(例外はべつとして)も、多かれ少なかれ借があった。独占株の開放とか、政策の転換などがもし実現すると認めたら、かれらはきっと対抗手段をとるであろう。そのために外島を必要な椅子《いす》に据えるくらいのことは、かれらにとってさして困難ではなかった。時代は金力が政治を動かす段階にはいっていたのである。

「あの娘は外島に云い含められて、貴方の役目の本当の目的をさぐろうとしているんです」

「まさかね」保馬は脇へ向いた、「だって、かれらにはもうわかっているんだろう」

「それがそうでないんですよ、貴方のために見当がつきかねているようです、進物も賄賂《まいない》も受取るし、宴会にもどんどん出るし、またあの娘とは浮名が立ちますしね」

「ばかなことを云っちゃいけない」

「むろん私たちは知ってますがね」堀が笑うと仲田も笑った。堀が続けて云った、「もし貴方が吟味役なら、これほど無抵抗ではないだろうと思うんですね、いや、そうなんですよ、現に八幡屋の手代がそう云っていたそうです」

「掬水亭のおたけさんかね」

「外島とおいしとのことも彼女が話してくれました、外島というのはいやな奴で、二人のあいだには約束があるだけなんですが、すっかりもう情人気取りで、小遣なんかせびるだけせびっているということです、夫婦《めおと》になったらさぞ泣かされるだろうと云っていましたよ」

「外島は八幡屋たちに貢《みつ》がれてるんじゃないのか」

「足りないんですね、縞《しま》の財布が空になる土地ですから」堀は顔をしかめた、「来たときから女にだらしのないやつだったそうです」

保馬は勘兵衛の顔を見た。

「おたけ女史は信用できるのか」

「私は浮名は立てませんがね」

「するとつまり、辣腕《らつわん》なんですな」保馬はそう云って調書を見まわした、「——だいぶ出揃《でそろ》ったが、そろそろ役所のほうと突合せにかかるかな」

「気づかれないうちのほうがいいですね」

「いやな役目だ」保馬は眉《まゆ》をひそめた、「誰かがしなければならない。藩ぜんたいの浮沈に関するので、やむを得ないことはわかるけれども、こんな仕事はじつにやりきれない、早く片づけて帰りたいものだ」

　堀や仲田はなにも云わなかった。

　その夜は保馬にとって寝苦しい夜であった。それに続く数日も、彼は引立たない気分ですごした。いしと外島又兵衛との関係は、思いがけなかった以上に、傷手《いたで》であった。勘兵衛の忠告は事実と思わなければならない、外島はいしに保馬の任務をさぐれと命じたであろう、なぜなら、初めのうち外島はしつっこく保馬に近づこうとした。彼が御用商人たちと特別の関係をもっていることは宮津へ来るまえからわかっていた。——こいつさぐりに来たな、と思っていたのであるが、保馬が遊びだすと、まもなく姿を見せなくなり、代っていしとの交渉が始まった。つまり彼女に肩代りをした、と考えることができるだろう。

――そうは思いたくない。

保馬は否定したかった。しかしもう否定することはできなかった。そうして、自分がどんなにいしに惹《ひ》きつけられていたかということに気づいて、激しく顔をしかめるのであった。

五

仕事が終るまでは、行動を変えるわけにはいかなかった。保馬はそれまでと同じように、料亭へでかけ、いしと会った。自分では平静なつもりでいるが、いしにはなにか変化がわかるとみえ、ときどきじっと保馬を見つめた。

「なにをそんなに見るんだ」

「この頃なんだか浮かないごようすですから」といしは云う、「いつものお癖がちっとも出ませんし、来てもすぐお帰りになりますわ」

「いつもの癖ってなんだ」

「こういうお顔をなさるわ」

いしは唇をむすんで上へ歪《ゆが》めてみせた。保馬はちょっとどきっとした。自分ではその癖が出ないことには気がつかなかった。

「澄ましていらっしゃると怖いけれど」といしはあまえるように云った、「こういうお顔をなさると、それはやさしくみえて、わって云いたいくらい嬉しくなるんです」

「いしのいい人もそうするのか」

「いやですわ、どうして話をおそらしなさいますの」

「おまえが隠してばかりいるからさ」

と保馬はいしの顔を見た。

「いしは少しもいい人のことを話さないじゃないか」

「だって関《かか》わりのないことなんですもの」

「関わりはあるさ」

保馬の声に棘《とげ》があったのか、それとも自分の心に咎《とが》めたのか、いしははっとしたような眼で保馬を見た。それが保馬を逆に打った、いしに咎はない、いしは不当な役を負わされているだけだ。保馬はしいて笑ったが、歪んだ笑いだということが自分にもわかった。

「おれはいしが好きだ」と彼は云った、「いしが誰よりも仕合せであるようにと、いつも願っている、本当にそう願っているんだ、だからその人が、いしを仕合せにすることのできる人間かどうかを知りたいんだ」

いしも微笑したが、それは保馬のそれよりちからがなかった。殆《ほと》んどべそをかくのに似ていた。

「その人は好い人なんです」いしは弁護するように云った、「いろいろ失敗をしますし、世間でもいやな評判がありますけれど、根は気が弱くって、悪い事なんかできる人じゃないんです、それに、殿方は誰でも、若いうちはしようがないんじゃないでしょうか」

「どんなふうにだ」

「どんなふうにもですわ」いしは眼を伏せた、「あの人のように気が弱くって、つい失敗ばかりする人は、なおさら、……あたしあの人が可哀《かわい》そうでしようがないんです、あたしが附いていてあげなかったらどうなるかと思うと、本当に可哀そうでしようがなくなるんですの」

保馬は脇へ向いた。

「あたしが孤児《みなしご》だということを御存じでしょうか」といしは続けた、「あたしの父は加賀さまの浪人で、いしは五つの年に孤児になりましたの、十五のとき青木の養父《ちち》に引取られたのですけれど、それまでずいぶん辛《つら》いことがありました、……十三の年のことでしたわ、もうもう辛抱ができなくなって夜中に二階の窓から逃げだしたことがありました、二階の窓から帯をつないで下げて、霜でいっぱいな屋根を踏んで」

「もういい、たくさんだ」

保馬は乱暴に遮《さえぎ》った。いしは吃驚《びっくり》したように黙った、保馬は暫《しばら》くしんとしていたが、やがて低い声で云った。

「いしが不仕合せだったことなど、おれは知りたくはない、いしはこれまでも仕合せだったし、これからも仕合せであってもらいたいんだ」

「ええ、もちろんです、いしはこのとおり仕合せですわ」

そして、こんどは明るく笑うことに成功した。けれども保馬にはやっぱり哀れにしかみえなかった。それは珍しく二人だけのときで、望湖庵のその座敷から見える切戸のあたり、すっかり暗くなった海の上に、漁舟《いさりぶね》の火が一つゆっくりと動いていた。まもなく、島屋と八幡屋の手代が来、いつもの仲居たちが揃ってから、いしは少し酔ったような調子で、

「本信さまの御縁談はどうなさいましたの」と云いだした、「もうお定《きま》りになったんですか、それともまだ……」

「だめのようだな」保馬はそっけなく、答えた、「あんまりばか遊びばかりしている

んであいそを尽かされたんだろう、いちど招かれたがお顔も見せてくれないし、その後は来いとも云われないよ」

「なにか、御病気らしゅうございますな」島屋の手代が云った、「脊髄癆《せきずいろう》とか聞きましたが、もう長くおやすみになっているのではございませんか」

保馬は知らない顔をしていた。

「それではもう」といしが云った、「江戸へお帰りになりますのね」

「――どうして」

「だって、御縁談のほうがそんななら」

「それだけではない、かもしれないじゃないか」

いしと二人の手代の顔に、（それぞれの）すばやい表情の動くのがみえた。保馬は乾いた声で笑った。

「たとえばおいしを口説きおとす、というような野心がさ」と彼は意地の悪い口ぶりで云った、「せっかく江戸から来たのに、手ぶらで帰るのはまのぬけたはなしだ、おいしはうんと云わないかね」

「此処にも女がおりますのよ」並んでいる仲居たちがやかましく声をあげた、「なにもおいしさんに限らなくったって、たまにはわたしたちを口説いて下すっても罰は当りませんわ」

「罰が当らないだけか、つまらない」

「悪いお口になったこと」いつもいしのそばにいるお春が云った、「初めはあんなにお人柄だったのにすっかり悪くおなりなすったわ、ぶってあげようかしら」

「罰は当らない筈《はず》じゃないか」

華やいだ罵《のの》り声のなかで保馬はにがにがしく顔を歪めた。いしが外島に云い含められて彼にいしに惹かれる気持は強くなるばかりであった。いしが外島に云い含められて彼に近づいている、という事実も頭から去らないが、いっしょに水へ落ちたときからの二人の心のあゆみよりには、そんなことのはいる隙《すき》のない、しぜんなものがあるように思えた。そのうえ、いしと外島との関係が、いしの重荷であり、いしを不幸にするだろうと思うと、保馬の愛着はいっそう深くなるのであった。

――このままでは危ないぞ、このままでは。彼はまじめにそう思い始めた。今のうちにどうかしないとばかげたことになりかねないぞ。

仲田と堀とは仕事を進めていた。八月になると江戸から、城代家老に宛《あ》てて墨付の密書が届き、それによって、諸役所の帳簿が（極秘のうちに）検閲《こと》された。そうして、それまでに調べあげたものと突合せ、両者の記録の差違や、糊塗された部分を挙げてゆくと、御用商人と重臣たちとのつながりが、意外なほど深く大きいのに驚かされた。

「これはひどいことになっているものですね」

「どこの藩でも同じらしいぞ」保馬は苦笑して云った、「幕府そのものが音をあげているんだから、もう侍の政治ではやってゆけなくなってるんだろうな」

「しかし、これを表面に出さずに済みますか」

「むずかしいところだね」

保馬は太息をついた。これまで苦心してやってきたのは、財政の転換を穏やかにやるためであった。不正な事実があっても、それを摘発するよりは武器にして、できるだけ円満に事をおさめる。犠牲者は出さないように、というのが、藩主はじめ江戸重職の意向であった。

「――なんだ」

仲田千之助の声でふと見ると、庭さきに下僕の一人が花を持って立っていた。

「唯今《ただいま》これを届けてまいりましたので」

白いみごとな芙蓉《ふよう》の花であった。千之助が立っていって受取った。

「すぐ帰りましたが、若いきれいな娘でございました」

「わかっている」千之助は戻って来て、保馬の机の上にそれを置いた、「――来いとのたよりでございますな」

保馬は黙ってその花に見いった。

六

それ以来、きちんと一日おきに、花が届いた。もちろんいしからであろう、大輪の菊のこともあるし、芒《すすき》や女郎花《おみなえし》や葛《くず》など、野山の花のこともあった。手紙もことづけもなく、花だけを届けてよこすのだが、そのほうがいしの気持をよく伝えるようで、保馬の心に深くしみいった。

保馬は半月ちかく出る暇がなかった、そのあいだに準備もほぼととのい、江戸から知らせのあるのを待つばかりになった。正式の勘定吟味役が江戸から来るのである、むろん初めからの予定であるが、それが宮津へ着くまえに、保馬が商人たちと会談することになっていた。つまり財政改革の下拵《したごしら》えで、必要なばあいには準備した調書をかれらに示し、拒否できないように抑えるという計画だった。

――そのために保馬の来た理由はぼかされてあった。河瀬主殿の娘が病臥《びょうが》ちゅうで、結婚できない軀《からだ》だということもわかっていたが、宮津へ着くまえに、(江戸の父から)求婚の手紙が届くようになっていた。勘定吟味役かもしれない、という評判も、じつはわざと弘《ひろ》められたものだったのである。

——どうやら無事にこぎつけた。

保馬も、堀や仲田も、肩の荷をおろしたような気持だった。

——これで会談をうまく切抜ければ。

そう思ったのであるが、じっさいはそうではなかった。保馬が宿所にこもりだしてから、御用商人たちは嗅《か》ぎつけたのであった。かれらも手を束《つか》ねていたわけではなく、こちらの動きには油断なく眼を光らせていた。こちらが肩の荷をおろしたと思ったとき、かれらは事のあらましをさぐり当て、その対抗策のため色を変えていたのであった。

九月にはいって五日めの午後、いしから保馬へ手紙が来た。

——お返し申したい品があり、ぜひ話したいこともあるから。

そういう文面で、すぐ来てもらいたい、という意味が哀訴のように繰り返してあった。

「私たちの顔を見ることはないですよ」堀がにやにや笑った、「花の礼もしなければならないんでしょう、どうぞいっておあげなさいまし」

「馬でも申付けましょうか」

仲田もからかうように云った。

「それはいい、すぐ云いつけてくれ」保馬は手紙を巻きながら立った、「久しく籠居《ろうきょ》したから、馬でとばすのは思いつきだ、頼むよ」

「冗談から馬ですな、やれやれ」

仲田は口をすぼめて苦笑した。よく晴れた午後で、海からしきりに風がふいていた。保馬はその風のなかを爽快《そうかい》にとばしていった。望湖庵へ登る山道では、落葉が雨のように舞っていた。いしは珍しく濃い化粧で、紫色の地にぼかしで千草を染めた縮緬《ちりめん》の小袖《こそで》に、薄茶色の綾《あや》に菊の模様の帯をしめていた。濃い白粉《おしろい》のためか、顔が硬《こわ》ばっているようにみえるし、紅をさした唇はむしろ暗い感じであった。

「嫁にでもゆくようだな」保馬は眩《まぶ》しそうに眼をそらした、「まるで人が違ったようにみえる」

「お気に召さないでしょうか」

保馬は微笑しながら、「いいよ」というふうに頷《うなず》いた。いしは嬉《うれ》しそうに肩をすくめた。

「今日はお願いがありますの、一生にいちどのお願い」廊下の途中で、いしは保馬をおがんで云った、「いちどだけでようございますからいしに奢《おご》らせて頂戴《ちょうだい》」

「――どうするんだ」

「二人だけでゆっくりしたいんです、今日はでかけてみんな留守なんです、ねえ、お願いですからうんと仰《おつ》しゃって」

保馬は承知した。いしは保馬を自分の部屋へ案内した。それは母屋《おもや》と棟のべつになった、隠居所ふうの建物であった。海は見えないが、東と南があいていた。庭は松林で裏山へ続き、筧《かけい》で引いた山水が、縁先のつくばいにしずかな音を立てて落ちていた。――望湖庵の者はおかねの先達で、内海の対岸にある籠神社《こもりじんじゃ》へ、一夜お籠りにでかけたのだという、いしのほかには下男の老人と、下働きのお梅が残っているだけであった。

六帖《じょう》の部屋の、障子はあけたまま、支度のできた膳《ぜん》を前にして、二人は坐った。

「なんだか改まったようで、へんですわね」

「自分でこうしたんじゃないか」

「それはそうだけれど」いしは恥ずかしそうに銚子《ちょうし》を持った、「あんまりごらんにならないで」

いしの云うとおり、なんとなく改まった感じで、すぐには話がはずまなかった。会わなかったあいだの消息、花の礼など、ぎこちないやりとりが暫く続いた。

「返したい物があるってなんだ」

銚子が代ったとき保馬が訊《き》いた。

「もう少し酔ってから」といいしは眼で笑った、「それでないと出せない物ですわ」

保馬に酌をしながら、いいしは自分でもしきりに飲んだ。なにかはずみをつけるように、要もないことを云ってはいさましく飲んだ。まもなく急に酔いだしたようすで、うるんできた眼をきらきらさせ、まともに保馬を見て口を切った。

「あたし今日はほんとのことを云いたいんですけれど、いいでしょうか」

「云わなければならないのか」

「それでないと苦しくって」盃《さかずき》を持ついいしの手が震えた、「もう苦しくって、がまんができなくなったんです」

保馬はいいしに酌をしてやった。いいしはそれを呷《あお》るように飲み、こんどは頭を力なく垂れた。

「でもあたし、云えないかしら」

「云わなくってもわかるよ」

「でもあたし云いたいんです」

保馬は黙った。いいしは盃を置いた、なかなか言葉が出ないとみえ、荒く息をつきながら、絡《から》み合せた両手の指を揉《も》みしぼった。

「初めはなんでもなかったんです」といしは低い声で云いだした、「ただ掬水亭のことがあるので、遠慮のない気持でいました、それがおめにかかるたびに、だんだん好きになってきて、そうなってはいけないのに、しまいには一日じゅう、貴方《あなた》のことばかり考えるようになってしまいました」

「そう聞いたって驚きゃしないよ」

「ええ、――」いしは頷いた、「それもわかっていましたわ、保馬さまもいしを好いていて下さる、そう思っても己惚《うぬぼ》れではないだろうって……だからよけいに苦しかったんです、貴方も好いていて下さるし、いしは貴方を死ぬほども好きなのに、……ええそうです、いしは保馬さまが死ぬほど好きなんです、けれどもこの胸の、ここのところに」

いしは自分の胸を押えた。

「もう一人さきにはいっていた人がありました、今でもその人は、ここにいるんです、その人はどいてくれないし、いしの胸はこんなに小さくって、こんなに……保馬さま」がまんがきれたようにいしは云った、「どうして貴方はもっと早く来て下さいませんでしたの」

日が傾いて、いっとき庭がしらじらと明るくなった。土地が高いためだろう、風がかなり強く松の枝をふき鳴らしていた。

――いしは眼と頬の涙をぬぐい、銚子を代えるために立っていった。

七

戻って来たいしは銚子を二つ持っていた。その一つを自分の脇《わき》に置き、もう一つの銚子で保馬に酌をすると、

「覚えていらっしゃるでしょう」

と云って、袂《たもと》から扇子を出して彼に渡した。それは骨と紙が剝《は》がれていて、ちょっとまよったが、もちろんすぐにわかった。

「こんな物を取って置いたのか」

「一生持っているつもりでした」

「――返すというのはこれだね」

「持っているとみれんが残りますから」

保馬はじっといしの眼を見た。

「どうして今日返すんだ」

いしは自分の脇に置いた銚子を取り、自分の盃にそれを注いで、保馬を見返しながら答えようとした。そのとき、お梅がいそぎ足にこっちへ来た。

「お客さまのお家来の方がおいでなさいました」お梅は立ったままで云った、「急な御用だと仰しゃってでございます」

「いないと云っておくれ」いしがそう遮《さえぎ》った、「あたしといっしょに出ていらしったって」

保馬は立った。いしは手を伸ばして、彼の袂を捉《つか》もうとした。

「保馬さま、お願いですから」

彼はすばやく廊下へ出た。急用という言葉に不吉な予感を感じたのである。玄関には仲田と堀が待っていた。走って来たのだろう、まだ喘《あえ》いでいたし、二人とも汗だらけだった。保馬は予感の当ったことを知った。

「嗅ぎつけられました」と勘兵衛が云った、「能登屋が知らせてくれたんですが、かれらは宿所を襲う手筈《てはず》だといいます」

「しまったな、そいつはしまった」

保馬はおちつこうと努めた。

「だが慥《たし》かなんだろう」

「間違いないようですね、時刻までわかっているんですから」千之助が云った、「もちろんめあては調書だと思いまして、ともかく此処《ここ》へ持って来ました」

彼は抱えている大きな包みを叩《たた》いた。

「押掛けて来るのはどういう連中だ」

「外島が指揮をするそうで、浪人やならず者が十五六人ということです」

「外島が――」保馬は唸《うな》った、「それでは慥かだ、彼は足もとに火が付くんだから、しかしその時刻というのはいつなんだ」

「四時ということですから、もう押込んでいるかもしれません、残っている者には、来るのを見てから逃げるようにと云っておきました」

そうすればそれだけ、追跡の時が延びるに違いない。保馬は頷きながら、すばやく考えを纏《まと》めた。かれらが次の手を打つまえに、こっちからかれらを押えなければならない。それも騒ぎを最小限にくいとめるには、できるだけ敏速にやらなければならなかった。保馬は肚《はら》をきめた。

「堀はこれから御城代の邸へいってくれ」

「どうします」

「河瀬殿にはお墨付がいっているからわかる筈だ、事情を話して人数を出してもらい、八幡屋、青木、島屋の三人を城中へ護送する。これは町奉行に預けるがいいだろう、それから人数の一部を辻々《つじつじ》に配って警戒に当るよう」

「少しやり過ぎはしませんか」

「責任はおれが負うよ」保馬は云った、「おれの乗って来た馬があるからあれでゆくがいい、それだけの手配が済んだら戻って来てくれ。仲田は此処にいてもらう」

堀はすぐとびだしていった。

千之助を伴《つ》れて戻ると、いしはまだ独りで飲んでいた。そして、二人がはいってゆくと、盃を持ったままにっと微笑した。千之助に会釈《えしやく》したらしい、が、その微笑を見たとたんに保馬はどきっとした。

――外島……おいし。

二つの名がつながった。

「おいし」と保馬が云った、「おまえ知っていたんだな」

いしの唇の間から歯が見えた。

「今日四時になにがあるかを知っていて、それでおれを呼びだしたんだな、そうなのか」

「――あの人は、あの……」

いしの舌がもつれた。そして唇の端から涎《よだれ》が垂れ、両方の眼の眸子《ひとみ》がつりあがった。保馬は声をあげて、走り寄って、倒れかかるいしの軀を支えた。

「おいし、どうしたんだ」

そのまに千之助が、いしの手から盃を取り、その匂《にお》いを嗅いだ。それから脇にある銚子の匂いも、——そして低く叫び声をあげた。

「いけません、毒酒のようです」

保馬は色を変えた。いしは跼《かが》んだ。

「このまま、お願いですから」

舌がもつれるので殆《ほと》んど言葉にならない、保馬はいしの軀を抱きあげ、「水を頼む」と云いながら縁側へ出た。千之助は走っていった。保馬はいしを俯《うつむ》向きにし、みぞおちへ自分の膝頭《ひざがしら》を当てておいて、背中を叩きながらどなった。

「吐くんだ、吐いてしまえ」

いしは身もだえ、激しく頭を振った。保馬はいしの口の中へ指を入れた、くいしばった歯には非常な力がこもっていた。保馬はいしの髪を摑《つか》み、首の折れるほど仰向かせた。すると顎《あご》があいて、指が中へすべり込んだ。保馬は乱暴にその指を押入れ、力任せに舌を圧した。

「水です」千之助が戻って来た、「なにかくわえさせましたか」

いしの躯が痙攣《けいれん》を起こし、すぐに嘔吐《おうと》が始まった。形容しようのない不快な（それが毒物なのだろう）匂いがあたりにひろがり、いしは悶絶《もんぜつ》するかのように呻《うめ》いた。

「そうだ卵白を忘れていました」千之助が云った、「卵の白身を持って来ます、それから医者を呼びますか」

「あとにしよう、外島のことがある」

千之助は走り去った。保馬はいしの頭を横にして、口移しに水を飲ませた。いしは飲んだ、諦《あきら》めたのか、それとも力が尽きたのか、保馬の飲ませるだけ飲んだ。

「さあ吐け」保馬はどなった、「すっかり吐きだしてしまうんだ、その胸の中にはいっているやつもいっしょに、残らず吐いてしまうんだ、残らずだぞ、わかるか、いし」

いしは頷いたようであった。そしてまた嘔吐した。保馬の眼から涙がこぼれた、彼はいしの背を叩きながら、喉《のど》の詰ったような声で云った。

「ばかなまねをして、なんというやつだ、死ぬと命がなくなるんだぞ、これで死ぬと命がないぞよって、芝居のせりふにもあるじゃないか、おまえ知らないのか、いし」

彼は笑おうとした、しかしむろん笑えはしなかった、「そうだもっと吐け、もっと、その胸からなにもかも出してしまえ、そうすればさっぱりする、おれからも褒美《ほうび》をやるよ」

千之助が戻って来た。大きな茶碗《ちゃわん》を二つ、そこへ置くとすぐ、彼はまた水を取りに引返した。保馬は続けて卵白を飲ませ、そして強引に吐かせた。

「——どうぞ、お口から……」

いしが潰《つぶ》れたような声で云った。慥かにそう云ったように、保馬には聞えた。口移しにしてやると、いしの唇は保馬のにつよく吸いついた。——暗くなってきた庭の、松林の中で、なんの鳥か、けたたましく鳴きだした。

八

堀勘兵衛は七時ごろに帰って来た。

いしは眠っていた。小屏風《こびょうぶ》をまわした夜具の中で、仰向きに寝て、片手でしっかりと保馬の手を握っていた。行燈《あんどん》の光が届かないので、おどろくほど顔がやつれてみえる。熟睡しているらしいが、ふとすると眼をあけて、不安そうに保馬を見た。そして彼の手を握っている指も、ときをおいて強くひきつり、彼の指を緊《し》めつけた。

勘兵衛の役目はうまくいった。外島と十六人の暴徒は宿所を襲ったが、留守をしていた下僕たちは巧みに逃げた。又兵衛は失敗したことを知ると、寝所に火を放って焼き、そのままどこかへ逃亡した。暴徒のうち五人の者は捕えられたが、あとの十一人と又兵衛とは行方が知れなかった。――八幡屋万助、島屋真兵衛、青木重右衛門の三人は、それぞれ手代と共に城中へ移され、暴徒に加担したという疑いで、そのまま軟禁された。

この報告を聞くあいだも、保馬はいしから離れることができなかった。彼がちょっとでも動くと、いしの手は激しい力で絡みつき、怯《おび》えたように眼をあけて、彼を見た。

「大丈夫だ、どこへもゆきゃあしないよ」

保馬は顔を寄せておちつかせた。

「此処にいてやるから眠るんだ、もうなんにも心配することはないんだよ」

勘兵衛は囁《ささや》き声で報告し、終るとすぐに部屋から出ていった。その少しあとで、いしがかなりはっきりとうわ言を云った。

「――ええいいわ、いしが奢《おご》るわ」

低いかすれ声であったが、言葉ははっきり聞きとれた。保馬はそっと微笑し、それに答えるように頷《うなず》いた。――夜半ごろだったろう、いしはふっと眼をさまして、喉が渇いたから水が欲しいと云った。飲ませてやると、美味《おい》しそうにたっぷり飲んだ。

「気分はどうだ、なんともないか」

「——ずっと、いて下すったのね」

「これだからね」保馬は握られている手を振ってみせた、「ずっと放さないんだぜ」

いしは唇で笑った。保馬はそっといしの胸を指して云った。

「まだここになにか残っているかい」

いしは保馬を訝《いぶか》しそうに見た。それからゆっくりと頭を振り、かすれた低い声で、保馬をじっと見つめながら云った。

「——みんな出ちゃいました」

「残ってるものはないんだね」

「——ええすっかり……からっぽです」

保馬は頷いてみせた。するといしの手に力がはいって、彼の指を痛いほど緊めつけた。いしの眼から涙がこぼれ落ちた。

——外島が来るかもしれない。

こう思ったので、堀と仲田に警戒を命じた。外島がどこへ逃げるにしても、いちどはいしのところへ来るに違いない。必ず来るだろうと思った。しかしその夜はなにごともなく、静かに明けていった。

朝になってから、外島のことがわかった。彼は三人の浪人者といっしょに「えびす丸」という船を奪って逃げたのである。それは八幡屋の持ち船であったが、外島ら四人は刀を抜いて船頭を威《おど》し、そのまま海へ逃げたそうである。舟子の一人が、途中からうまく海へとび込んでのがれ、泳ぎ帰ってそう話したということであった。

——それなら大丈夫だ、彼はもう決していいしのところへ来ることはないだろう。

保馬は安心して仕事を始めた。

多忙な日が続いた。保馬は江戸へ督促の急使をやり、重職と会った。町奉行に捕えてある暴徒たちの訊問《じんもん》もし、三人の御用商人とたびたび話しあった。宿所を襲ったのは外島の独断だということがわかった。彼は商人たちと役所とのあいだで、収拾のつかないくらい不正を重ねていた。たとえ保馬の手から調書を奪うことができたとしても、それだけではもう、罪を免れるわけにはいかない状態であった。——御用商人たちとの会談はうまくいった。かれらと外島との関係はあまりに深かったので、暴挙のことがかなり負担になったらしい。同時に、財政改革ということが、いつかは避けられないという現実もわかっていた。かれらは商人であった、破滅より損失を選ぶくらいの賢さを、かれらがもっていない筈はなかった。

——外島のやった事が逆効果になった。

これで無事におさまるだろう。保馬はそう確信することができた。慥かにそのとおりだった、江戸から勘定吟味役が来たのは、その月の下旬のことであるが、持って来た改革案はすらすらと通った。ほんの僅《わず》かな修正はあったけれども、原案の主要なものは故障なく受入れられた。

保馬は首尾よく役目をはたしたのであった。

「さあ終った、今日はひとつ三人で飲もう」

十月はじめの或る日、保馬はそう云って、堀と仲田を伴れて掬水亭へいった。自分の金で飲むのはいい心持であった。酔ってくると二人ともうたいだしたので、顔なじみの仲居をぜんぶ呼んだ。もちろん望湖庵からも来たし、いしもあらわれた。

「これは縞《しま》の財布ですな」勘兵衛がまっ赤になった顔で保馬を見た、「どうか空にならないように頼みますよ」

旅費だけでも頼みますよ、などと千之助もつまらないことを云った。

三味線がはいり太鼓がはいって、ばかばかしく賑《にぎ》やかな騒ぎになった。すると、それまで遠慮していたらしいいしが、

「あたしおそばへ坐らして頂こう」

と云って保馬のそばへ来て坐った。しかし誰も気がつかないようすだった。保馬は

いしに眼くばせをして、そっとその座敷から逃げだした。

「あそこは寒すぎるだろうな」保馬がそう云った、「いしは風邪をひきゃあしないか」

「風邪なんかひきません、あたし大丈夫です」

「これをひっ掛けるといい」

保馬は羽折を脱いでいしに着せた。二人は廊下から床へ出ていった。

思ったほどではないが、寒さは強かった。空が曇っているので、海は暗く漁火《いさりび》も見えなかった。保馬の手はいしの肩を抱いた。いしの手は保馬の躯に巻かれていた。寒さがきびしいので、お互いの躯温《たいおん》がいっそう温かく感じられるようであった。

「もう四五日すると江戸へ帰る」と保馬が云った、「はなしは聞いたろうね」

いしはこくんと頷いた。躯がひどく震えだしたので、保馬はきつく抱き寄せた。

「でもあたし、わたくし、とても……」

「いやだというのかい」

「いいえ」強く首を横に振った、「とても本当とは思えないんです、今でも本当とは思えませんの、夢でもみているような気持ですわ」

「それでいいじゃないか、一生さめない夢にすることだってできる」

いしは躯をすり寄せた。巻きつけた腕に力をこめ、保馬の胸へ顔を伏せた。

「あのお扇子を返して下さいましね」

「返すよ」

「本当に江戸へゆけますのね」

「もちろんだよ」

いしはくくと咽《むせ》びあげた。

「じゃああたし、ずいぶん儲《もう》かっちゃいますわね」と咽びあげながら云った、「——もうしみ抜き代を払わなくってもよくなるんですもの、ねえ、そうですわね」

保馬は黙ったまま強く抱き緊めた。いしはすっかり凭《もた》れかかってあまやかに泣きはじめた。


（「サンデー毎日増刊号」昭和二十七年十月）

花咲かぬリラの話

——谷口の事大主義がとうとうダンスを始めたとさ。

社員のあいだにそういう噂《うわさ》が弘《ひろ》まったころ、谷口宗吉《そうきち》はどうやらホールへ行けるくらいには踊れるようになっていた。

何によらず流行につくことがいやで（というのも生来の無器用から新しくものごとを会得《えとく》するのがなかなか困難であったから）麻雀《マージャン》にしてもベービイ・ゴルフにしても、彼がどうやら手を出すころには、もう仲間はとうにべつのものへ移っているのが例であった。

——踊るって本当かい、君。

——うん。

——相変らず古典趣味だな。その課で一番の発展で通る小野が云った。——しかしよく始めた、ダンス熱もひと冷めきたところで、騒々しい連中がいなくなったから本当にエンジョイできるのはこれからというところさ、案内しようか。

——うん頼むよ。

ある夜、谷口は小野に連れられて街へでかけていった。

ずいぶんみっちり習ったつもりだったが、はじめのうちは華やかな雰囲気《ふんいき》に圧倒され、なかなかうまく調子が出なかった。けれども三軒ほど廻って赤坂のなにがしというダンス・ホールへ入って行ったときには、どうやら度胸もでき、途中で煽《あお》ってきた一杯のラムの酔いもてつだって、谷口の体には快いリズムがわきあがっていた。

——先に断わっておくがね。小野は椅子《いす》にかけるとすぐに囁《ささや》いた。あの三番めの娘《こ》はいけないぜ、あれはおれのもんなんだ。

——へえそういうものかい。

谷口は苦笑しながら小野のいうシイトのほうへ眼をやったがそのとき彼の視線は三番目の女へゆく先にもう一人の顔で止った。そして眼がそれと認識するよりもはやく、どきんと激しく胸が鳴るのを感じた。たしかにどこかで見覚えのある顔なのだ。

——誰だろう。

そのとき音楽が始まって人々は立ちあがった、谷口は椅子を放れるとまっすぐに行って、そのダンサアに申込んだ。

女は髪を断《き》り、オレンジ色のドレスに水晶の首飾をかけ、蛇皮の飾のある靴をはいている、やや尻《しり》さがりの眉《まゆ》、細くはあるが表情に艶《つや》のある眼、うすでに美しい波をうっている唇、右腕にロケットの付いた贅沢《ぜいたく》な腕輪をしていた。谷口は調子よく相手をリイドしながら、まぢかにある顔が誰であったか想《おも》い出そうとしてみた。しかし、さっき見た横顔があんなにも自分を愕《おどろ》かしたのに、正面から見るとまるでそれは縁のないものになり、相手のこっちを見る眼にもまったく人違いであることが表白されていた。

音楽が終って、ともすればひどくがっかりしているらしい自分に気がついた谷口は、チケットの束を全部女に渡して椅子のほうへ戻ると、まだ残っているという小野に別れてホールを出た。

――しかし誰だったろう、あの顔は。

ひんやりと冷える夜気のなかで、谷口はどうかして自分の胸を攪乱《かきみだ》した顔の主を捜しだそうと骨折ったが、朧《おぼ》ろげにちらちらする記憶の帷《とばり》のかなたで、どうしても捉《とら》えることができぬうちに麻布の家まで帰り着いていた。

妻が風邪ぎみであったり、子供が消化不良を起こしたので、谷口がふたたび赤坂のダンス・ホールへ行ったのは、それから一週間ばかり経《た》ったあとのことだった。

あまり豊かでもなさそうなのに気前の良い客だというので憶《おぼ》えていたのだろう、女は谷口を見ると表情の深い眼で挨拶《あいさつ》を送ってきた。

――あの顔だ。

谷口はまたしても妖《あや》しく心のおどるのを覚えながら、こんどこそは想い出してみせるぞと力んでみたが、結局そばへ寄ると幻想の聯関《れんかん》を断たれて突き戻され、やりきれない気持で椅子にかえるのであった。

その夜女のくれた名刺には青桐みどりという名が認《したた》めてあった。

――青桐みどり。

むろんそれはホールでの名に違いない、しかしどこかに本当の名を聯想させるものがありはすまいか。前夜と同じように、家まで歩いて帰る途中いろいろと記憶にある女の名を口にしてみたが、それさえもついには無駄骨折りに終ってしまった。

結婚生活があしかけ五年になり、子供も四つになっている家庭の、穏やかな調和のとれた朝夕が、どうやら人並にすこしばかり怠屈になってきたときであった。青桐みどりの横顔が、そんなにも彼の心に波紋をなげつけてから、緩んでいた神経が快く緊張しはじめ、ともすれば仕事なかばに口笛を吹いていたり、ペンを握ったままぼんやり空を見ていたりする自分をみつけて、谷口は自らけしかけるような浮気っぽい気持に誘われるのであった。

あの横顔が誰に似ていたか、もうそんなことはどうでもよろしい、誰に似ているよりも余計に、今は彼女自身が谷口には美しく可憐《かれん》に思われるのだ。よくあることだが、人は自分の好みにぴったり合った相手をみつけると、しばしばそれがかつてどこかで会ったことのある者のような錯覚を起こす、そして間もなくそれが誤りであったことを知るにしても、その強い印象からのがれることはできない。恋ではないがもっと柔らかく、ともすれば肉感的なうかれ心が谷口をとらえた。

夏にはいってから間もなく。二年ばかり会う機会のなかった杉山昭三という先輩から電話をもらった。

杉山は彼にとって先輩というだけでなく、家庭的にも親しくほとんど兄弟のようなつきあいをもっていたし、かつて杉山の妹の早苗に求婚した失敗の思出だけでも、忘れることのできないあいだがらであった。

——また東京詰めになったよ、落着いたら知らせるからやって来たまえ。

——それはおめでとう、皆さんお達者ですか。

——達者だ、じゃあ今日は失敬。

しばらく長崎の支店詰めになっていたのが、東京へ戻って来たのであろう。谷口はその日まっすぐ家へ帰ると、夕食のあとで独り机に向って古い手帳や日記を取出してみた。

杉山の電話で、深い恋の傷手《いたで》が甦《よみがえ》ってきたのである。

郷里の女学校を卒《お》えて、早苗が東京の杉山の家へ来たのは十八の春であった。ふだんから口数の尠《すく》ない杉山は、妹のあることなどほのめかしもしなかったので、ある日たずねて行った谷口は、早苗にひきあわされてすっかりどぎまぎしてしまった。

田舎の訛《なま》りを気にしてか、早苗はなかなか谷口に話しかける機会を与えなかったが、美しい変化に富んだ眸《ひとみ》の表情は、いつも彼にやさしい好意を働きかけるように思われた。まだ子供らしさのぬけきらぬ肩つき、しめった唇の朱、まつ毛の濃いつぶらな眼、それから小麦色の緊《しま》った体、——それらの幻が狂おしいまでに谷口の心をかきみだし始めたのはそう大してのちのことではなかった。そして二三度一緒に映画を観たり、湘南《しょうなん》を案内して廻ったりするうちに、自分では彼女の心をたしかめ得たつもりで、夏のはじめごろ杉山にそっと結婚の意志をもらした。

杉山はいちおう考えておくと云ったが、間もなく細君と相談の結果異存がないと答え、しかし郷里の父に承諾をうけるから、しばらく現在のままつきあっていてくれというこことになった。

谷口にとっては二十六にもなってほとんど初めてといってもいい恋である。それからのふた月を、彼がどんな歓《よろこ》びに酔っていたかはここに語るまでもあるまい。

プルリイ・ラルボオはある小説の中で、若い主人公が恋人の名を繰返し飽かずに誦《よ》む場面をきわめて美しく描いているが、どうしてそんなにまで人の名が神秘な響をもつのであろう、綴字《つづりじ》のひとつひとつ、幾度くりかえしてみても飽きることがない。早苗——さなえ——、手帳にも書冊の余白にも、煙草《たばこ》の箱にも、日記のどの頁《ページ》、その辺に落ちている紙片にまで、同じ名が数限りなく書かれ、そしていつまでもその響は新しく匂《にお》やかなのだ。

ふた月の美しい夢想は、しかし間もなくひどい絶望に変った。秋のはじめにちょっと故郷へ帰ると云ったまま早苗はそっちである若い銀行員と結婚してしまったのである。——谷口はその年はじめて酒を飲むことを覚えた。

杉山はそのことについて、どうしてそんな手違いを生じたか、精《くわ》しく谷口に説明して聞かせたが、彼の受けた打撃は理由のいかんにかかわらず彼をやっつけて、ひどくうち挫《くじ》いてしまった。それからの二年間、谷口の生活はまったく酒と遊蕩《ゆうとう》に塗潰《ぬりつぶ》されて過ぎたのである。

あれから六年、二十八で現在の妻を娶《めと》り、明くる年の冬に子が生れてから、谷口はいつか早苗のことを忘れていた。

――どうしているだろう。

彼は今机の上に古い日記を取出して繰ひろげながら呟《つぶや》くのだった。そして眼の裏に彼女の面影を描いてみたが、彼の心はもう冷たく沈んでいて、すこしの感情も動かぬことを知り、安らかさといくらかの寂しさを感ずるのであった。

杉山から二度めの電話で、谷口が代々木の家を訪ねたのはその次の土曜日であった。

――だあれ？

格子《こうし》を明けると奥から、そう云いながら駈けだして来た娘がある、ちょっと見た瞬間それが誰か分らぬほど大きくなっているが、杉山の長女の三千絵であった。

――みっちゃんじゃないか、しばらく。

谷口が声をかけると、訝《いぶか》しそうに眼と彼の顔を覓《みつ》めていたが、

――あ、鰐口《わにぐち》さん？

――こいつ、まだ云うか。

谷口が威《おど》すように拳骨を握ると、三千絵はぽうとほほをそめ、慌《あわ》てて口をおさえながらばたばたと奥へ引返して行った。

――谷口さんよ。

奥で叫ぶ声を聞きながら、三千絵ももう今年は女学校へあがっているはずだなと思

っていると、小走りの足音が近づいて来て、

——いらっしゃいませ、どうぞ。

と障子の蔭《かげ》に座って手をついた者がある、谷口は細君か女中かと思ったのだが、相手の顔を見ると同時に、それが早苗であるのに気付いて立竦《たちすく》んだ。

紫色の銘仙の単衣《ひとえ》に、きりきりと高く紋羽二重の帯をしめ、頰の肉が瘦《や》せて色の蒼《あお》白《ざ》めた顔に、長めに断った濃い髪のかかるのが妖しい美しさを見せている。——あのころ彼が、もう少し年をとったらこうなるであろうと思っていた、想像の俤《おもかげ》とはおおよそ違う姿でありながら、しかもどこまでも彼女は早苗であった。

杉山夫妻に三千絵、長男の研一、次男の徳児、それに谷口と早苗を加えて、賑《にぎ》やかな晩餐《ばんさん》が終った。

それから間もなく子供たちは寝室へやられ、四人が茶をかこんで十一時近くまで話し更《ふ》かしたが、絶えず彼の眼を求めて動く早苗の視線に苦しめられて、彼は妙にいらいらと落着かぬときを過してしまった。

——失礼しましょう。

十一時半近いのに驚いて彼が卓子《テーブル》からはなれると、早苗も椅子を立った。

——あたくしも帰るわ。

——そう、じゃあ途中まで谷口さんに送っていただくといいわ。

——大丈夫よ、そんな……。

嫂《あによめ》のほうをちょっと睨《にら》む真似をして、早苗は応接間を出て行ったが、まもなく古風なビイズ綴のハンドバックを持って出て来た。ふたりだけで歩ける機会があろうなどとは考えもしなかったので、谷口は唆《そそ》られるような心のときめきを感じながら別れの挨拶をして玄関へ出た。

——どうも晩《おそ》くまで失礼。

——またどうぞ。

——谷口さん。杉山の細君がいたずらな調子で云った、——早苗さんお願いしてよ。

しかしそれには応酬する言葉も考える余裕もなく、谷口は急いで外へ出た。

夜気はひややかにしめりけを帯び、おそい月がひっそりと森の上にあった。道傍《みちばた》の茂みや近くの草原で虫がとりどりに啼《な》き、ときおり高く頭の上を渡る鳥の声がした。

——ずっと東京ですか。

感動していることを覚《さと》られまいとしながら谷口が訊《き》いた。早苗は顔を傾けて、大胆に彼を覓めながら、ええと答えた。

何かを語ろうとしている、谷口はさっきから早苗の眼の動きにそれを感じていた、——何かを。けれど奇妙なことに彼は、その眼の示すものを受取ることが恐ろしかった。

——お変りになってねえ。

——あなたも変りましたよ。

——そう。早苗は低く呟くように、——変りましたとも、あれからいろいろなことがあったのですもの。

早苗の口調が驚くほどデスペレートなので、彼はますます追詰められるように思い、しばらくはその圧迫をはね返す気力もなく、黙って歩いた。

——お子様がおできになりましたのね。

——できました。

——お可愛《かわい》いでしょう？

早苗はふたたび覗《のぞ》きこむようにした、谷口は挑むように振返り、初めて相手の眼を覓めながら云った。

——あなたはどうです。

――あたくし、子供なんてありませんわ、それに……。

谷口は次の言葉を待っていたが、坂を下りきるまでついに早苗はあとを続けなかった。郊外電車の駅はま近になっていた、谷口はそのときになって、心の奥に屈していた烈《はげ》しいものが、ようやくじりじりとこみあげてくるのを感じ、明るい軒燈のところで立止ると、頰笑みさえうかべながら云った。

――もうすこし歩きませんか。

――いけませんわ、電車がなくなりますもの、それに……。

――またそれにですね、

――駄目よ。早苗は谷口の感情を気づいたらしく、慌《あわ》てて強く頭を振った、――だめ、またこんどゆっくりお会いしますわ。

――いつです。

――明日、いえ明後日。

――どこで？

――お手紙を差上げます、そのほうがよろしいわ、でも奥様に悪いかしら。

――僕のほうなら、かまいません。

僕のほうなら、という言葉に力をいれて云ったのだが、早苗はそれが彼女の良人《おっと》を想像させるつもりなのだということを感じなかったのか、そっと頷《うなず》いたまま急ぎ足に駅のほうへだらだら坂を登った。

本郷のほうへ帰る早苗と、麻布へ帰る谷口とは新宿の駅の前で別れた。

――ねえ。別れるとき早苗は口早に云った、あなたからいただいたリラ、あれっきりまだ咲きませんのよ。

――リラ？

あたりは右往左往する人のどよみで、早苗の言葉がよく聞取れなかったから、谷口は耳を寄せるようにして訊返《ききかえ》したが、早苗は一瞬淋しげなまたたきをすると、

――さようなら。

と云って素早く身を躱《かわ》し、谷口に声をかける暇も与えずに去ってしまった。彼が早苗の云った言葉を理解したのは、電車で麻布まで来てからのことである。ある夜ふたりで銀座を歩いていたとき（たしか映画を観ての戻りであろう）夜店で売っていたライラックの苗をみつけて買い、早苗に贈ったものであった。――そのとき彼は早苗とふたりのつつましい家庭に、やがて美しく咲くであろうライラックの花を想像していたのであった。

――あれをまだ持っていたのか。

谷口はそう気付くと、まだ咲かぬ、と云った早苗の言葉が鋭い暗示をもっているように思われ、すばらしい餌食《えじき》のある罠《わな》を前にした獣のような、荒々しい情熱が盛上ってくるのを覚えた。

それにもかかわらず、早苗はついに手紙をよこす気配もなく毎日のように待っている電話もかかってはこなかった。

十日ばかりは辛棒していたが、どうにも紊《みだ》れる心を押えきれなくなったので、彼は杉山の社へ電話をかけてみた。そして早苗がその三日前に大阪へ去ったことを知った。

——まだ君には話してなかったが。と杉山は云った、——早苗はおとし良人と別れたのだよ、いろいろその間に事情もあるが、こんど会ったときに精《くわ》しく話をしよう。

谷口は突放されたような落胆と驚きとにうたれながら電話を切った。——しかし驚きはそれだけでなかった。

その夜、やりきれない気持を紛らそうとして呑《の》んだラムの酔いに乗じて、しばらく遠のいていた赤坂のダンス・ホールへ行ってみると、青桐みどりの姿はなくて、顔見知りのダンサアの一人から一通の手紙を渡された。

＝お約束を反古《ほご》にしたこと、どうぞお赦《ゆる》しくださいませ、二度めの失望をお与えすること苦しく思いながら、私は大阪へ参ります。六年前の悲しいお別れのとき、私があなたをどうお慕い申しあげていたかということは、きょうまであのリラを手放さずいたことでお察しくださいませ。――私が大阪へ行く決心を致しましたのは、けれど道徳的な動機からではございません、先夜あなたに兄の家でおめにかかるまで、あなたに奥様やお子様がおありのことを承知で、できたら六年前の私たちの償いをしたいと存じていたのです。それにしてもあのとき、玄関に立ったあなたをみつけた私の驚きはどんなであったか、今にしてあなたにもお分り遊ばすと存じます。幾度もいくたびも、手を組合って踊っていた相手のあなたが、六年前に悲しい別れをしたその人であろうとは、あんなにまで近く顔を見合せ、なんども話さえしたあなたがその人であろうとは。

――どうして気付かなかったのでしょう、どうして、どうして。

二十年も三十年も遠く離れ離れになっていた恋人同志が、街の人混の中に行会ってお互いに相手を見つけ、手を執りあって泣くという話を、私はいくたびも物語で読みました。良人と別れて東京へ出てきた私の心の底には、もしやあなたに会うことがありはすまいかという希望が絶えず働いていたのです、それが全部でないまでも――。そして本当にあなたとめぐり会ったときには、もうあなたを見分けることもできなくなっていたのです。恋物語が私におしえてくれたことは、結局伝説にすぎなかったのでしょう。いただいたリラは折り棄てました、今日まで花をつけなかったことが、何か私たちに暗示しているようで苦しかったからです。奥様にも子供様にもよろしくとは申しあげません、そしてこれから先またお眼にかかるときのないように祈ります。

早苗＝

おりおり小野がダンスに誘っても、それから谷口は二度と踊りには行かなくなった。そして早苗の噂《うわさ》もふっつりと絶えてしまった。

（「アサヒグラフ」昭和九年八月）

四年間

一

「ここはどうです、痛みますか」

医者はそう云いながら静かにゾンデを動かした、

「やっぱり痛まない、そう……ここはどうです」

信三は医者の顔を見ていた。まだ若くて臨床の経験には浅いようだ、治癒《ちゆ》の困難な症状に当るとそれが表情にあらわれずにいない、今も彼の額には汗がにじみ出ているし、さりげない態度をとろうとしながら困惑の色が隠しきれなかった。今日までにもう三回、X線写真も撮って見、血液や尿の各種の検査もすんでいた。いよいよ診断《ゼクチヨン》を与えなければならないのだが、どういう言葉でそれを云ってよいかに迷っている容子が明らかだった。

「結構です、どうぞ着てください」

医者はそう云って四十分以上もかかった診察をようやく終った。信三はゆっくり服を着ながら、それとなく医者の動作を見まもっていた、彼が手を洗い手をふいてひどく不決断な足どりで戻って来るまで、……そして椅子《いす》にかけてカルテを引き寄せたとき、なにげない調子で信三はこうきいた。

「やっぱり体部のほうへ進んでいますか」

「…………」医者は体を固くした。

「治療する余地がまだありますか」

「とおっしゃると」若い医者は取りあげたペンをおいてまぶしそうにふり返った、「……あなたはご自分の病状をご存じなんですか」

「ある程度まで知っています」

医者の警戒心を解かなくてはいけなかった、彼は楽な姿勢になり煙草《たばこ》をとりだした、「……煙草を喫《す》わせてもらっていいですか」

「ではあちらへゆきましょう」

医者はそう云いながら椅子から立った、「ちらかしていますがここよりおちつきますから」

看護婦になにか命じて、医者は診察室の隣りへ彼を導いた。そこは客間を兼ねた書斎で、二方の壁間を埋めるおびただしい蔵書があり、見ると専門の医学書のほかに文学史学の本が多く、陶器や茶に関するものも少なくなかった。……室の中央にある低い茶卓子《テーブル》をかこんだ椅子にかけると、間もなく看護婦の一人が紅茶を運んで来た。

「患者が来たら待ってもらって」医者はそう云いやり、仕事机のひきだしから見なれない印の煙草をとり出して来てすすめた。

「もらい物で失礼ですがおつけください」

「ありがとう」

信三は軽くうなずいて自分のものに火をつけた、

「……静かないい部屋ですね」

「少し明るすぎるのでこっちの窓をふさごうかと思っています、父の建てたものなんですが、このままでは眼がちかちかしておちついて本も読めません」

二人は茶をすすりながら書斎の好みについてしばらく話した。どっちもそんなことに興味をもっているのではなかった。信三は医者から職業意識を脱《と》ろうとし、医者はまた苦痛な問答にはいるのを少しでも延ばしたかったのだ。しかし会話は間もなく途切れた。信三は椅子の背にもたれかかりながら、ごく自然な軽い口調できりだした。

「ガス壊疽《えそ》だということは戦地の病院で診断されました、帰還して来て、半年ばかり軍の病院にいたんですが、ご存じのとおり体に違和は感じないし、出征ちゅう放《ほう》っておいた仕事を早く始めたかったものですから、退院しまして、そう、一年ほどたってからでしょうか、どうもはっきりしないので、親たちが心配して二三カ所で診てもらいました、その当時は膝関節《しつかんせつ》あたりが問題だったようです」

「それはいつごろのことでしたか」

「おと年の冬、いや去年の二月ですね、一人の医者は大腿部《だいたいぶ》から切断するように云いましたが、親たちが嫌いまして、他の医者からずっと治療を受けていました。しかしどうも納得がいかないんです。治療の見込みがないので対症的なことをやっている、そんな感じなんです。それで最近K大学の医科で、母校なもんですから、診てもらったのですが、現在やっている治療でよかろうと云うんですね、親たちはなにか聞いたようですが僕には隠している、たしかにそう思われるもんですから、それであなたのところへ伺ったわけなんです」

「どうして僕をお選びになったのですか」

「実験医学へ発表されたあなたの論文を拝見したんです、ちょうどテーマが同じだし、お書きぶりからみてあなたなら真実が聞けると思ったからです」

「あんな雑誌をごらんになるんですか」

　医者はそうきき返したが、返事を待とうともせずに立ち上がった。そしてさっき自分の出した煙草にはじめて火をつけ、どういう態度をとるべきか思いなやむように、窓のほうを向いてしばらく口をつぐんだ。

「真実を知る必要がおありなんですか、それを知るということは心理的に悪い影響をまねく例が多いのですよ、聞くまではそうお思いにならないでしょうが、真実を知るとたいてい」

「ああわかっています」信三は微笑しながらさえぎった、「……しかし好奇心や不安やおそれではなく僕には必要があるんです、いまかかっている仕事のためにです、その仕事をどこまで継続できるかという点を、ぜひ知らなくてはならないんです」

二

医者は椅子にかけ、紅茶の茶碗《ちゃわん》を手に取った。しかしそれを飲むでもなく、眼を伏せてなにか考えていたが、やがて思い切ったというようにこちらを見た。

「大腿部から切断するようにと云われたとき、そうすべきだったですね、現在では、……お気の毒ですが、療法はないと申し上げるほかはありません」

信三は微笑しようとした、しかしそれはできなかった。彼は短くなった煙草を灰皿へ捨て、できるだけおちつこうとして深く呼吸した。

「それで、あなたのお考えでは、あとどのくらい仕事ができるとお思いですか」

「その質問は医者にとって一種の拷問《ごうもん》ですね」

「だがいま云ったとおり知らなくてはならないんです、どうしても、……科学者同士としてだいたいの推定を聞かせてください」

「お仕事の性質にもよりますが」

「実験のほうです、病理組織学のある課題について研究をやっているんです」

ああそれで医学雑誌など読んでいるのか、医者はそう云いたげにうなずいた。だが依然として信三の問いに答えることは苦痛だとみえ、かなりながいこと黙って下を見ていた。

「こういう推定は危険なんですが」と、やがて医者はひじょうな努力を要するもののように、重苦しい呟《つぶや》き声で云った、「だいたい四年くらいと申し上げてよいでしょう」

「……四年」信三はかわいたような声で反問した。

「そうです、それより短くも、長くもないと思います」

礼を述べて立ち上がった信三は、その医院を出て玄関さきの石段を下りたところで立ちどまった。そこは広い往来からちょっとはいった静かな横丁で、人通りのと絶えたかわいた道の上に、ぎらぎらと六月の日光が照り返していた。信三は深い呼吸をし、帽子をかぶった、——これで解決した。そんな言葉が頭にうかんだ、なにか急いでしなければならないことがあるように思い、またすべてが終って、もうなにをするのもむだだという気もした。

「おかしいと思ってたんだ、いつも表に自動車が五六台もとまっているんだからな」そう云う声が聞えた。

「……やっぱり闇料理屋だったのか、そうだろうな」信三は眼をあげた、話しごえはすぐ向うにある板塀《いたべい》の中から聞えるのだった。

「あんなお邸《やしき》でもそんなことをしなけりゃやってゆけないんだ、たいへんな世の中になったもんだぜ」

そこまで聞いて信三はようやく歩きだした。

バスで山手線の駅までゆき、品川で電車を下りた。時計を見ると二時である、——まだ約束までに三十分あるな、そう思いながら改札口を出ると、つい右手にある支柱の蔭《かげ》から昌子が出て来た。細かい藍《あい》の千筋の中に太い藤色の棒縞《ぼうじま》の入った秩父《ちちぶ》の単衣《ひとえ》に、帯は白地に朝顔を染めた腹合せをしめていた。色の白い中だかのはっきりと大きくみひらいた眼と、少し厚めなしかし知的な線をもつ唇とが際《きわ》だってみえる、こういう顔だちは藍とか紺とか紫系統の色のよく似合うものだ。信三はちょっと眼を細めた、昌子は彼が自分の姿を美しいと見てくれたことを感じ、羞《はずか》しさと誇らしさとに思わず微笑した。

「用が早くすんだものですから」昌子は信三により添うように歩きだした、「……来てみたら一時半なので困ってしまいました、どこかで休もうかと思ったんですけれど、喫茶店のようなものもないし……」

「すまないが」と、信三はぶっきらぼうに昌子をさえぎった、「……今日は旅行にいけなくなったんだ、ちょっと用事ができたんだ、帰還して来た友達があるんでね、今夜その歓迎会をやるんだ」

昌子はびっくりしたように彼を見あげた。信三は立ちどまったが、放心したような眼であらぬ方を見ていた。

「君は茅ヶ崎へ帰ってくれたまえ」昌子のほうは見ようともしないでそう云った、「……僕は明日になるかもしれない、でなければあさってになるか、いやたぶん明日は帰れると思うが」

「はい」昌子は従順にうなずいた、「……では三時十分で帰ります、なにか御用はございませんでしょうか」

「いやなにもない」信三は、そのときはじめて昌子を見た、焦点のくるったような、ひどく空虚なひとみだった、そしてなにかひじょうに狼狽《ろうばい》したように、あわててそむき、「……じゃ、時間の約束があるから」と云い、まるで逃げるような大股《おおまた》でさっさと潮見坂のほうへ去っていった。

昌子はいいようもなくがっかりした、抑えようもなく悲しい、裏切られでもしたような気持だった、右手に持っている手提鞄《てさげかばん》が急に重くなり、なが湯のあとのように体がだるくなるのを感じた。……そして無意識に改札口のほうへ歩きだしたとき「橋本君」とうしろから呼び止められた、びっくりしてふり返ると信三だった、走って来たのだろう、汗ばんだ顔をして、にらむようにこっちを見た。

「かんにんしてくれたまえ、本当にぬけられなくなったんだから、すまないが気を悪くしないようにね」そして、昌子の答えは待たずに引き返していった。

三

茅ヶ崎の家へ帰ると、庭の砂場で遊んでいた甥《おい》と姪《めい》がとんで来た。兄嫁の松代は夕餉《ゆうげ》のしたくをしていたが、子供たちの声を聞いて不審そうに出て来た。

「まあどうなすったの、旅行はおやめ……」

「ただいま、ええ急に村野先生のご都合が悪くなりましたの、お兄さまは」

「まだ研究所のほうよ」

「プレパラートを買って来ましたから、ちょっと置いて来ますわ」

昌子は手提鞄の中から紙包みを取って、そのまま庭を横切っていった。

夕食がすむと、兄の省吾は頭が痛むといって早く寝た。昌子は自分の部屋へはいって、机の前へ坐ってみたが、心は重たく押えつけられるようだし、わけのわからない孤独感がわきあがって、じっとしていられない気持だった。……原因はよくわかっていた。きょうは昌子の待ちに待った日である。信三と上諏訪《かみすわ》へ旅に出る約束だったが、それは彼女の将来を決定する意味をも含んでいた。今朝は兄も兄嫁も祝福しながら送ってくれたのであった。しかし信三は急にそれを中止した。帰還した友人のためにと云ったが、それが真実でないことはわかりきっていた。帰還した友人はあるかもしれないし、歓迎会というのも事実かもしれない、けれど旅行を中止したのはそのためではない、愛する者の直感で昌子にはそれがよくわかった。……愛する者の直感で、そう昌子は村野信三を愛していた。

昌子が兄夫婦といっしょにこの家へ移って来たのは、戦争のはじまった翌年の夏だった。兄の省吾はそのまえから茅ヶ崎の研究所へ通っていたが、信三が召集をうけて大陸へ去り、彼の父母が秋田県の郷里へ隠居してしまったので、留守のあいだ研究所の仕事を継続するため家族といっしょに移って来たのである。……研究の課題は「癌《がん》」であった。癌がいかなる原因で発生するかということは、各国の医学者が種々の説を唱えているが、まだ決定的な証明はなされていない、信三は学校にいるころ、病理組織の研究をしていたが、傷創の治癒した部分、つまり切り傷などのなおった部分の筋肉をとってその断面を検鏡してみると、細胞組織が健康部とは違って、一定の不完全なかたちをしていることを発見した、しかもそれがきわめて癌組織に似ているのである、癌の発生する臓器はたくさんあるが、好発部としては子宮と胃をあげることができる、そして前者は経産婦に多いし、後者は胃潰瘍《いかいよう》を経過することが通例だ、つまり両者ともその部位にかつて傷創をうけている、傷創をうけて治癒するとき、そこに生ずる不完全細胞が、なんらかの理由によって癌組織に移行するのではないか、簡単に云うとこれが信三の研究の主題だった。昌子には医学的知識がないので、研究そのものには助力はできなかったが、茅ケ崎へ移って来ると、すぐから毎日研究所へ詰めて兄の手助けを始めた。実験用の家兎《かと》や猿やモルモットの世話をしたり、カードや統計表の整理、原稿の浄書などをしていたが間もなくミクロトームの操作や、検鏡用の細胞組織染色もできるようになった。ミクロトームというのは材料として取った筋肉などを炭酸粉霧で氷結させるか、酒精をとおして処理し、それを五六ミクロンという薄い切片に切る器械である、馴れてくると興味の多い仕事で、切片つくりはほとんど昌子の専任のようになった。……信三は間もなく戦傷して内地へ帰った、そして広島にある軍の病院にいるという知らせをみて、昌子は兄といっしょに見舞いにゆき、はじめて彼と会った。そのとき彼は昌子の手をびっくりするほど強く握った、

「あなたのことは橋本君から手紙で知らせてもらいました、これからは僕がご面倒をかけるでしょう、どうかよろしく」

ごくあたりまえな挨拶《あいさつ》だったが、昌子はふしぎに忘れがたい深い印象を与えられ、激しく彼に惹《ひ》きつけられるのを感じた。半年ほどして信三は茅ヶ崎へ帰って来た、それからずっと、三人はスクラムを組んだような密接した気持で仕事を続けてきた。体のあまり丈夫でない兄は、五時で住居へひきあげるが、昌子は夕食後も研究所で信三といっしょに働いた。時には夜半をすぎることもあった、そんなとき仕事に区切りをつけて、二人だけで飲む紅茶のどんなに楽しかったことだろう、……仕事着を脱いで書斎のほうへ移ると、信三が菓子（あれば）や果物をとり出し、昌子が湯を沸かし茶をいれる、それから低い肘《ひじ》掛《か》け椅子に深く掛けて、ゆっくりと茶をすすり、菓子をつまむ、あたりはひっそりと静かでなんの物音もしない、仕事をしたあとの満足と快い疲れにうっとりとなって、わけもなく微笑を交わしたり雑談をしたりする、あるとき

信三はふと眼をつむり、顔をあおむけながらこういう詩をくちずさんだ。

一生のあひだ彼は蠟燭《らふそく》の火で
書を読むを愛した
彼はよくその炎に手をかざし
自分が生きてゐること
自分が確かに生きてゐることを確かめたものだ
死んだとき以後
彼は自分のそばに燃える蠟燭を立ててゐるが　両手は隠したまゝだ
（堀口大學氏訳）

それは、南米の詩人シュペルヴィエルの「炎の尖端《せんたん》」という詩だった。そしてそれから後しばしば、信三は彼女にその詩人のものを朗読して聞かせた。

四

やがて空襲が激しくなった。一日のうちなん度も、仕事を投げだして防空壕《ごう》の中へとびこまなければならない、すさまじい落下音を聞き、炸裂《さくれつ》する爆弾の震動に身を揺すられ、戦闘機の掃射弾を浴びた。そうした恐怖の時のなかで、昌子は自分が信三を愛しはじめたことに気づいた。そしてそう自覚すると同時に信三もまた自分を愛していてくれたということをはじめて知った。どちらも言葉にはださないし、態度にも表わしはしなかったが、ほとんど二十四時間のあいだ絶えず「死」に当面する生活のなかで、互いの心が強く結びつくのをはっきりと二人は知ったのである。……戦争が終ったときの昂奮《こうふん》は忘れられない、信三はその夜昌子と二人きりで、おそくまで研究所の書斎で話をした、

「さあ、これから僕たちのたたかいが始まるんだ」

彼はなんどもそう云った、

「今日からこの仕事は僕個人のアルバイトではなくなった、きちがいじみた破壊と惨《ざん》虐《ぎゃく》……僕は大陸の戦場でそれをこの眼で見ている、……その破壊と惨虐とを償うために、僕はこの研究を捧《ささ》げるよ」

彼は唆《そそ》られるような態度でしきりに書斎の中を歩きまわった、

「どうかこれからも僕をたすけてくれたまえ、それから、もう一つ相談があるんだが……」

そう云いかけて、しかしそのまま口をつぐんでしまった。

今年の二月になって、上諏訪へ休養旅行をしようという話が出た。昌子はその口ぶ

りから、終戦の夜「相談がある」と云いかけて止《や》めた言葉のあとが、その旅行のあいだに話しだされるだろうということを感じた。計画はいろいろな理由で延び、ようやく実現するはこびになったのだが、そして兄たち夫婦に祝われて家を出たのだが、出発の一歩てまえで中止されてしまった。

「なにか変ったことがあったのだ」昌子はそう思った、「……それも普通のことではない、お顔つきも声も人が違ったようにひどく変っていらしった」なにか事があったのだろう、昌子は疑いとおそれのために、その夜はほとんど眠らずに明かした。

明くる朝、兄の省吾は起きて来なかった。頭痛と熱感と全身倦怠《けんたい》を訴え、二三日休むと云いだした。

「なにか中毒したような気持だがたぶん風邪だろう、一昨日の晩ちょっと寒かったから……」

そして自分がいま分担している仕事の継続を昌子に頼んだ。……よく晴れた日だった、五百坪ほどある庭を蔓薔薇《つるばら》の垣で仕切って、南がわに母屋《おもや》、北がわに研究所の建物がある、明治の末ごろに某ドイツ人が建てたのだという、木造だががっちりとした二階建てで、東から南へ広いテラスがあり、酒倉にでも使ったのかコンクリートで造った五坪ばかりの地下室もあった。現在そこは実験用材料の冷蔵室になっているが、食べ物や飲み物の貯蔵場にも使われる、……昌子はひとりで研究室へはいっていったが、心は暗くふさがれているし、不眠のあとで頭もはっきりしなかった。北がわの窓を明けると、百坪ばかりの空地が見える、それは終戦のすぐ後に信三が買ったもので、そこへ新しい研究室を建てるはずになっていた、

「親父《おやじ》が金をくれてね」

と、信三はそのとき昌子に銀行通帳を見せた、

「なんにでも遣えと云うんだ、もちろんこれで充分だとは云えないが、新しく建てると少しは便利になるからね」

そして楽しそうにいろいろ建物の設計図を買い集めたりしていた。

「新しい研究室」昌子はぼんやりとそう呟《つぶや》いた、夏草のたくましく伸びている空地には、さわやかな朝の日光がさんさんとあふれていた、叢《くさむら》の中にはもう月見草の花もみえる、

「……研究室が建ったら、あの月見草を庭いっぱいにふやしてみよう、そうして夕方はその花の中へ卓子《テーブル》を出して食事をしよう」

そう呟きながら、彼女は酔うような気持で、新しい建物と月見草の群れ咲く花と、その花のなかで食事をする信三と自分の姿を想像するのだった。

「でも本当にそれが実現するかしら、こんどの旅行の中止が、そのまま自分たちの愛の中止になってしまうようなことはないだろうか」

そういう疑いが根づよく心をしめつけた。兄に頼まれたのは顕微鏡写真の撮影で、かくべつむずかしい仕事ではなかったが、気持がおちつかないためにつまらない失敗ばかりし、夕方までやって予定の半分もはかどらなかった。……夕食をとったあと、ひどい疲労と睡気におそわれたが信三の帰りを待ちたかったのでまた研究所のほうへいった。しかし仕事をする気力はもうなく、漫然とカード箱をいじったり椅子にかけてもの思いにふけったりした、そして十二時を過ぎたとき、とうとう諦《あきら》めて寝に帰った。

その翌日も信三は帰らなかった、兄の省吾は熱が高くなり、はげしい関節痛をともないだしたので医者を呼んだ、医者は、

「まだはっきりしないがことによるとチフスかもしれないから」

そう云って手当の指図をし、すぐ検便の結果を知らせるからと帰っていった。

「なにか悪運のようなものが動きだしている」

昌子はそう思った、

「……しっかりしていないとなにかとり返しのつかないことが起るかもしれない、気

をひきしめて、しっかりしていなくては」

五

信三は激しい渇きで眼がさめた。手を伸ばして枕許《まくらもと》の水差をとり、いきなりその口からごくごくと飲んだ。煙草《たばこ》をとったが、箱の中には一本もなかった、やむなく半身を起こし、灰皿の中から半分ほど喫《す》いかけたのを捜し、火をつけて貪《むさぼ》るようにふかした。

部屋の中は暗いが、もうよほど日は昇ったのであろう、雨戸のすき間から日光の条《すじ》がさしこんでいる。まだ酔いが残っているのだろう、胸も頭も泥のように重かった、――いったい今日はなん日だろう。彼は再び横になりながらそう思った、混沌《こんとん》としてなにもわからない、じっと眼を閉じると「あんなお邸《やしき》でも闇料理屋なんかしなければやっていけない、たいへんな世の中になったものだ」という声が聞える、――そうだ、あの医者の表で聞いた声だ、それから思いついて、大崎にいるそういうことに明るい友達を誘いだし、次から次と呑《の》んでまわった。なにもかも忘れるんだ、理性をくらまして、思考能力を麻痺《まひ》させるんだ、ただそれだけを目的に呑んだ。……二日めの晩まではおぼろげに記憶しているが、それからあとはどこでどうしたかも、どこで友達と別れたかもわからなかった。

「帰らなくてはいけない」

信三はそう呟いた。なんどもそう思ったのだが、待っている昌子の姿を思いだすとどうにも帰れなかったのだ、

「……しかしもう帰らなくては」

そして、指を焦《こ》がしそうになった煙草を捨て、身を起こして呼鈴を押した。

外へ出ると高台のひっそりとした邸街で、ショパンの「雨だれ」を弾くピアノの音が聞えてきた。白いレエスのカーテンの掛った明るい出窓や、薔薇の鉢を置いたポーチや、犬の寝そべっている芝生の庭などが見えた。そして道を曲ったところで、そこが大森だということを信三は知った。まだ大学の医科に席のあったころ、そこに仲の良い友人がいて、たびたび訪ねて来たことがある、たしかその道の一つ裏を奥へはいったところだった。そう思ったが、もちろん訪ねる気持などは動かず、重い足をひきずるようにしてまっすぐに駅へいった。

酔いが理性を麻痺させる時間はながくはない、横浜で乗り換えた列車は空《す》いていて、ほとんど十二三人しか乗客のいない二等車に坐ると、信三の心は再び死の恐怖と絶望感で圧倒された、搾木《しめぎ》にかけられるように胸苦しく、絶えず一種の呼吸困難におそわ

れた。

「四年間、……四年間、自分の生命はそれだけしか続かないのだ、こうしている今も、病毒は細胞組織を破壊しつつある、やがてあらゆる臓器が侵され、心臓は鼓動を止める、そして自分は死体となって横たわるのだ、太陽は輝かしく照り、人々は愛したり生活を楽しんだりするだろう、しかし自分はひとつかみの灰になってこの世から消えてしまうのだ」

ああ、と彼は低いうめきごえをあげた。——やっぱり知らないほうがよかった、そういう後悔がわきあがり、推定を与えた医者を呪《のろ》った。

「大学の医科で診察をうけたとき、父はこのことを、知らされたにちがいない、それであの金をくれたのだ、好きなことに遣え、そう云ったのは、どうせ死ぬのだから、せめて生きているうちにしたいことをさせようというかなしい親の愛だったのだ」

彼にはそのときの父の気持がよくわかった、どんなに辛《つら》く、苦しかったことだろう。なにも知らない彼は、その金で新しい研究室を建て、昌子を妻に迎えて、ゆっくり仕事をやってゆく積りだった、

「……だがもうなにもかもおしまいだ、四年しか生きられないのになにができるか、もう仕事も昌子も自分の手の届かない存在になってしまったんだ」

すべてを切り離さなくてはならない、少なくとも昌子だけは、はっきり自分と切り離してしまわなければ、

「……そうだ、四年という宣告は一つだけ自分によいことをさせてくれる、知らずにいたら昌子と結婚するところだった、そして昌子に不必要な悲嘆を与えたことだろう、それが避けられるだけでもよかった」

もちろんここまで接近して来た心のつながりを切るということは、それだけでひじょうな困難なしにはすまないだろう、けれどもその困難さには不必要な悲嘆を避けるという意味があるのだ。恐怖と絶望のなかで、彼はそのことだけは固くそう決心していた。

茅ヶ崎の家へ帰ると昌子が出迎えた。顔つきは少し蒼《あお》ざめてみえるが、唇にはいつものさわやかな微笑をうかべていた。

「久しぶりで会う友達ばかりなので、次から次とまわらされてすっかり疲れた」

彼は研究所の書斎へはいりながら云いわけのようにそう云った、

「……もっと早く帰るはずだったんだけれどね、みんな呑み手がそろっているもんだから」

「お紅茶でもお淹《い》れいたしましょうか」

昌子は彼の脱いだ上着を壁に掛け、後ろからガウンを着せながらそう云った。

「……お隣りの村田さんからレモンをいただいてございますの、噎《む》せそうなくらいよく匂《にお》う良いレモンでございますわ」

「じゃあ橋本君といっしょにいただこう、いま研究室にいるの？」

「いいえこのあいだから寝ておりますの、はじめは風邪だと思っていたのですけれど、お医者さまはチフスの疑いがあるとおっしゃったり、今日はまたなんですか、粟粒《ぞくりゅう》結核《けっかく》ではないかなんて……」

「粟粒結核」信三はぎくっとしたように振り返った、「……それはいけないな、ちょっと容子をみてこよう」

そしてガウンのまま母屋のほうへ出ていった。

六

夜の二時だった。

彼は寝室を出て書斎にはいり、戸棚の奥から拳銃《けんじゅう》を取り出した。召集されたとき買ったもので、戦地ではいちども使わなかったのだが、どうやらこんどは必要になったようだ、ケースを明けてみると弾丸が塡《つま》っていた。彼は安全装置を検《しら》べたり銃口をのぞいてみたりした、冷たい手触りと、適度な重さが、ふしぎなほど気持をおちつかせた。彼は銃口をこめかみへ当て、引金を引く動作をした、「……それでなにもかも解決だ」そんなことを呟いたりしたが、やがて仕事机に向い、スタンドをつけてそっと拳銃を置いた。それから日記帖《ちょう》をひろげ、ペンを取って、一字一字ひどく力をいれながら書きはじめた。

——自分は自分の生命が今後四年間しか続かないという宣告をうけた。病因はガス壊疽《えそ》である、すでに治療の手段はなく死を待つばかりとなった、今日まで続けて来た研究も、現在の自分にはもう情熱がもてなくなった。……そして近いうちに恐らく自殺するだろうということ、またその瞬間の来るまで、死を宣告された人間の心理的苦《く》悶《もん》がどんなものか、科学者の眼をもって冷静に記録してみたい、そういう意味のことを書いていった。

疲れてくると、地下室からラム酒を持って来て、水で割って呑み、また書き続けた。どう書いても自分の心理を的確に表現することができず、書いたり消したりで夜の明けるのも気づかなかった。……次の夜も同じようにして明かした。

「橋本君がなおるまでしばらく休みにしよう」

そう云って研究所の仕事は中止した、そして昼のうちはほとんど寝て過し、夜になると日記を書き続けるのだった。

昌子は不安とおそれとでなんにも手につかなかった。原因はまるでわからないが、信三が自分から離れようとしていることだけは疑う余地がなかった。たしかに、彼は自分から去ろうとしている、だがそれはなんのためだろう、彼が昌子というものを見直したからだろうか、いざ求婚しようという時になって気にいらないところをみつけ、口では云いかねてそういう態度をとるのだろうか、――それとも、急に誰か心を惹《ひ》かれる人でもみつかったのだろうか、いな昌子はその推測だけは否定することができた、彼女には信三がどんな青年であるかよくわかっていた、原因はいくら挙げることができても、その一つだけは除くべきだという確信がもてた。――本当のことが知りたい、原因さえわかって、それがどうしようもないことだったら自分はあまんじて彼から去ってもよい。

「どうかして知る方法はないだろうか」

昌子はおののくような気持で幾たびもそう呟くのだった、

「……じかにおききしてみようか、そうしたら説明してくださるだろうか」

そう、ことによると信三ははっきり云ってくれるかもしれない。だが彼女にそうする勇気のないことのほうがたしかだ。――他になにか方法がある、言葉よりたしかに真実を証明してくれるものが、……こうして昌子も同じような苦しい不安定な日を送っていたのであった。

寝ついてからの二週間めに、省吾の病因が死毒に冒されたものだとわかった、実験のためにK大学医科の解剖室で、胃癌《いがん》で死んだ死体から胃を切除して来た、そのとき手指にできた小さな創《きず》から死毒が入ったのである。省吾にその自覚がなかったため、死毒だとわかったときは悪液質があらわれ、救いようのない全身衰弱が始まっていた。

信三にはこれが二重の打撃だった。彼は母校の教授に往診してもらい、その紹介で権威といわれる医者を二人まで呼んだ、しかしそのあいだにも省吾の衰弱は急調に進み、まるで何かが顛落《てんらく》するように死の転帰をとった。……信三は省吾の死体を前にしたとき、そして省吾の妻や二人の子の泣きごえを聞きながら、いかに生命が脆《もろ》いかということ、生きることのいかに頼りないものかということを痛いほどまざまざと感じた。

「そうだ、人間はみんな死ぬんだ、どうしたって死からのがれるわけにはいかないんだ」

その夜、書斎で日記帖をひらきながら、信三は暗澹《あんたん》たる気持でそう呟いた、

「……だがなんという皮肉だろう、死を宣告された自分が生きていて、研究の継続を

頼もうと思っていた橋本が死ぬなんて、これで自分の仕事も完成されずに葬《ほうむ》られてしまうんだ、いっそさっぱりしてそのほうがいいかもしれない、なにもかも消え去って跡をのこさないほうが……」

省吾の初七日がすんでから間もないある夜、信三は未亡人の松代を書斎へ呼んだ。梅雨期のことで、音もなく雨のけぶる宵だった、松代は椅子《いす》に浅く掛け、泣きはらした眼を伏せて、つきあげてくる悲嘆をけんめいに抑えているようすだった。

「僕にはなんともお悔みの申しようがありません、またそんなことは申し上げる必要もないと思います」

彼は呟《つぶや》くような低い声でそう云った、

「……来ていただいたのは、じつは他にお伝えしたいことがあったからなんです」

七

「橋本君は僕の研究の犠牲になってくれたんです、だから僕としてはあなたやお子さん達の面倒をみる責任があるんですが、ちょっと事情があって僕にはその責任を果すことができないんです」

「そんなご心配はなさらないでくださいまし」

松代は眼をあげながら云った。

「……橋本は自分の仕事で斃《たお》れたのですわ、犠牲などというものとは違うと思います、橋本は満足して死んでいったことだと信じますし、わたくしだって決して……」

「まあ僕の云うことを聞いてください」信三は彼女の言葉をしずかにさえぎった、「……あなたのお気持がどうあろうとも、僕には僕の責任があるんです、しかしその責任が果せない、ただ一つよかったことは橋本君には保険が付けてありました、戦争前のことなんですが、月づき差し上げる手当の中から僕のほうで払い込んでいたものです、じつは昨日それをもらったので銀行預金にして持って来ました、これです」

信三はそう云いながら、封筒に入った預金通帳をさしだした。

「でもわたくし、そういう話はいちども聞いておりませんですけれど……」

「それは橋本君がこんなに早く死ぬとは考えなかったからでしょう、とにかくお話したようなわけですから、これはあなたにお渡しします、どなたかご親類の方と相談なすって、これを基礎に今後の方針をお建てになってください、まったくご遠慮の必要のないものなんですから」

松代には納得のゆきかねることだったが、拒む理由もないような気がしたので、通帳を受け取って母屋《おもや》へ帰った。……昌子は五つになる省一と添い寝をしていた。

「あなた、お兄さんが生命保険にはいっていたという話を、お聞きになったことがあって」

「生命保険ですって」昌子はようやく眠った省一のそばからそっと起きて来た、

「……さあ、そんなこと聞いた覚えはございませんけれど、どうかなさいましたの」

「いまその保険が取れたからと云って渡してくだすったのよ」松代は通帳をそこへ出しながら云った、

「……なんでもお兄さんと相談で、毎月の物の中から掛けていてくだすったのですって、戦争前からだっておっしゃるのよ」

「金高はどのくらいですの」

「それはまだ見ていないの、昌子さんちょっとごらんになって、あたしなんだか怖いようよ」

昌子は封筒から通帳を出してひらいてみた、それは某銀行の信託預金で額面は十万円という大きなものだった。……昌子は眼をみはった、そしてその金額を見た刹那《せつな》に、なにやら云いしれない予感のようなものを直覚した。

「まあどうしましょう」松代もその数字を見てびっくりした、

「……こんな大きなお金の掛け金が、月づきいただく物の中から払い込めるはずはないわ、保険とおっしゃったのは嘘《うそ》なのね、村野さんはあたしたち親子をお救いになろうとして」

「お姉さま」と、昌子は兄嫁の言葉をさえぎった。そしてどこかをじっと見つめるような姿勢で、かなりながいことなにか考えていた、

「……そうだわ、お姉さまのおっしゃるとおり、村野先生は橋本の家族をこのお金で救おうとしていらっしゃるのよ、でも、あたしにはただそれだけではないような気がするわ、ほかになにかわけがあるような、……そうよ、きっとなにか他《ほか》にわけがあるのよ」

その夜はとにかく通帳は預かっておくことにして寝た。……昌子の心に生じた一種の予感のようなものは、日がたつにしたがって強くなった。十万円という金額はたやすいものではない、それは恐らく新しい研究所を建てるはずの資金の中から出したものだろう、もしそうとすれば、研究所の新築は止《や》めるつもりだとみるより他はない、自分との結婚も中止し、研究所の増築もやめる、この二つは別々のことではなく、なにか一つの原因から生れたとみてはいけないだろうか。

「知らなくてはならない」昌子は改めてその欲望を激しく感じた、「……本当の理由を知らなくては、そして自分にはそれを知る権利があるはずだ」

昌子は信三とじかに話す決心をし、その機会のくるのを待った。けれども信三はそのすきを与えなかった。このごろでは昼のうち寝室から出ないことが習慣のようになり、夜は書斎の灯がつきとおしていた。昌子を避ける態度はもう隠そうともせず、話しかけてもはかばかしい返事の聞けないことが多かった。

こうしているうちに梅雨があがり灼《や》きつけるような真夏の日がおとずれた。

八

人間はどんな厭《いと》うべき状態にも慣れるものだという、信三は自分の心理を克明にあばき、客観的に記述することで恐怖に対する慣性をつくろうと思った。だがそれは不可能だった、あらゆる厭うべき条件には慣れても、人間が死の恐怖に慣れることはできない、生存に対する執着の烈《はげ》しさとその根本的なことを証明するかのように、それは息《やす》むひまなく観念を組み敷き、ひきずりまわした。

彼はいつも机の上に拳銃を置いているが、その恐怖が緩和されないかぎり、銃口を額に当てることはできないということを知っている、自殺というものは衝動的であるか、さもなければ虚無と倦怠《けんたい》の果てかである、医者から四年間と宣告されたときすぐやればできたろう、しかしその機会をつかみそこねた現在では第二のばあいを待つより仕方がなかった。死の恐怖はそのまま生存への烈しい欲求である、橋本省吾の死はいっときだけ恐怖心をしずめてくれたが、間もなく倍のちからで盛り返してきた、「生きたい」という執着、「愛したい」という欲望が片ときもやすまず彼を支配し続けた。

午後にはげしい雷雨があってから、秋のようにさわやかな風のわたる宵のことだった。信三は夕食のあとで珍しく海辺へ散歩に出てみた、十七日ほどの月が、ちょうど中天にあって、渚《なぎさ》のぬれた砂地にまばゆいほどの光を映していた。……しかし彼はすぐに散歩をやめなければならなかった、砂浜のそこここに、より添って坐ったり、腕を組んで歩いたりする若い男女が多く、あまえたささやきごえや、唆《そそ》られるような含み笑いが耳につき、それが自分のみじめさをいっそう際《きわ》だたせるように思えた。――彼らもいつかは死ぬだろう、しかし今は生きている、命に満ち充《み》ちて愛する者とあんなに強く結びついて、そう考えると到底ながくは居たたまれず、追いたてられるような気持で家へ帰った。書斎にはいった彼は、その他にすることがないかのように、机のひきだしから日記帖をとりだそうとした、しかしひきだしの中にはなかった。いつもきちんと納《しま》って鍵《かぎ》を掛けておくのだが、鍵も掛っていないし日記帖もなかった。……彼は立って机の上を捜した、そして新聞紙の下にそれをみつけだした。

「納い忘れたのだろうか」信三は朝早くそこをひきあげた時のことを思いだしてみた、しかしそういう動作はもう馴れてなかば無意識になっているから、はっきり納ったとも忘れたともきめられなかった、「……注意しないといけない、もし人に見られでもしたら……」彼はちょっと身ぶるいをした、それから椅子にかけ直し、ペンを取って日記帖をひらいた。

その夜はまとまったことはなにも書けなかった、いくら卑《いや》しめても宵月の浜で見た青春の群れが思いだされ、彼らのささやきや含み笑いのこえが耳についた。彼は茶をいれてみたり、生《き》のままでジンを舐《な》めたりしたが、やがて疲れと混沌《こんとん》とした無気力さに負けてペンを投げだした。……時計はまだ十二時ちょっと過ぎを指していた、憫然《びんぜん》と日記を繰り返してみたが、どの一行も誇張した表現ばかりで、空疎《くうそ》な、白じらしい、実感のない記述のように思え、やりきれなくなってひきだしへ押し込んでしまった。うち拉《ひし》がれ、こころくじけて、傷ついた獣のような足どりで彼は書斎からひきあげていった。しかし寝室の扉を明けた瞬間、彼はほとんど叫びごえをあげそうになって扉口《とぐち》に立ちどまった。……寝台の側卓子の上にあるスタンドの灯が、青いシェードを透かしてやわらかい光を投げている、その光を横からうけて、寝台の前に昌子が立っていた、それればかりではない、昌子は燃えるような緋《ひ》の長襦袢《ながじゅばん》に伊達巻《だてまき》を締めているだけだった。ひきしめられた腰の線や、固く張っている胸乳《むなぢ》のまるみが、なまめかしいというよりはむしろ誇らしげに明らさまだった。彼女は両手を下げ、顔をあげてまっすぐに信三のほうを見まもっていた。

「どうしたんです」

信三はひどくかわいた声で訥《ども》りながらそう云った、

「……これは、どういう意味なんですか」

「わたくし、まいりました」

昌子の声もおののいていた、

「……だって、こうしなければならなかったのですもの」

「こうしなければならなかった」

「ええ、どうしても」

信三は昌子の全身が見えるほど震えているのに気づいた、彼はひじょうな努力で冷静になろうとし、扉口から身を片寄せて静かに手を振った。

「お帰りなさい。あなたはなにか考え違いをしていらっしゃる、お姉さんの気づかないうちに帰っておやすみなさい」

「わたくし帰りません」昌子はさっと青くなった「……決して帰りませんわ、決して」

九

「あなたは昌子を愛してくださったはずです」

彼女は震えながら言葉を継いだ、

「……昌子もあなたをお愛し申していました、あの日、旅行へ出たらどういうことがあるか、わたくしひとりではなく兄たちも知っていました、いいえあなたご自身よくご存じのはずです、わたくし待っておりました、どんなに苦しい気持でお待ちしていたかおわかりでしょうか、でもあなたは来いとはおっしゃってくださいませんでした、それで、わたくしまいりました」

「あなたは自分がなにしようとしているかわかっていないのだ、こんなことがもし」

「いいえ知っています」

昌子は烈しく彼をさえぎった、

「……わたくしのこの支度をごらんになればあなたにもおわかりになるはずです。これは亡《な》くなった母が、わたくしの婚礼のときのために作ってくださったものです」

「僕にはこんな問答は耐えられない、お願いです、どうかここから出ていってください」

「わたくしがこれほど申し上げても、やっぱりあなたは真実を隠しとおすおつもりですか、わたくしがなにも知らないと思っていらっしゃるんですか」

「それは、どういう意味です」

「わたくし日記を拝見いたしました」

「……ああ、あなたはそんな」

「わたくしは許していただけると信じました、それはあなたがわたくしを愛してくださり、わたくしがあなたをお愛し申しているからです、信三さま、昌子は日記を拝見いたしました」

彼女はこう云って挑みかかるように信三を見あげ、胸乳を波うたせてあえいだ、

「……わたくしようやくわかりましたのあなたがなぜ昌子を避けるようになったか、新しい研究室を建てるはずの資金の中から、どうしてあんな多額な金を姉にお遣《や》りになったかということが、……あなたはご自分の命が、あと四年きりで終るということをお聞きになって、研究所の新築も断念なさるし、わたくしとの結婚もおやめなすったのです」

「なんのために、いったいどんな必要があってそんなことを云いだすんですか」

「去年の八月、終戦のときあなたはこうおっしゃいました」と、昌子はかまわずに続けた、

「……いまからこの仕事は自分個人のアルバイトではなくなった、きちがいじみた破壊と惨虐《ざんぎゃく》を償うために、自分はこの研究を捧《ささ》げるつもりだ、……そうおっしゃったことはお忘れにはならないと思います、そしてそのお仕事がまだ完成していないということを思いだしていただけないでしょうか」

「僕の仕事は三年や五年で眼鼻のつくものじゃない、十年かかるか二十年かかるか、まだその見当さえついてはないんだ」

「ではなおさら、一日もむだにはできないと思います」

昌子は前へひと足すすんだ、

「……あなたは命が四年きりないと聞いて絶望しておいでです、けれど絶望なさるまえに考えていただけないでしょうか、人間の命が脆《もろ》いもので、いつどんな死に方をするかわからないということを、……電車からふり落されたり、自動車にはねられたり、まったく思いがけない出来事のために死ぬ人の数がどんなに多いかということを、あんなに注意ぶかい兄が死毒で斃《たお》れたのもよい例だと思います、それに比べれば四年という時間は無限のように長いといってもよくはないでしょうか、たとえ完成すること

がおできにならなくとも、四年のあいだにはずいぶんお仕事をすすめることができると思います、まして個人のアルバイトではなく破壊と惨虐の償いに捧げるというお考えでしたら、どんなことをしてもお仕事を続ける責任があるのではないでしょうか」

信三は惹《ひ》きつけられるように、昌子の顔を見、その言葉に聞きいった、昌子はその眼を燃えるような眸子《ひとみ》でみつめながら、なかば夢中でこう続けた。

「信三さま、わたくしをお受けになって、そしてお仕事がもっとよくわかるように教えてくださいまし、四年経《た》って、もしあなたがお亡くなりになったら、わたくしがお仕事のあとを続けてまいります、信三さま、そしてあなたのお仕事をもっと本当にうけ継ぐために、わたくしにあなたのお子を生ませてくださいまし、わたくしと子供とできっとお仕事をひき継いでゆきます、わたくしをお受けくださいまし昌子をあなたの妻にしてくださいまし」

それはもう絶叫のようだった。そして叫び終ると同時に、昌子は決然とすすみ寄って信三の胸へ身を投げかけた。……信三は両手で彼女を抱いた、むすような香料の匂いと、身をふるわせてすすりあげる声が、急にひっそりとなった寝室いっぱいにひろがるようだった。信三は硬直した蒼白《あおじろ》い顔をひきしめ、歯をくいしばりながらしばらく昌子の嗚咽《おえつ》を聞いていた。

「……ありがとう、よく云ってくれた」

ずいぶんたってから信三はそっとささやいた、

「……今われわれは自分の個人的感情で絶望などしている時ではなかった、四年しかない命なら、その四年を八年にも十年にも生かして仕事をすべきなんだ、昌子」

そして彼はくいいるような調子で云った、

「……だが君は後悔しないね」

昌子は泣きながらうなずき、激しく彼に身をすり寄せた。信三は彼女を抱きあげて、しずかにその唇へ自分のを押し当てた、それは情熱とははるかに遠い厳粛でさえあるくちづけだった。彼は片隅のソファへいって昌子をおろし、扉口のほうにゆこうとした。

「おゆきにならないで」

昌子は恐怖におそわれたように叫んだ、

「……わたくしをひとりになさらないでくださいまし」

「地下室までだよ」

信三はじっと昌子を見ながらこう云った、

「……今夜のために取って置いたシャンパンがあるんだ、もうその機会もあるまいと思っていたが、役に立った、二人だけで祝おう、すぐ戻って来るよ」

（「新青年」昭和二十一年七月号）

解説

木村久邇典

〈最後に、あまり人々の注意しないことですが、一葉の小説は内容から云って文学臭が少いことです。作者の感情はゆたかに流れていても、作中の人物と作者がなれあっているようなところがなく、彼等は多くは文学とはまったく無縁な社会人であり、作者によってきびしく人生と向い合わされているだけで、作者の懐抱する思想を代弁したり、その生活の辛苦をじかに反映しているような人物は、ほとんど登場しません。これは作者が、特定の文学愛好家のために書くのではなく、一般の読者のために書くという態度で一貫しているためです〉

中村光夫氏の『明治文学史』のなかの樋口一葉についてのべた一節である。実にみごとに彼女の文学の特色を衝《つ》いた言葉だと思うのだが、中村氏の発言は、大部分において、山本周五郎の作品の特質としてもそのまま指摘することができる、と思う。わたくしの漠然たる〝感じ〟からいえば、中村氏の云われるような、文学臭が少なく、特定の文学愛好者を対象としない、より普遍的な境位を持つ文学作品は、いわゆる視野の狭少な〝純文学〟畑の作者たちよりも、山本周五郎のように、〝純文学〟〝大衆文学〟の枠組《わくぐ》みをこえたところに、幅広い文学境域をうちたてようとした作者たちのほうに、適格の要素がより多分に含有されており、山本はまさしくその先駆者のひとりであった、と云いうるのではないか、という気がするのである。

本集には、昭和九年八月から昭和二十七年十月にわたる時代小説、現代小説が収録され、そのジャンルも多岐にわたっている。

山本周五郎が、〈私の後半期の道をひらいてくれた〉と自認した『よじょう』を発表したのは、昭和二十七年四月、数え五十歳のことであるが、本書には、ほとんど『よじょう』と時期を前後して執筆した『雨の山吹』が編み入れられていて、それゆえに、いっそう昭和七年五月『だだら団兵衛』を以《も》って大衆娯楽雑誌に登壇した作者の、小説修業の軌跡を概観するに好適なものとなっている点に、ご注目ねがいたいのである。

『暗がりの乙松《おとまつ》』は、昭和十一年九月号の「キング」に発表された。作者にはひじょうに珍しい〝盗賊もの〟である。山本は、やくざ者、博奕《ばくち》渡世人を描くことを意識的に厭悪《えんお》した小説作者で、この種の代表的なものとしては『無頼は討たず』『宵闇の義賊』ほか、長編『栄花物語』に登場する稲葉小僧新助、『お美津簪《かんざし》』『ひとでなし』『ほたる放生』『深川安楽亭』など、全作品に占める割合からみれば、数的にみて非常に少ない作者だったといえる。本編にも、〈世迷言《よまいごと》もいい加減にしろ、世中《よのなか》にゃ泥棒はいるが、『義』の付く泥棒はいねえ、／世間の毒虫、人界の芥屑《くず》、外道、畜生と相場あ定《きま》ってらあ〉という梅田屋宗兵衛の口をとおして語られる〝義賊観〟は、そのまま山本周五郎の盗賊観でもあった。野火の三次が盗んだ二百両のために、嘉兵衛一家の演ずる愁嘆場を、宗兵衛はじゅうぶん三次にみせつけて改心させる、しかも今は真人間になっている「暗がりの乙松」に紹介してやり、更生の道を歩めとさとす……という筋立ては、トリック小説としても、一種の爽快《そうかい》な人間味にささえられており、こころよい読後感をただよわせることに成功している。ややカタにはまった情景設定と会話のやりとりは、三十三歳という作者の若さによる瑕疵《かし》だったともいえよう。

『喧嘩《けんか》主従《しゅじゅう》』は昭和十三年三月号「婦人倶楽部《クラブ》」に掲載された時代短編小説である。小説作法の基本は、人間の型を分明に描きわけることとされるが、この時点において、作者はすでにこの基本を、みごとに自家薬籠《やくろう》中のものとしていたことを、はっきり証明している。作者ときに三十四歳であった。作品の主題は名君池田光政と、硬骨の忠節漢である青地小平太主従の温かい心の交流であり、作者はこのような硬質のユーモア物語を晩年まで愛したようである。のちの『奉公身命』『水戸梅譜』などは、このテーマをさらにシリアスな作品として煮つめたものであろう。とくに留意したいのは、山本作品のばあい、この作品においても主従間の心の通いあいは、人間の上下、タテ関係としてとらえられておらず、あくまで水平関係、ヨコの信頼関係として把握《はあく》されていることにある。しかも戦時中、〈上官の命は朕《ちん》が命と心得よ〉などという軍人勅諭の一節が、国民の一般人間関係にまで演繹《えんえき》援用された時勢に、描かれたものだった社会背景を、とくとご勘考ねがいたいのである。

『彩虹《にじ》』は太平洋戦争が終わった直後の、昭和二十一年二月号「講談雑誌」に発表された作品である。樫村《かしむら》伊兵衛は料亭「桃園」の幼馴染みの娘さえに好意を寄せているが、結婚を申し込むほどのふん切りのつかない不決断な状態にある。そこへ藩に活を入れるために江戸からやって来た親友の脇田宗之助が、どしどし書類調査などの仕事をすすめる一方、積極的にさえに求婚して彼女の同意をとりつけてしまう。しかも宗之助は端麗な美男子であり、二十五の若さで国家老と目されている敏腕有能の才子だ。宗之助に先手を取られて伊兵衛は、さえへの思慕が本物の恋だったことを知るが、自らこの縁談の仲介に立った以上は手おくれであって悔恨の臍《ほぞ》を噛《か》む。こういうストーリーの構成は、多くのばあい美男の宗之助が女性関係に汚ない男だったり、陰で不正を働く悪徳の侍だったりすることが判明して伊兵衛と対決する——という案配に展開してゆくものだが、作者は、あざやかに大外刈りか一本背負いともいうべき技で、この物語をすがすがしくしめくくる。つまり宗之助は不決断な伊兵衛のさえに対する態度を決定させるために、キザな悪役を買ったのだ。まことにさわやかな友情の物語である。雨後の浅みどりの空に鮮やかにかかる彩虹の幕切れが、なんともこころ洗われるような感興を呼ぶ。

『恋の伝七郎』は昭和二十一年十月号の「講談雑誌」に五州亭洒竹のペンネームで掲載された。「五州亭」は「五周亭」をもじったものであろう。作者が得意とした市井《しせい》の〝長屋もの〟の戦後第一作である。伝七郎は部屋住みの武士であるが、長屋住まいの忠太と奇妙にウマが合う。伝七郎自身もシャチコばった侍よりは庶民の一員といったほうがいい生活感覚のもちぬしである。読者はまず、この作品の各章に謳《うた》われているタイトルによって、作者が〝戯作〟として『恋の伝七郎』を構成しようとしたことに気づくであろうし、また極端にすくない改行は、視覚的に文章に重量感と粘着力をもたせようとした試行であることにも、ただちに合点されるはずである。

「伝さん、おれもおめえも真っ正直すぎるからだぜ、空ぞらしい世辞が云えねえ、人の眼をくらましてうまい汁を吸う智恵がねえ、ごまかし仕事が出来ねえ嘘がつけねえ／おめえとおれにはどうしてもできねえ／おれの親父もそれで通町の店をたたんじまったのよ」

という忠太の言葉は、名作『ちゃん』の主人公重吉が語ったとしても、ちっともおかしくはない科白《せりふ》で、同じ生活の場を基盤としている。この駄目な二人の男が「だがそれは間違いだった、伝七郎は伝七郎でりっぱなものなんだ、忠太は忠太でそのままりっぱなんだ、いけないのは自分から駄目だと思うことなんだ」と自覚し、伝七郎が厭《いや》みたらしい村松銀之丞をこらしめ、三枝という佳人を得て、城下に踏みとどまることを、胸をはって宣言するとき、彼らに濶然《かつぜん》として、夢と希望に満ちた世界がひらけるであろうことは疑いもない。明るくのびやかな筆で、作者の意図はたのしい成功を収めているように思われる。

『山茶花帖《さざんかちよう》』は昭和二十三年十一、十二月合併号の「新青年」に発表した甘美な恋の物語である。

逆境に生きてきた芸者の八重は、勝ち気の質で和歌も詠めば絵筆をとって山茶花も描くというはりつめた生き方をしてきた。彼女が結城新一郎と知り、互いの愛を誓っても、気の勝った姿勢は変わらない。それを、新一郎の外伯父である桑島儀兵衛老人から、つぎのように諭されて、素直に人生観を改める。

〈「人間には誰しも自分の好みの生き方がある、誰それと結婚したい、／金の苦労をしたくない、美しい衣裳《いしょう》が欲しい／――だが大多数の者はその一つをも自分のものにすることが出来ずに終ってしまう、それが自然なんだ、なぜなら総《すべ》ての人間が自分好みに生きるとしたら、世の中は一日として成立ってはゆかないだろう、人間は独りで生きているのではない、多くの者が寄集まって、互いに支え合い援け合っているのだ」「新一郎は城代家老になる人間だ、藩では近く政治の御改革がある、／彼は中心の責任者として当然その矢表に立たなくてはならない、／新一郎の身にどんな些細《ささい》な瑕《きず》があっても、彼等（反対派）はのがさず矛を向けて来るに違いない、／おまえとの仲はもうかなり評判になっている、これ以上逢えばもう取返しはつかない、この事情をよく考えてくれ」〉

この忠告を受け入れる従順さと、なおもひとすじに新一郎を愛しぬこうとする八重のこころばえが、いかにも可憐《かれん》で美しく、しかも凛《りん》とした一本の糸に貫かれている。これが、一見、偏屈で頑固な桑島老人の認識をも改めさせ、新一郎との恋をめでたく成就させるのである。山本はこの種の硬骨の老人を配して物語の印象を一だんと明確にさせることに、まことにたくみな作者であった。

『半之助祝言《しゅうげん》』（昭和二十六年七月号「キング」）もまた心たのしい小説である。

藩侯の縁戚《えんせき》で、勢威に驕《おご》る城代家老埴谷図書助を辞任させるべき大任を負い、国許《くにもと》へ下った折岩半之助は、驚嘆すべき才覚を十二分に発揮して、城代の反対派までをマルめこみ、たくみに城代の精神のアキレス腱《けん》を刺激して彼に辞任の意を固めさせ、そのうえまんまと図書助の自慢の娘である笙子《しょうこ》嬢まで獲得して江戸表に帰任するという物語。作者四十八歳の作物で、人物造形の手練に一段の冴《さ》えがくわわり、十三年前の『喧嘩主従』にくらべると、長足の進歩に喝采《かっさい》をおくらざるをえない。さらに仔細《しさい》に読めば、ウインストン・チャーチルに似た容貌魁偉《かいい》の埴谷城代（山本周五郎はこの英国宰相の人柄をたいへん愛していた）は、すでに自分の行ってきた藩政の長短を知悉《ちしつ》しており、いたずらに権政欲にきゅうきゅうたる人間ではない。出処進退の機を弁《わきま》えたなかなかの人材であって、その夫人も敬愛すべき鷹揚《おうよう》な好婦人である。笙子嬢のツンケンぶりにいたっては、年ごろの娘の含羞《がんしゅう》の反対表現なのだ。思えば折岩半之助という青年は、その好機にたまたま巡りあった、なんと幸運な男ではないか。それも半之助の憎めぬ愛敬ある人間性がもたらしたものらしい、と作者は微笑をうかべてこの若者に温かい視線をそそいでいるのである。山本作品独特のこっけいみが加味されたほほえましい短編小説に仕上げられている。

『雨の山吹』（昭和二十七年九月号「講談倶楽部」）は秀作である。葛西《かさい》兵庫と又三郎兄弟の妹汝生《なお》は、実のきょうだいでなく貰《もら》われてきたのだが、肉親同様に育てられた。汝生は年ごろになっても嫁に行かず、家士の貰い子だった動木《ゆるぎ》喜兵衛としめし合わせ、自殺をほのめかした遺書をのこして出奔した。喜兵衛は男やもめで生まれたばかりの赤子があった。娶《めと》った先妻が病弱で医療のため、つい公金を費い込み、手当てがつかないので切腹しようとしたのを、汝生が泣いてとめたのである。日本海にそそぐ手取川の河口ちかくで汝生の遺品をみつけた又三郎は、ついに屍体《したい》を見つけることができないまま、骨壺に小石と砂と、草履を焼いたのをもち帰って汝生の死を世間に発表した。それから四年めに、汝生の通った塾の師匠の梅園女史が、ひそかに葛西家を訪れ、汝生が駿河《するが》の府中で生きているのを見た、と報《し》らせてくれたのである。見つけたら斬《き》れ、という兄兵庫の意をうけ、又三郎は出発し、府中の脇《わき》本陣に宿をとったかれは、座敷に花を活《い》けにきた汝生と再会した。汝生はすっかり窶《やつ》れていた。喜兵衛は病身がちで、汝生にも子供がひとり生まれたが、現在は貧しいながらも一家四人、仕合わせに暮している、という。彼女は云った。

〈「ゆたかで温かな家庭と、やさしい立派な御両親をもって、仕合せに暮していらっしゃる方には、悲しく傷ついた者、不幸な者の、傷の痛みや不幸の深さはわからないと思います」〉〈「どうぞわたくしたちをそっとしておいて下さいまし、此処にいて悪

ければもっと遠い処へまいります、／お願いでございます、ちい兄さま」〉

又三郎の耳に甦《よみがえ》ってくる声がある。——自分に非運がまわってきて、初めて他人の苦しみがわかる、というのはたまらないことだ。それは兵庫がいつか又三郎に語った言葉だ。みじめな境遇におちながらも、小さな幸福にすがって生きる汝生一家を、又三郎はどうして成敗することができよう。汝生の縋《すが》りつくような訴えを聞いたとき、又三郎は武家社会の窮屈な規範を無視し、人間として、すでに汝生を宥《ゆる》していたのだ。結末がずばぬけていい。翌日、雨の中を又三郎は汝生をたずねてゆく。途中の一軒家の垣に添って山吹が咲いている。二つの枝が絡《から》みあうように、雨にぬれて咲く花が、汝生夫婦の姿にみえ、又三郎はその家の主婦に、二た枝だけ切ってもらう。小説の醍《だい》醐味《ごみ》は、まさにここにある。

『いしが奢《おご》る』は昭和二十七年十月十九日、「サンデー毎日臨時増刊仲秋特別号」に掲載された作品で、『扇野』『凌霄花《のうぜんかずら》』などにも気脈を共有するラブ・ロマンスである。国許の経理状態を査察するために、江戸から宮津へ派遣されてきた本信保馬は、当然のことながら国許の外島又兵衛をはじめ、藩御用達の商人たちのさまざまな妨害にあう。某日、切戸文珠の内海がわに面した旗亭で、酔いをさますために床で風に当たっていたとき、女に人違いをされて海へつき落とされてしまう。女はいしといい、近くの料亭の養女で「いしが奢るわ」というのが口ぐせであった。その言葉に彼女のお人好しがよく出ており、それが縁で保馬といしは互いに愛するようになったものの、いしはすでに外島とは許婚《いいなずけ》の間柄だった。いしは心に染まぬながらも外島のスパイとなり、保馬の居場所を外島に通報して毒をあおいで自殺を図るが、保馬らの手当てが早く、辛じて生命をとりとめる。藩政の外科手術を終えた保馬は、いしを伴って江戸へめでたく帰任する、というのがあらすじだが、やや読者サービスに重点をおいた花も実もあるおあつらえ向きの、甘やかな恋物語の気配が感じられる。

ただいしという個性的な女性は、作者がしばしば流連《りゆうれん》した横浜の旗亭で、常連の一人だった同名の芸妓をモデルにしたもので、その身ごなしや独特の口吻など、おどろくほど鮮明にとらえられており、生き生きと紙面に躍動している。〝小説とは人間を描くもの〟という作者の持論が、ここでも忠実、厳格に実行されているのである。

『花咲かぬリラの話』は昭和九年八月一日号「アサヒグラフ」に執筆した作品である。一時は熱烈に愛しあった男女も、数年後に再会してみたらば、まったく相手を思い出せない。どこかで記憶がある、という気はするのだが、どうしても思いだすことのできない人間心理の不思議さを描いた作品である。時代小説『榎《えのき》物語』も、同様のテーマを女性の側から扱った作品である。両編を比較味読されるならば、人間という生きものの不可思議さが、もっと新しいすがたで眼前に立ち現われる思いを味わわされるはずである。この作品の前半部分は、作者の文学青年時代の恋愛経験にヒントを得たものであり、後半部分は、若い友人だった石田一郎の体験とを合成させたものであったといわれる。作者の巧妙な作話術をうかがうことのできる好短編。

『四年間』は昭和二十一年七月号「新青年」に掲載された現代小説である。推理小説雑誌として著名だった同誌が、この種のシリアスな作品を登載したのには、大きな勇気と抱負があったに相違ない。

ガス壊疽《えそ》という重病にむしばまれ、あと四年間しか生命がないと主治医に宣告された青年医師の信三が、癌《がん》の研究続行や、研究棟の増築計画も放擲《ほうてき》してしまいたい思いにとらわれるのは当然のことだ。まして後継者とたのんだ親友橋本に、ふとした病気から先立たれるとあっては、彼の絶望は虚脱感をともなった、より救いのないものとなる。信三を愛している橋本の妹で、助手でもある昌子は、彼の日記をよんで、四年間の命数を知るが、かえって四年間の許された生の貴さを信三に説き、彼と結婚して、一刻一刻を、最期《さいご》まで、精いっぱい力いっぱい生きていこうと激励する。戦争直後のこの時期は、とくに実存主義の文学や哲学が、声高に論議された文学状況にあった。作者は作者なりに、叙上の局限状態を設定し、尊厳な人間生命の実存を、真正面から見つめようとしたのである。あらゆる事象に貪婪《どんらん》だった山本周五郎の姿勢を、実証する注目すべき短編小説といえよう。

（昭和五十七年九月）

「暗がりの乙松」は実業之日本社刊『爽快小説集』(昭和五十三年六月)、「喧嘩主従」「恋の伝七郎」は同『滑稽小説集』(昭和五十年一月)、「彩虹」は同『士道小説集』(昭和四十七年七月)、「山茶花帖」「いしが奢る」は同『愛情小説集』(昭和四十七年九月)、「半之助祝言」は同『修道小説集』(昭和四十七年十月)、「花咲かぬリラの話」は同『現代小説集』(昭和五十三年九月)、「雨の山吹」は新潮社刊『山本周五郎小説全集第二十二巻』(昭和四十四年九月)、「四年間」は文化出版局刊『婦道物語選㊤』(昭和四十七年十二月)にそれぞれ収録された。

表記について

新潮文庫の文字表記については、原文を尊重するという見地に立ち、次のように方針を定めました。

一、旧仮名づかいで書かれた口語文の作品は、新仮名づかいに改める。
二、文語文の作品は旧仮名づかいのままとする。
三、旧字体で書かれているものは、原則として新字体に改める。
四、難読と思われる語には振仮名をつける。

なお本作品集中には、今日の観点からみると差別的表現ととられかねない箇所が散見しますが、著者自身に差別的意図はなく、作品自体のもつ文学性ならびに芸術性、また著者がすでに故人であるという事情に鑑み、原文どおりとしました。

（新潮文庫編集部）

新潮文庫編　文豪ナビ　山本周五郎

乾いた心もしっとり。涙と笑いのツボ押し名人——現代の感性で文豪作品に新たな光を当てた、驚きと発見がいっぱいの読書ガイド。

山本周五郎著　赤ひげ診療譚

貧しい者への深き愛情から〝赤ひげ〟と慕われる、小石川養生所の新出去定。見習医師との魂のふれあいを描く医療小説の最高傑作。

山本周五郎著　青べか物語

うらぶれた漁師町・浦粕に住み着いた私はボロ舟「青べか」を買わされた——。狡猾だが世話好きの愛すべき人々を描く自伝的小説。

山本周五郎著　五瓣の椿

連続する不審死。胸には銀の釵が打ち込まれ、傍らには赤い椿の花びら。おしのの復讐は完遂するのか。ミステリー仕立ての傑作長編。

山本周五郎著　柳橋物語・むかしも今も

幼い恋を信じた女を襲う悲運「柳橋物語」。愚直な男が摑んだ幸せ「むかしも今も」。男女それぞれの一途な愛の行方を描く傑作二編。

山本周五郎著　大炊《おおい》介《のすけ》始末

自分の出生の秘密を知った大炊介が、狂態を装って父に憎まれようとする姿を描く「大炊介始末」のほか、「よじょう」等、全10編を収録。

山本周五郎著

樅ノ木は残った

毎日出版文化賞受賞（上・中・下）

仙台藩主・伊達綱宗の逼塞。藩士四名の暗殺と幕府の罠――。伊達騒動で暗躍した原田甲斐の人間味溢れる肖像を描き出した歴史長編。

山本周五郎著

日日平安

橋本左内の最期を描いた「城中の霜」、武士のまごころを描く「水戸梅譜」、お家騒動をユーモラスにとらえた「日日平安」など、全11編。

山本周五郎著

さぶ

職人仲間のさぶと栄二。濡れ衣を着せられ捨鉢になる栄二を、さぶは忍耐強く支える。友情を通じて人間のあるべき姿を描く時代長編。

山本周五郎著

虚空遍歴

（上・下）

侍の身分を捨て、芸道を究めるために一生を賭けて悔いることのなかった中藤冲也――苛酷な運命を生きる真の芸術家の姿を描き出す。

山本周五郎著

季節のない街

生きてゆけるだけ、まだ仕合わせさ――。貧民街で日々の暮らしに追われる住人たちの15の悲喜を描いた、人生派・山本周五郎の傑作。

山本周五郎著

おさん

純真な心を持ちながら男から男へわたらずにはいられないおさん――可愛いおんなであるがゆえの宿命の哀しさを描く表題作など10編。

山本周五郎著
おごそかな渇き

〝現代の聖書〟として世に問うべき構想を練った絶筆「おごそかな渇き」など、人生の真実を求めてさすらう庶民の哀歓を謳った10編。

山本周五郎著
ながい坂（上・下）

人生は、長い坂。重い荷を背負い、一歩一歩、確かめながら上るのみ――。一人の男の孤独で厳しい半生を描く、周五郎文学の到達点。

山本周五郎著
つゆのひぬま

娼家に働く女の一途なまごころに、虐げられた不信の心が打負かされる姿を感動的に描いた人間讃歌「つゆのひぬま」等9編を収める。

山本周五郎著
ひとごろし

藩一番の臆病者といわれた若侍が、奇想天外な方法で果した上意討ち！ 他に〝無償の奉仕〟を描く「裏の木戸はあいている」等9編。

山本周五郎著
栄花物語

非難と悪罵を浴びながら、頑ななまでに意志を貫いて政治改革に取り組んだ老中田沼意次父子を、時代の先覚者として描いた歴史長編。

山本周五郎著
松風の門

幼い頃、剣術の仕合で誤って幼君の右眼を失明させてしまった家臣の峻烈な生きざまを描いた「松風の門」。ほかに「釣忍」など12編。

山本周五郎著
深川安楽亭

抜け荷の拠点、深川安楽亭に屯する無頼者たちが、恋人の身請金を盗み出した奉公人に示す命がけの善意――表題作など12編を収録。

山本周五郎著
ちいさこべ

江戸の大火ですべてを失いながら、みなしご達の面倒まで引き受けて再建に奮闘する大工の若棟梁の心意気を描いた表題作など4編。

山本周五郎著
山彦乙女

徳川の天下に武田家再興を図るみどう一族と武田家の遺産の謎にとりつかれた江戸の若侍。著者の郷里が舞台の、怪奇幻想の大ロマン。

山本周五郎著
あとのない仮名

江戸で五指に入る植木職でありながら、妻とのささいな感情の行き違いから、遊蕩にふける男の内面を描いた表題作など全8編収録。

山本周五郎著
四日のあやめ

武家の法度である喧嘩の助太刀のたのみを、夫にとりつがなかった妻の行為をめぐり、夫婦の絆とは何かを問いかける表題作など9編。

山本周五郎著
町奉行日記

一度も奉行所に出仕せずに、奇抜な方法で難事件を解決してゆく町奉行の活躍を描く表題作ほか、「寒橋」など傑作短編10編を収録する。

山本周五郎著
一人ならじ
合戦の最中、敵が壊そうとする橋を、自分の足を丸太代りに支えて片足を失った武士を描く表題作等、無名の武士の心ばえを捉えた14編。

山本周五郎著
人情裏長屋
居酒屋で、いつも黙って飲んでいる一人の浪人の胸のすく活躍と人情味あふれる子育ての物語「人情裏長屋」など、〝長屋もの〟11編。

山本周五郎著
花杖記
父を殿中で殺され、家禄削減を申し渡された加乗与四郎が、事件の真相をあばくまでの記録「花杖記」など、武家社会を描き出す傑作集。

山本周五郎著
扇野
なにげない会話や、ふとした独白のなかに男女のふれあいの機微と、人生の深い意味を伝える〝愛情もの〟の秀作9編を選りすぐった。

山本周五郎著
寝ぼけ署長
署でも官舎でもぐうぐう寝てばかりの〝寝ぼけ署長〟こと五道三省が人情味あふれる方法で難事件を解決する。周五郎唯一の警察小説。

山本周五郎著
あんちゃん
妹に対して道ならぬ感情を持った兄の苦悶とその思いがけない結末を通して、人間関係の不思議さを凝視した表題作など8編を収める。

新潮文庫最新刊

筒井康隆著
世界はゴ冗談
異常事態の連続を描く表題作、午後四時半を征伐に向かった男が国家プロジェクトに巻き込まれる「奔馬菌」等、狂気が疾走する10編。

小野寺史宜著
夜の側に立つ
親友は、その夜、湖で命を落とした。恋、喪失、そして秘密——。男女五人の高校での出会い。そしてそこからの二十二年を描く。

藤原緋沙子著
茶筅の旗
京都・宇治。古田織部を後ろ盾とする朝比奈家の養女綸は、豊臣か徳川かの決断を迫られる。誰も書かなかった御茶師を描く歴史長編。

秋吉理香子著
鏡じかけの夢
その鏡は、願いを叶える。心に秘めた黒い欲望が膨れ上がり、残酷な運命が待ち受ける。『暗黒女子』著者による究極のイヤミス連作。

松嶋智左著
女副署長　緊急配備
シングルマザーの警官、介護を抱える警官、定年間近の駐在員。凶悪事件を巡り、名もなき警官たちのそれぞれの「勲章」を熱く刻む。

坂上秋成著
紫ノ宮沙霧のビブリオセラピー
—夢音堂書店と秘密の本棚—
巨大な洋館じみた奇妙な書店・夢音堂の謎めいた店主、紫ノ宮沙霧が差し出す「あなただけの本」とは何か。心温まる3編の連作集。

雨《あめ》の山《やま》吹《ぶき》

新潮文庫　や-2-40

昭和五十七年十月二十五日　発行
平成二十二年五月十五日　四十刷改版
令和三年五月三十日　四十七刷

著者　山《やま》本《もと》周《しゅう》五《ご》郎《ろう》

発行者　佐藤隆信
発行所　株式会社　新潮社
郵便番号　一六二―八七一一
東京都新宿区矢来町七一
電話　編集部(〇三)三二六六―五四四〇
読者係(〇三)三二六六―五一一一
http://www.shinchosha.co.jp
価格はカバーに表示してあります。
乱丁・落丁本は、ご面倒ですが小社読者係宛ご送付ください。送料小社負担にてお取替えいたします。

印刷・錦明印刷株式会社　製本・錦明印刷株式会社
Printed in Japan

ISBN978-4-10-113441-3 C0193